小学館文庫

9月9日9時9分

一木けい

小学館

9月9日9時9分

一木けい

あい[1] 愛 (親子・異性間などの強い愛情) love
U ★最も一般的で,以下の語の代わりに使える
場合も多い;(温和で永続的な愛情) affection
U ★しばしば複数形で;(愛着) attachment

⑨

中二の夏まで、私はひとりで道路を渡ったことがなかった。

高校生になった今でも、交通量の多い車道では向こう側へ渡るのが少し怖い。

信号が青に変わった。仕事帰りらしき女性にくっつくようにして駅前の大通りを渡る。向こうからスーツ姿の男性が歩いてきた。目を伏せ、ぶつからないよう細心の注意を払って通り過ぎる。前を行く女性の髪に張りついていた桜の花びらが、剝がれて遠くへ飛んでいった。

日本の歩道は少なくとも衛生という面では、油断して歩ける。踏んだ瞬間コンクリートのすきまから泥水が飛び出してこないし、溜《た》まった雨水やエアコンの汚水が軒先からつむじに落ちてくることもない。上も下も警戒する必要のないきれいな道を、私は防犯ブザーを握りしめて歩く。

家に帰ると揚げ物の陽気な音がして、両親と姉の気配がキッチンにあった。ただいまとスニーカーを脱ぎ、リビングに顔を出す。おかえり、と三人の声が飛んでくる。

「よかった、無事で」

洗い物をしていた姉が水を止め、キッチンカウンターから顔を見せた。眉毛の下でそろえた前髪が揺れる。私が生まれてはじめて一歩踏み出す瞬間を見たのは、この姉だ。母は酔うとよくその話をする。まどかが仕事場に慌てふためいて電話をかけてくるから何事かと思ったわよ、とうれしそうに。

姉の隣で菜箸片手に父が振り返った。

「ちゃんと電車に乗れた？」

「乗れたよ。何歳だと思ってるの。あ、でも」

「どうしたの」

姉の顔が神経質にこわばった。心配する必要はないのだと伝えるために、急いで笑顔を作りキッチンへ入る。姉の足許《あしもと》に母がいた。

「電車で何かあった？」

母は全身から「疲弊しています」という空気を発しながら、食器棚にもたれて座っていた。膝の上に私が小六の修学旅行で作ったセラドン焼きの器が載っている。チェンマイで象に乗り、皿に絵を付け、現地校の子たちにタイの踊りを習ったのが、もう四年も前なんて信じられない。

「いや、大したことじゃないんだけど、朝電車に乗り込むとき、なんとなく、お尻を触られたような気がしただけ」

「えーっ！　やだやだ、気持ち悪いっ！」母が顔をしかめる。

「それは、気がするだけで嫌だな」

父が母の皿に小鯵《こあじ》とアスパラガスのフライを置いた。

「もしかすると勘違いかも。振り返ったら『あっ、すみません』ってやけに低姿勢で謝られたから」

「余計怪しい。どんな人だった？」

「若いサラリーマン。サラサラヘアで眼鏡かけてた」

「明日はお母さんが車で送って行こうか」

「お母さんの職場、反対方向でしょ」

「じゃあ、お父さんがいっしょの電車に乗るよ」

「お父さんはバス通勤じゃない。すごく遠回りになる」

「でも、なんだか胸騒ぎがするんだよ」

「いいよ、とりあえず様子を見てみる」

「ほんとうに？　大丈夫？」

両親が私の顔を覗《のぞ》き込む。

「心配しないで。明日は朝練だから早めに出るし、いつもより電車空《す》いてるかも」

「また何かあったらすぐ言ってよ。お母さん、漣《れん》といっしょに考えるから」

「うん」

「お母さんがどんなに疲れてそうでもどんなに苛々《いらいら》してるように見えても、諦めないで話してね」

「はいはい、わかったってば」

笑いながら母の皿に手を伸ばし、まだジュージュー音を立てている小鯵をつまんで食べた。

「もうすぐ新ごぼうと豆腐の卵とじが出来るからね」

小鍋を動かす父に、母がうっとりと言った。

「新ごぼうっていいよねえ。まず、新っていう響きがいい。新玉ねぎ！　新キャベツ！　あー、日本の春って感じ」

大げさだなと父が頬を弛《ゆる》め、私も笑ってしまう。はあなんてきれいな緑、と母がアスパラに手を伸ばしたその瞬間、バターンと大きな音とともにリビングの扉が開いた。険しい顔をした姉が入ってくる。手に何か持っている。いつの間にか二階の自室へ上がっていたらしい。

「もしものときはこれ使って」

姉が差し出したのは、卵型の防犯ブザーだった。

「ありがとう。でもお姉ちゃん、防犯ブザーくれるのこれで二個目だよ」

「いいの。多くても困ることはないでしょ。通学鞄《かばん》と、遊ぶとき用の鞄にひとつずつ入れておいて」

「わかった」

「変だと思うことがあったら躊躇《ちゅうちょ》なく使って。ほんとうに怖いときは声なんか出ないものだから」

震える声で姉は言った。背後で、両親がそっと顔を見合わせた。

つるつるした感触の防犯ブザーを指の腹で撫《な》でながら悔やむ。姉がいるところで話す内容ではなかった。

「私が漣といっしょに乗れたらいいんだけど」

姉が爪を噛《か》んだ。姉は公共の乗り物に乗れない。

昔は乗れていた。でも今は乗れない。理由は知らない。痴漢なんかする男はさ、と姉が低く言った。

「自分がどれだけ醜いことをやってるか気づいてないんだよ。いまの自分を俯瞰《ふかん》して見ろって言ってやりたいけど、そんなこと想像もしない奴《やつ》だからそういう卑劣なことをするんだよね」

あの人が痴漢だったかどうかはわからないよ。

心の中だけで言う。

姉の考えを否定するようなことは言ってはならない。それは両親と私の、暗黙の了解だ。

姉はほとんどの物事をネガティブに捉える。ふとしたことで落ち込み、人と会話できなくなってしまう。風邪をひいたわけでもないのに家の中でマスクをつけていたら、それが合図だ。自分の中に閉じこもり、そこから出てくるにはとても長い時間を要する。何が引き金になるのかはわからない。想像力というか妄想力が豊かな姉の特技は、起こってもいない出来事を心配することだ。姉がいつからこうなってしまったのか、正確には思い出せない。けれど、少なくとも私たちがバンコクへ行くまでは、ここまでピリピリした人ではなかった。

自動車部品メーカーで働く父が会社からバンコク赴任を打診されたあの夏、私は保育園の年長組で、姉は高三だった。短大進学が決まっていた姉は、ひとり日本に残ることになった。

年が明けて、まず父がタイへ飛んだ。

姉と離れることを除けば、私はタイでの暮らしが待ち遠しかった。

母は多忙な仕事の合間を縫って、熱心にタイ語の勉強をしていた。もともと語学を学ぶのは好きらしく、生き生きとして、楽しそうだった。CDを聴きながら、私もいっしょに発音練習をした。家のあらゆる場所にカタカナで記したタイ語の付箋が貼ってあったことを憶《おぼ》えている。冷蔵庫にはトマト、みかん、水、卵、鶏肉《とりにく》、魚。トイレには数字とあいさつ。簞笥《たんす》には、服、靴下、ズボンなど。母が自分用に書いたその単語を毎日目にするうちに、自然と私も覚えていった。

空港へ見送りに来てくれたのは姉と祖母だった。抱き合って泣く姉と私を見て、祖母が笑った。またすぐ会えるわよ。タイなんて飛行機でたった六時間なんだから。私はその言葉を信じた。たった六時間。すぐ会える。姉も言った。必ず遊びに行くから待っててね。

けれどそれから八年の間、姉がタイへ遊びに来ることは一度もなかった。父の会社から与えられる一時帰国休暇は、二年に一度だった。姉にはなぜか、日本国内ですら滅多に会えなかった。帰国中滞在していた母方の祖母の家と、姉の暮らすQ市には新幹線で二時間の距離があったし、今回は都合があわないと両親から言われればそんなものかと思った。こっそり会いに行ってしまおうかと考えたこともあったが、タイで暮らす小学生の私が日本をひとりで長距離移動するのは現実的ではなかった。

私が姉の夫になる政野《まさの》修一《しゅういち》さんとはじめて会ったのは顔合わせの日で、それが姉に会えた数少ない一回だった。

姉は、私たちがタイに越したあと知り合った男性と、短大卒業後一年で結婚を決めたのだ。相手の人の転勤が決まったタイミングとはいえ、いま考えると相当若い。ほとんどすべての身内が「そんなに急がなくても」「もう少し考えたら」と言ったそうだ。けれど、姉の決意は固かったのだという。

顔合わせの食事会は昼からだった。午前中は姉と修一さんが、私をQ市でいちばん広い公園へ連れて行ってくれた。ハンバーガーを食べ、普段は母にいい顔をされないコーラをがぶ飲みし、お菓子やおもちゃをたくさん買ってもらった。それから私は修一さんと、二人でボートに乗った。姉は苦手だからと言って乗らなかった。

修一さんはとても頭のいい人だった。私がその前日祖母と観《み》たアニメ映画の話をすると、その原作者が昔描いたという別の漫画作品のストーリーを詳しく語ってくれた。びっくりした。修一さんは、たくさんの登場人物の名前をフルネームで記憶していたのだ。五十人、もしかすると六十人以上いたかもしれない。しかも彼らの誕生日や特技、家族構成まで暗記していた。人物も物語もあまりに詳細に語るので、途中からわけがわからなくなった。

「東南アジア駐在なんて、帰ってきたらみじめな思いをするんじゃないですか」

修一さんの母親が言ったのは、食事会の帰り際だ。衝撃的だった。八歳の私でも、「みじめ」という言葉にひっかかりを覚えた。となりで母が硬直するのがわかった。

「運転手がついたりメイドがいたりしてあちらにいるときは優雅でいいかもしれないけど、帰ってきたら結局元の生活に逆戻りでしょう？　贅沢《ぜいたく》に慣れてしまわないよう、気をつけた方がいいですよ。特にそういうのって、子どもの教育上よくないから」

修一さんの母親の視線が私に突き刺さった。

「ねえ、漣ちゃん。いまからおばちゃんが言うこと、よおく憶えておいて。いい？　ほんとうはお片付けってね、自分でしなきゃいけないの。生きるっていうのは手に入れたり、仕舞ったり、さよならしたり、そういうことの連続でしょ？　だからね、お片付けをしないっていうのは、生きるのをやめるってことと同じなのよ。お部屋が汚い人は、頭のなかも散らかってるの」

ぺらぺら喋《しゃべ》りながら彼女は、私の身体《からだ》を下から上までじろじろ見た。彼女の口からは乾いた魚のような臭いがした。

修一さんの母親が言うとおり、私たちがこの頃、日本にいたときとは全く違う環境で生活していたことは事実だ。プールやジムのついた広い家に住み、父は毎朝運転手つきの車で仕事場へ向かった。休日はその車で公園や動物園やデパートへ行き、フリーペーパーで見たお店でランチを食べ、日系スーパーで買い物をして帰宅する。週に三回はリンさんという名の女性が掃除に来てくれた。彼女はタイ東北部出身の働き者で、いつもイヤフォンを耳に挿し、暑いのにクーラーもつけず汗を流して、床にモップをかけ、バスルームを磨き、Tシャツにまでアイロンをかけてくれた。

修一さんの母親からしたら身分不相応に恵まれた生活に映ったのかもしれない。けれど小三になろうとする私にも、両親が海外でただお気楽に過ごしているわけではないことはよくわかっていた。父はいつも必死でタイ語と英語を勉強していたし、共に働く東南アジアの人々と日本人とのあいだに生じる意識の違いに苦心していた。

狭い日本人社会にも、ややこしいことは結構あったみたいだ。母は母で、バンコクでの生活を決して優雅とは感じていなかったと思う。そもそも母はのんびり贅沢するよりもばりばり働くことを好む人だ。ビザの関係で働けなかったあの年月、母は時々、所在無さそうに見えた。

姉の結婚式はQ市のホテルで執り行われた。気持ちよく晴れた、四月はじめの日曜日。教会のある屋上庭園からは市内が一望できた。式のあいだ何度も「初々しい」という声が聴こえてきた。

ホテルの二階にある披露宴会場は息をのむほど広かった。高い天井にぶらさがる豪華なシャンデリアに、首が痛くなるまで見惚《みと》れた。数え切れないくらい大勢の参列者がいたが、私の知っている顔はほとんどなかった。そのことがとても奇妙だった。高校時代の姉はいつもたくさんの友だちに囲まれていたのに、私の知っている彼らは誰ひとり出席していなかったのだ。

政野家側のスピーチや余興が延々続いた。退屈なときは遠くにいる姉を眺めた。純白のウエディングドレスを着た姉も、和装の姉も、まばゆいほど美しかった。おでこが悦《よろこ》びで光っていた。

お色直しの時間、両親とともに政野家の家族席へ向かった。修一さんの母親は、遠くから見ただけで他の人よりちょっと大きく感じた。不思議なことに、そのとなりにいたはずの父親の容貌は、まったく記憶にない。背丈や声だけでなく目鼻立ちも忘れてしまって、浮かぶのは白いのっぺらぼう。笑いと真顔の差がなんとなく怖い人だった印象だけが残っている。

顔合わせのとき同様、修一さんの母親は会話とも呼べぬ一方的なお喋りを続けた。テレビで観たバッティングセンターのマシーンを思い出した。猛スピードでぽんぽん飛び出す言葉は私の腹部に重くめりこみ、息がしづらくなった。大好きなお姉ちゃんがこの人からいじめられなければいいな、と思った。

耐え難くなって目をそむけた先に、修一さんの弟がいた。顔合わせのときはスポーツ関係の何かがあって来られないと聴いた気がする。弟は車いすに乗った祖母のために、肉をちいさく切っていた。母親に促され、彼がこちらを向きかけたとき、ふいに式場が暗くなった。

入口にスポットライトが落ち、深紅のドレスに身を包んだ姉と、タキシードをぱりっと着こなした長身の修一さんが入ってくる。修一さんは姉を心の底から愛《いと》おしそうに見つめていた。その視線の交わり方は、はっとするほど胸を打つものだった。愛し合っているふたりは、こういう風に見つめ合うものなのか。光っているのは照明ではなくもしかしてこのふたり？　そう思ってしまうほど、新郎新婦はきらきら輝いていた。

本帰国と同時に、また姉といっしょに暮らすようになった。

姉は、私たちがタイにいるあいだに結婚して離婚したのだった。

修一さんや彼の家族は、いつの間にか親戚になって、いつの間にか他人になっていた。もの悲しいような気がしたが、だからといって子どもの私に何ができるわけでもない。私はただ、大人が決めたことに従うだけだった。

いっしょに暮らしはじめてしばらくは、姉に対して戸惑うことが多かった。姉の雰囲気が以前とはあまりにも変わっていたから。まず見た目が変わった。心配になるほど痩せたし、口を大きく開けて笑うことがなくなった。顔にかかる髪の毛の量が増えた。中身はもっと変わった。大丈夫、と笑ってくれなくなった。むしろ、大丈夫？と不安げに尋ねてくるようになった。

なんかお姉ちゃん、変わったよね。私がそう言うたびに両親が困ったように目を伏せるから、その話題は避けるようになった。

姉が変わったといっても、私に対する愛情や優しさは以前と同じだった。いや、むしろ増したかもしれない。

姉は私の受験勉強を全身全霊で応援してくれた。公式や単語の暗記を手伝い、脳にいい食事を作り、加湿器の管理など私が体調を崩さないよう細心の注意を払ってくれた。志望校選びにつき合ってくれたのも姉だ。額を突き合わせ、高校案内やいろんなサイトを見て、陸上部の強い高校を一緒に探した。そうやって決めた志望校の名を告げたとき、担任の先生からは「相当頑張らないと合格は難しいぞ」と言われた。両親と話し合い、塾の時間を増やすことになった。姉は、ひとりで夜道を歩いたことなどなかった私のために、塾まで迎えにきてくれた。無理がたたって翌朝はマスクをしていることもあったけれど、とにかく姉は、私をひとりでは決して歩かせなかった。まるで何かの強迫観念にかられたように。

周囲を巻き込み、限界を超えた努力の末やっと入れた高校だけど、やっぱり私にはレベルが高すぎる。

数学の小テストのあまりの難しさに絶望して、教室の窓から見える空に目を遣《や》った。この空がバンコクに繋《つな》がっているなんて信じられない。私にとってタイは、遠い国になってしまった。

タイの人たちは温かかった。特に子どもには無条件で優しかった。子どもが電車に乗り込んでくると、大人たちはさっと立ち上がり席を譲る。車内に貼られた『老人やけが人、妊婦さん、お坊さんには席を譲りましょう』というマナー広告には、同時に『子どもにも譲りましょう』と書いてあるのだ。社会科見学でクラスメイトと乗ったときは、一斉にタイの人々が席を立ったので驚いた。どうぞと言われても座ることはなかった。笑顔でお礼を言って遠慮しなさい。母にそう言い聞かされていたから。日本でも譲ってほしいなんて、そんなことは勿論《もちろん》思わない。

ただ、痴漢に消えてほしい。

今朝も電車に乗り込むとき、お尻を触られた。身をよじりつつ顔を窺《うかが》うと、昨日と同じ人だった。スーツを着た小柄な眼鏡の男。もう偶然じゃない。吐き気がした。視線が合うと男はにやりと笑った。分厚いレンズの奥の目が大きく見えて、気味が悪かった。黄ばんだ犬歯が覗き、ほんとうに嘔吐《おうと》しそうになって降りようとドアの方へ歩きかけたとき、全身が圧迫され車内に押し戻された。頭の中で姉の声が響いた。

ほんとうに怖いときは声なんか出ない。

スカートを徐々にたくし上げようとしてくる指先のおぞましい感触。必死で吐き気を堪《こら》え続けた。私の身体に触らないで。声は心の中でしか出せない。停車駅で扉が開いた瞬間ホームに降りた。走って車輛《しゃりょう》を替え、乗り込み、ほっと息をつくと目の前にさっきの男の顔があった。全身に鳥肌が立った。ドアが閉まりますのアナウンスを合図に、さらに数名の乗客が身体を押し込んでくる。全方位から圧迫され身じろぎ一つできない。男が私の腿《もも》に手を伸ばしてくる。怖い、気色悪い、逆恨みされずに消えてもらうにはどうしたらいいのか。大声で言えたらいいのに。「この人痴漢です！」の一言は、どうしても口から出てこない。なぜなのだろう。誰も手を差し伸べてくれなかったらどうしようと思うからか。きっとみんな急いでいる。面倒なことに関わりたくないと思う人がほとんどだろう。防犯ブザーを鳴らしたとしても、勇気を振り絞って声を上げても、冤罪《えんざい》を疑われる可能性がある。考えだすと、声を出さなきゃという思いとは裏腹に口も身体もどんどん重くなっていく。

私はただ、耐えた。

これから三年間、毎朝あの環境で登校するのかと思うと泣きたくなってくる。入学式で名前を呼ばれたときは、まさか登下校でこんな思いをするなんて想像もしていなかった。友だちをたくさん作ろう。部活もがんばろう。勉強も、それなりに。張り切りすぎて予想外に大きな声で返事をしてしまい、隣の席の女子に笑われるほどだったのに。

もしもタイで通学に電車を使うことになったら。空を眺めながら想像してみる。万が一痴漢に遭ったら、私は確実に、近くにいる見知らぬ人にたすけを求めることができる。何やってるの。馬鹿じゃないの。そう怒ってくれると確信が持てるから。

日本に慣れない。いくら道が平らできれいでも、お米や魚やみかんがおいしくても、可愛《かわい》い雑貨やコスメがそこらじゅうにあっても、しっくりこないというか、ここが自分の居場所だという実感がいつまで経《た》っても持てない。

そしていちばんつらいのは、その気持ちを誰にも話せないということだった。タイをどれほど恋しく思っても、口に出したことは一度もない。じゃあ戻れば？　なんで日本に帰ってきたの？　ずっとあっちにいればよかったじゃん。そう言われるのが怖いから。先に本帰国した友だちがそういう言葉を新しいクラスメイトからぶつけられたと聴いて、帰国を控えた子たちは震え上がった。

私はタイに嫌々行ったわけじゃない。父の仕事の都合で引っ越したけど、タイでの暮らしが待ち遠しかったし、実際愉《たの》しかった。でも、ずっとタイにいるわけにはいかなかった。だから帰国した。

大通りを渡るのに勇気が要ることも、誰にも話したことはない。日本では小学一年生から一人で歩いて登校するというのに、そんな子どもみたいな不安、口に出せるわけがない。

黒板の上の壁時計は九時を指している。タイはいま七時。小中学生は自家用車やスクールバスに乗って学校へ向かっているころだ。下劣な痴漢に触られる心配など皆無の環境で。

スクールバスの中から見えるバンコクの朝の風景は、活気にあふれていた。生ぬるい風が吹き、黄金色のゴールデンシャワーが揺れる。四人乗りノーヘルのバイク。ぴちっと身体に張りつく枯葉色の制服を着て交差点に立つ警察官。軽トラの荷台から笑顔で手を振ってくる、工事現場へ向かう人々。トラックが轟音《ごうおん》を鳴り響かせて通りすぎると、排気ガスが消えたあとの歩道に、山吹色の袈裟《けさ》を着たお坊さんが姿を現す。裸足《はだし》ですっと立つその足許に、マリーゴールドと長い線香を持った女性がひざまずく。道には屋台が並び、甘い豆乳といっしょに売られている揚げパンを、食べたいなあと思いながら眺める。屋台の人もお客さんたちも笑い声が聴こえてきそうなくらい、にこにこしていた。

みんなどうしてるかなあ。

心細く涙ぐんだ視界の端で、何かが動いた。小さな消しゴムが床を転がっていく。

前の席で頰杖《ほおづえ》をついて眠っていた米陀《よねだ》さんが、はっと顔を上げた。私は彼女とほとんど会話を交わしたことがない。米陀さんはいつも遅刻ぎりぎりに教室へ入ってきて、自分の机に突っ伏す。時々、彼女にだけ渡される封筒がある。担任の先生はそれをさりげなく米陀さんの机に置くけれど、だからこそ余計に、中身が気になってしまう。

テスト中の規定に則《のっと》って米陀さんが手を挙げた。数学の先生は教壇で書類に目を通していて気づかない。残り時間はあとわずかだ。現実逃避しているあいだにまた赤点に近づいてしまった。中学の復習テストといいながら、ハイレベルすぎないだろうか。内心毒づきながら私は、手に持っていたシャーペンをわざと落とした。びくっとして米陀さんが手を下ろす。顔を上げた先生と目が合った。

「シャーペンを落としたので拾っていいですか」

許可を得て床にかがみ、シャーペンを自分の机に、消しゴムを米陀さんの机に載せた。

椅子に座ってもう一度、ダメ元で問題を見てみる。ため息が出た。どう考えてもわからない。わかりそうな気配もない。再び窓の外に目を遣る。

窓際の私の席からは、中庭を挟んだ西校舎が見えた。

「西校舎の二階だよ」

職員室の場所を訊《き》かれて答えたら、印丸《いんまる》はニッと笑った。

「まだ日誌取ってきてないんだ。れんれんついてきてよ」

日直の役割分担は昨日のうちに決めていた。日誌を取りに行くのは印丸。書くのは私。なのに印丸はまったく悪びれる様子もない。

渡り廊下を並んで歩く。印丸は、となりに立たれても全く緊張せずに済む男子だ。陸上部の見学に行ったとき話しかけられて、それ以来、雨天の筋トレ場所はどこかとか、朝練は自由参加と言われたがぜんぶ休んでもいいのかとか、部活のない曜日にみんなで遊ぶとしたらどこがいいかとか、訊かれるようになった。

「へー、れんれんってお姉ちゃんいるんだ」印丸が感心したように声をあげた。「一人っ子だと思ってた」

「よく言われる。離れて暮らしてる期間が長かったから。年もすごく上だし」

「お姉ちゃん、どんな人？」

「……感受性の豊かな人」

今朝も姉は五感をフル稼働させながらリビングに入ってきた。足の裏の感触でフローリングの温度を計測するような用心深さだった。そんな姉に私は、クラスで流行《はや》っているギャグ漫画の話をした。あ、それ読んだ、と言った姉の声は軽やかだった。あれがデビュー作なんだよね。センスあるよね。話の運びとかユーモアがすごく新しいって感じる。

笑っている姉を見ると、ほっとする。タイへ行く前はそんな風には思わなかった。姉が笑っていたら私もうれしい、ただそれだけだった。同じ人の笑顔を見て、感じ方が変わるということがあるだろうか。それとも同じ人だけれど違う笑顔だから感じ方も変わったのだろうか。とりとめもなく考えながら歩いていると、ふいにひとりの男子生徒に視線が吸い寄せられた。

化学の教科書を携え、こちらへ向かってゆっくり歩いてくる。

爬虫類《はちゅうるい》だったころの遺伝子が色濃く残っている人だな、と思った。それが第一印象だった。彼の骨ばった顔は三角形の組み合わせでできていて、とても目立った。一度見たら目が離せなくなった。

渡り廊下を行き交う生徒の中で、彼だけが、他の誰とも違う光を放っている。長い間離れていた故郷に、やっと帰れたような心持ちがした。私は彼を根っこの部分で深く知っているし、私たちのあいだには縁がある、根拠もなくそう思った。

そして不思議なことに、ぜんぜん知らない、異質な人だとも感じるのだった。

ほっとするのに落ち着かない。知らないから知りたい。でもいったい、彼のどこを見てそう感じるんだろう。どうして懐かしく思ったりするんだろう。

「オレ年子の弟がいるんだけどさ、来年あいつもこの高校受けるらしい。家から近いっていう、ただそんだけの理由で」ハハッ、と印丸は能天気にしゃべり続ける。「あいつよくこの辺うろうろしてるから、れんれんも見たらすぐわかると思うよ。オレら双子に間違われるくらいそっくりなの」

彼はもうすぐそこにいた。上履きの先端の色は緑。襟に2Cのクラス章が付いている。細長い手脚と、体温の低そうな肌。笑っていないのに笑窪《えくぼ》がある。もしかすると笑窪ではなく、単に痩せすぎて余分な肉がないだけかもしれない。彼の瞬きはゆっくりで、回数そのものが少なかった。

すれ違う直前、視線が激しく衝突した。

心地好《よ》い風が吹き、木漏れ日を揺らめかす。

反射的といっていいくらい素早く、脳にルンピニ公園の景色が広がった。

極彩色の花びらがふるえ、どこからか炭火焼のガイヤーンの香りが漂ってくる。

その公園へ行くのは、決まって休日の朝だった。ピンと尖《とが》って瑞々《みずみず》しい岸辺の草を踏み、つめたい朝露で足をぬらした。歩き疲れて小腹がすくと、屋台で食べ物を買った。父はシーフードのお粥《かゆ》、母は緑の酸っぱいマンゴー、私はロティ。上品で豪華な日本のクレープもおいしいけれど、カリカリで練乳たっぷり、甘い甘いタイのロティが私は大好きだった。どぼんと何かが水へ落ちる音がして顔を向けると、恐竜みたいなオオトカゲが頭だけ出して、ゆっくりと向こう岸へ泳いでいく。私はその悠々たる後ろ姿を見送る。ゆったりとした時の流れ。ルンピニ公園には私の好きなタイ生活が詰まっていた。

足を止めて、振り返る。

オオトカゲが遠ざかるみたいに、彼の背中がどんどん小さくなっていく。

翌日は、家族からびっくりされるくらい早朝の電車に乗った。男はもういた。その次の日は遅刻ぎりぎりの時間にホームに立った。男はまだいた。

車輌を替えても次の電車を待ってもだめだった。耐えられなくなって途中の駅で降り、キオスクに避難しようと階段を上っていると、スカートの後ろがめくれ上がる気配があった。手の感触ではない。鞄か何かが当たっているのだろうと手で下げながら振り返ったら、あの男が傘を使ってスカートをめくっているところだった。黒パンを穿《は》いていたけど、気持ち悪くて泣きそうになった。

涙をこらえホームで俯《うつむ》いていると、どん、と強い衝撃を受けた。慌てて柱に手を突く。邪魔なんだよ。白髪の男が吐き捨てるように言って私を睨《にら》みつけた。男が去った場所に、若い係員が立っている。藁《わら》にも縋《すが》る思いで、持てる限りの勇気をかき集め、その係員に痴漢の話をした。

「持ち場、離れられないんで」

彼は面倒くさそうにそう言い捨てた。痴漢は現行犯じゃないと捕まえられないとも。

誰もたすけてくれない。一人ぼっちだ。

タイにいる頃、私は痴漢について真剣に考えたことが一度もなかった。日本には気色悪いことをする人がいるらしい、と耳にしたことはあったけど、現実味はなかった。痴漢なんて都市伝説くらいに思っていた。

いくら陸上部に入りたかったからとはいえ、どうして電車でしか通えない高校を受験してしまったんだろう。

本帰国して一年と少し通った公立中学は、自宅から歩いて五分の場所にあった。日本の生活に不慣れな私を案じて、両親がそういう場所に家を探してくれたのだ。高校も、もっと近くを選ぶべきだったのか。

放課後、部活が始まる前に、交番へ相談に行ってみることにした。駅西口の噴水を通り、高架下をくぐって東口の交番に入った。毎朝ついてくる男の話をすると、年配の警官は笑いながら、「あなた、痴漢に遭いそうな顔してるもん」と言った。

言葉をうしなった。

「ちょっと」と若い警官が慌てて止めたが、世界中から突き放されたような気持ちになった。

「お友だちといっしょに乗るか、通学経路を変えたらいいと思いますよ」取り繕うように若い方が言った。

落胆した。自分では思いつかないような一発逆転の提案をしてほしかった。

父と同じバスに乗り、途中で地下鉄に乗り換える。この案はとっくに考えていた。時間もお金も余計にかかるが、やはりそれしかないのだろうか。でももし、地下鉄で痴漢に遭ったら。また経路を変える？　いったいいつまでそんなことを繰り返せばいいのか。私は安心して学校に通いたいだけなのに。

とりあえず地下鉄の定期代を調べてみようと、今度は地下鉄の駅を目指し歩いていると、見知った顔が目の前を横切った。

「米陀さん！」

ぎゃっと叫んで、彼女がおそるおそる振り返った。

「びっくりさせちゃってごめん」

そんなに驚くなんて。肩に触れようと手を伸ばしたら、すっと身体をひかれた。眉間に深い皺《しわ》が寄り、唇は固く結ばれている。

「おうち、この近く？」

米陀さんが首を横に振った。

「どの辺？」

彼女が口にしたのは、私の家から徒歩圏内の場所だった。

「えっ、じゃあ、電車通学？」

米陀さんが無言でうなずく。

「やったー！　今度、待ち合わせていっしょに乗ろうよ。私、毎日痴漢に遭って最悪なの。米陀さんは平気？　あ、あと私の家、米陀さんの家から川を渡って、坂を上ったところにあるんだ。よかったら、今度遊びに来てよ。米陀さんが遊びに来てくれたら、うちのお母さんすごく喜ぶと思うんだ」

真意を測るように、米陀さんは私をじっと見つめた。

そして突如、急ぎ足で歩き出した。電車の駅とは正反対の方向に。

「どうしたの？」

並んで歩きながら尋ねる。

「べつに」

「まだ帰らないの？」

無言。米陀さんはどんどん歩くスピードを速める。硬い横顔に問いかけた。

「パイナイカ？」

米陀さんがぴたりと足を止めた。よかった。やっと話せる。そう思ったのに、ゆっくりこちらを向いた彼女の顔に浮かんでいたのは、怖《おそ》れだった。

どうしてそんな表情をするのだろう。タイ語をちょっと話しただけなのに。

もしかして、なぜそのことを知っているか不審に思ったのかもしれない。

「印丸に聴いたんだ」慌てて説明した。「米陀さん、印丸と同じ中学だったんでしょ？　私ね、実は、中二までバンコクに住んでたの。だから、米陀さんと仲良くなりたいと思ってたの。よかったら連絡先交換しない？」なんて言う隙も与えず彼女はすでに走り出していた。

米陀さんの席に、同じ陸上部の曜子《ようこ》が座っている。走り高跳びをやっている彼女の脚は、見惚れてしまうほど長い。ポニーテールの下の首はすっと伸びて美しく、姿勢も肌も、声もきれいだ。私はひそかに彼女をパーフェクト曜子と呼んでいる。知的でミステリアス。ひとりでいることを好む子に見えたから、はじめはちょっと近寄りがたい感じがした。でもいざ話しかけてみると気取ったところは一切なく、ひとりでいたのも『同じ中学出身の子が少なくて、実は緊張してたの』と恥ずかしそうに告白してくれた。欠点のない人っているんだな。曜子といると、しみじみそう思う。

先日の復習テストも曜子は、理科を除いてほぼ満点だった。理科だけは苦手なんだと悔しそうにしていたが、その理科ですら私より二十点も高かった。そういうのは苦手とは言わないと思う。私なら大喜びで教室を駆け回る。私の唯一の得意科目である英語も、八点負けた。

今日の二時間目はオリエンテーションの続きで、図書室を見学した。司書さんが新入生のために、図書室の利用方法や楽しみ方をていねいに教えてくれた。私にはあまり縁のなさそうな場所だなと思った。曜子はそっと本の背表紙に触れ、中身を見る前からそれが自分にとって大切なものになるとわかっているみたいに、注意深く取り出し、ページをめくっていた。文字を追う黒目の動きが冗談みたいに速かった。心理テストの本を開いてどうでもいいことを話し、げらげら笑って担任に叱られた私や印丸とは大違いだ。

私の机の上で、曜子がファッション雑誌をひらいた。ポーチの中身、コスメ特集、ヘアアレンジ。私たちの周りに女子が集まってくる。米陀さんの姿は見当たらない。米陀さんは授業終了のチャイムが鳴るといつもどこかへ行ってしまう。お弁当の時間も教室にいない。

「曜子、ポニーテール似合ってるけど、たまにはこういう髪型もいいんじゃない？」

バスケ部の子が雑誌を指差した。

ハーフアップ。確かに似合いそうだ。でも曜子は、髪のことを考える時間がもったいないから、と答えた。

そういえば、バンコクで帰国直前まで担任だった安良田《あらた》先生も、ヘアスタイルを変えない人だった。旅好きで、今後もいろんな国で教師をする予定だという彼女は、『どこの国で暮らしてもそれなりに整う、美容院で必要な単語が少ないシンプルな髪型がベスト』と言っていた。髪型ひとつにいろんな考え方があるものだ。

「漣は好きな人いないの？」

曜子が指差したのは、恋愛特集のページだった。いないよと笑って答えながら、頭には渡り廊下で出会った先輩の顔が浮かんでいる。

あの日以来、校内で何度か見かけていた。彼が視界に入ると一瞬で意識がかっさらわれてしまう。中庭を歩いているのを発見したときは、教室のある二階から、姿が見えなくなるまで目で追った。彼の髪の毛は真っ黒ではなかった。かといって染めたり脱色している色ではない気がする。少し色素が抜けたその髪に、ふれてみたいと思った。誰かに対してそんなふうに感じるのは生まれてはじめてで、自分はどうかしてしまったんじゃないかと不安になった。先輩の顔は、斜め上から見ると頬と鼻の高さが際立って、オスの爬虫類という感じがした。

運よくすれ違えるときもあった。彼はたいていひとりでいた。何かの拍子に彼がこちらを向いて視線が交錯したとき、勇気を出してほほ笑んでみた。タイで暮らしてよかったと思うひとつが、目が合った人に笑顔を向けられるようになったことだ。けれど彼は、私の顔を見るなり視線を逸《そ》らした。顔の筋肉ひとつ動かさず。

「あなたと彼はどんな段階？」曜子が雑誌を淡々と読み上げる。「まずレベル1、苗字《みようじ》にさん付けで呼ばれている、SNSで繋がっていない、すれ違ったら会釈する程度」

私はレベル1ですらない。

名前を呼ばれるどころか知らないし知られていないし、SNSをやっているかなんて知る由もない、会釈も何も目が合うなり顔を背けられる。段階以前に、嫌われている可能性が極めて高い。でも、その理由がわからない。

「レベル1のあなたは、まず連絡先を交換するところからはじめよう。正直に、でも重たがられない程度に、仲良くなりたいという思いを伝えましょう」

何か気に障ることをしてしまったのだろうか。それとも単に、生理的に苦手なタイプとか。だとしたら手の打ちようがない。

これちょっと矛盾あるね、と曜子が言う。

「苗字にさん付けで呼ばれててSNSで繋がってなくて、すれ違ったら会釈する程度でも、通じ合ってる可能性はあるよね」

「そう?」

意味がよくわからない。頭がとろんとする。

「こんな、物事の外観だけ見て判断できっこない」

曜子またなんか難しいこと言ってる、と女子たちが笑う。

暗いことばかり考えてしまうのは痴漢のせいか、それとも生理前だから。もしくは空腹だから。よし、お腹《なか》を満たそう。

「ちょっと購買行ってくるね」

「私も」曜子が腰を上げる。「お手洗い」

いってらっしゃーいとクラスメイトに手を振られながら教室を出て、トイレの前で曜子と別れ、階段を降りた。昇降口そばにある購買部は、早弁をする生徒たちで混みあっている。

あ、と声が漏れた。まどろんでいた脳が一気に覚醒した。

後ろ姿でもうわかる。青みがかって白い、清潔そうな襟足。先輩はチョコチップメロンパンとお釣りを受け取ると、購買の人に短く頭を下げ、のっそりと西校舎の方へ歩いていく。

なんて崇高な横顔だろう。どの角度から見ても艶めいている。

ほんとうの感情の操り人形になったみたいだった。歩くとか歩かないとか考えるより前に、勝手に脚が彼に向かって動いていく。

西校舎一階の廊下を、彼は大股で歩いた。尖った肩に、骨張った腰回り。自分とは別の種の生き物という感じがする。窓から吹き込む春風が彼の髪を揺らすたび、胸がくすぐったくなった。

突き当たりの来校者入口まで来たところで、ひと気が途絶えた。あの、と発作的に呼び止める。

肉の削《そ》げた顔が、ゆっくりとこちらを向いた。

「連絡先を交換してくれませんか」

視力の低い人がするように、先輩は目を細めた。その顔からは強い拒絶の感情が読み取れた。理解不能、と言いたげだった。

彼が怪訝《けげん》そうな表情でじっと考え込んでいるあいだ、私は緊張のあまり呼吸を忘れていたと思う。

長い沈黙のあとで、彼がやっと口をひらいた。

「交換って、何のために？」

はじめて耳にする彼の声は想像していたより低く、床を伝い私の足首に絡まりふくらはぎから腿を猛スピードでのぼって全身を包み込んだ。

何のためにって、そんなことを訊かれていったいなんと答えたらよいのだろう。

「仲良くなりたいなと思って」

さっきの雑誌の言葉をそのまま口にすると、彼の眼差《まなざ》しの温度がさらに下がった。

「自分が何言ってるかわかってる？」

「お友だちに、なれませんか」

「無理に決まってるでしょう」

被《かぶ》せて言う薄茶色の瞳は、直後切り裂くような目つきに変わり、彼は私に背を向け行ってしまった。

お風呂上がり、リビングへ行くと、父と姉はそれぞれソファで本を読み、母はその足許で音楽を聴いていた。テレビは滅多に点《つ》けない。暗いニュースや騒々しいバラエティ番組を姉が好まないから。

冷蔵庫からラムネアイスを取り出して開封し、口に入れた瞬間、母と目が合った。

「もしかして、お母さんの？」

もごもご尋ねると、母は笑顔で「仕方ない。漣にあげるよ」と言った。

私はすかさず右手を挙げた。

「この手は、悪い子の手？」

明るく笑う母の奥で、父が苦笑している。

悪い子の手、というのは家族だけに通じる悪趣味なジョークだ。

「笑えるようになってよかった」と姉が安心したように言った。

あの事件が起きたのはタイへ引っ越す直前。当時、保育園のお迎えに来てくれるのは、母より姉の方が多かった。すっきりとした笑顔で、大きく手を振りながら歩いてくる姉。友だちもみんな、まどちゃんまどちゃんとなついていた。明るく人気者の姉が、私は誇らしかった。

三月頭のある日、保育園へ迎えに来た姉に、園長先生が硬い声で告げた。

『ちょっとお話ししたいことがあるので、お母様に、明日来ていただくようお伝え願えませんか』

どきん、と心臓が痛くなった。あのことだ、とすぐにわかった。いまここで姉に話すのではだめなのだろうか。姉から母に伝わるのであれば、園長から母に伝わるよりよっぽどいい。そう思ったが先手を打つように園長は『漣ちゃんの将来に関わる、とても大事なお話なんです。お姉さんではなく、お母様にいらしてもらわないと困ります。お願いしますね』と念押しした。

階段に置いてあった、色とりどりのあられ。ひな祭りのときにみんなで食べるものだということはわかっていた。でもあんまりきれいで、おいしそうで、しかも袋の端っこがちょうど手を入れられるくらいの大きさに開いていて、どうしてもさわってみたかった。周りには誰もいなかった。だめだとわかっていながら、好奇心に負けた私は、ひとつぶだけつまんで取り出してみた。砂糖で指にぺったりくっつく、かわいいあられ。鼻に近づけて匂いをかいでみた、そのとき。

『なにしてるのっ！』

物凄《ものすご》い力で手首を摑《つか》まれた。園長は私の手を高く掲げ、耳がきんきんするような声で怒鳴った。

『どうして勝手に開けたりするのっ』

悲しいとか怖いと思うより前に涙がこぼれていた。集まってきた友だちが不思議そうな顔で私を見ている。ほかの先生たちもじっとこちらを見つめている。

『これは、みんなのものでしょう？　勝手に食べるなんて、泥棒のすることだよ。この手は悪い子の手だよ！』

私が開封したのではないし、まだ食べてない。そう主張したが園長は信じてくれなかった。こんなにたくさん食べておきながら、と私の顔前に袋をつきつけた。担任の先生を見ると、彼女は眉毛を下げてつらそうな顔をしていた。登山の話をよくしてくれる快活な先生だったが、このときはずいぶん縮こまっていたような記憶がある。

アイスを嚙んだら、ラムネが口のなかに砕け散った。

「園長先生の言い方は今思い出しても胸が痛くなるな」と母が言った。「『あんなところに置いておいた私たちも悪かったかもしれませんけど、わざわざ開けてまで食べる

「漣が家でちゃんとごはん食べてるかどうかも訊かれたんだよね？」姉が忌々《いまいま》しそうに言った。

「そうそう。それで私も、はいって言っとけばいいのに、『たぶん。いえ、しっかり食べているはずです』なんて言っちゃったもんだから、大きなため息つかれて」

仕事を早退して迎えに来た母に、園長先生は言った。

『子育てって、たぶんとかはずではだめなんですよ。わかりますか？　人ひとりの命を預かっているんです。犯罪でもなんでも、基本は家庭です。お母さんの愛情をたっぷり受けて、きちんと向かい合ってもらった子は、警察のお世話になることなんかありません。子どもはよく言うでしょう？　お母さん見て見てって。子どもは、お母さんに見てほしいんですよ。ほかのことをせずに、ちゃんと自分だけを見てもらいたい。それが叶《かな》ってはじめて、生きていく力を得るんです。お母さん。盗みっていうのは、愛情の欠如の表れですよ。子どもから母親への、愛してほしいっていう必死のSOSなんです。わかります？　教育界では常識なんですけど』

「ひどすぎる」と姉が言った。

「ね。私、話の内容はあんまり理解できなかったけど、ひどいこと言われてるのはわかった」

「えっ、どうして？」母が目を丸くした。

「こっそりテラスで聞き耳を立ててたから」

そうだったんだ、とつぶやいて母は気まずそうにした。まさか泣いているところを見られていたとは思わなかったのだろう。母が頭を下げるごとに押し潰されそうな気持ちになった。母の涙が手の甲にこぼれ落ちるのを見て、もうやめて！　と叫んで教室に入って行きたかった。

「でもね、図星を衝かれた部分もあったの。漣にとってお母さんはたった一人。そしてそれは、まどかにとっても同じ。遊びたいさかりにいつも妹の世話をさせられてお姉さんがどんな思いでいるか、考えたことありますかって言われて。確かにそうだなって反省したのよ」

「それは私がいいと思ってやってたんだからいいじゃない。今日保育園で何をしたとか、ごはん何食べたいとか、コンビニでお菓子買っちゃおうとか、話しながら漣のちっちゃい手を握って歩くの、凄く楽しかったよ」

そうだ。姉はそんな事件があった次の日も、楽しい一日にしてくれた。

保育園でひな祭りパーティがひらかれる日の朝、目が覚めると、お腹がきりきり痛かった。泣きすぎたせいで瞼《まぶた》は腫れ、頭がぼんやりしていた。

『お休みしたい？』

母に尋ねられ、わからないと答えた。

『様子見て、もし行けそうだったら私が連れて行くよ』明るい声で言ったのは姉だった。『大丈夫、大丈夫。さっ、お母さんは心配しないで仕事行ってきて！』

玄関で姉が母を見送っているあいだ、私は布団のなかで腹痛に顔をしかめていた。

保育園に行ったとする。どんな顔をしてひなあられを食べたらいいのだろう？　またみんなの前で叱られたら。もしも、友だちに泥棒と指をさされたら。

どんなに想像しても、いい一日にはなりそうもなかった。きっとおいしくないし楽しくない。歌なんか歌えない。笑えない。もう保育園には行きたくない。

『で、どうする？』

部屋に戻ってきた姉がにっこり笑って訊いた。私は、正直に言った。

『おやすみしたい』

『漣、ひなまつりパーティずっとたのしみにしてたじゃない。お歌もうたうんでしょ？』

『でも行きたくないの。どうしても、行きたくないの。おねがい、お姉ちゃん』

声をあげて泣いてしまった私を、姉が抱きしめた。背中を撫でてくれる柔らかい掌《てのひら》。少しずつ呼吸が落ち着いていく。ずいぶん長い間そうしてから、姉が口をひらいた。

『おやすみして、何したい？』

したいことは、すぐ思い浮かんだ。

『お姉ちゃんとお買い物に行って、おうちでひなまつりのケーキをつくりたい』

それから二人で出かける準備をした。単なる身支度ではなかった。『今日は特別な日だからね』と言って、姉は私の髪を結い、服も可愛く仕上げてくれた。メイクをする姉にじっと見入っていると、うすいリップまで塗ってくれた。

手を繋いでスーパーに行った。食材だけでなく、飾りつけのための折り紙やモールも買った。よく晴れた、とても心地のいい春の日だった。家に帰ると姉は窓を開けて風を通し、パソコンを立ち上げた。それはタイに赴任する直前、父が姉に贈ったクリスマスプレゼントだった。パソコンにお気に入りのCDを入れて音楽をかけ、顔に薄力粉をつけて、大笑いしながら料理した。腹痛はきれいさっぱり消えた。春風がレースのカーテンを揺らしていた。

母が帰ってくるころには味見のしすぎで二人ともお腹いっぱいで、母はそんな私たちを呆《あき》れたように笑いながら、安堵《あんど》した様子でもあった。その表情に、私のほうがほっとした。お母さんもお姉ちゃんも大好きだから、もう悲しませたくない。心の底からそう思った。

翌日保育園へ行くと、同じ組の男の子が靴を脱いでいる私のところへやって来て、『ひなあられを開けて食べたのはあの子だよ。ぼく見たもん』と園庭のジャングルジムで遊んでいる女の子を指差した。彼の目は真っ赤だった。

『れんちゃん、ごめんね。あのときすぐに言えなくて、ごめんね』

謝ったあとで男の子はぐっと拳を握りしめて、鉄棒の方へ力強く駆けて行った。担任の先生は、男の子の訴えを聴くと細身の体をさらにきゅっと縮めて、明らかに『困ったな』という顔をした。男の子は肩を大きく上げて、下げて、深呼吸してから、今度は園長先生のところへ走った。園長が顔を上げてこちらを見た。目が合って、すぐ逸らされた。その後、園長がひなあられの話をすることはなかった。

姉がいなかったら、ひな祭りという行事そのものが嫌いになってしまったかもしれない。

「あれから電車はどう?」

姉に尋ねられ、私はラムネアイスの棒を捨てながら笑顔で答えた。

「うん、交番に相談に行ったし、同じ電車で通ってる友だちを見つけたから、たぶん大丈夫」

「それならよかった」

姉は弱々しく笑って、戸棚から薬局の袋を取り出し、錠剤を三つ、掌に載せて水といっしょにのんだ。それから「あのね、漣」とこちらに鋭い視線を向けた。

「あのあとずっと考えてて思い出したんだけど、私の友だちは高校のときいつもシャーペンを握りしめて乗ってたよ。触られたらぶっ刺すんだって」

やだ、と母が声を張った。

「そんなことしたら逆恨みされそうで怖いじゃない」

「じゃあ、やられっぱなしで耐えろって言うの？」姉が眦《まなじり》を上げる。

「痴漢に遭ってる娘に『耐えなさい』なんて言う母親がどこにいるのよ。ただやり方がね」

「それなら、ぶっといマジックペンで手の甲に印をつけてやりな。もちろん油性だよ。慌ててごしごしやってる奴がいたらそいつが犯人だから」

「だからそれも、やり方が」

「それで、近くに住んでる友だちってどんな子なんだ？」

尖りかけた空気を包んで温めるような声で父が訊いた。

私は、交番近くでの出来事を三人に話した。姉を刺激しないよう、米陀さんの様子がおかしかったことについてはぼかした。

「パイナイカって何」

家族の中で、姉だけがタイ語を知らない。

「どこ行くの？　って意味だよ」

「誰でも知ってるようなタイ語なの？」

「うん。タイ人に会うといっつも訊かれた。レン、パイナイカ？　って」

「そんなこと会う度訊かれても困るよね」

姉はそう言うと、冷蔵庫を開けていりこを取り出した。確かに今の姉なら辟易《へきえき》するだろう。返事すらしないかもしれない。

姉の意識が痴漢からタイ生活へ逸れたことに安堵しつつ、私は補足した。

「でもね、答えは適当でいいんだよ。『ちょっと用事』とか『あっち』とか。それ以上突っ込んでこないから」

「へえ、そんなんでいいの。それにしても漣、どうしてその友だちにタイ語で話しかけたりしたの？」

「米陀さんのお母さん、タイ人なんだって」

「あらっ」母がうれしそうに顔を輝かせる。「じゃあぜひ今度遊びに来てって伝えてよ」

「伝えたよ」

「なるほどね」姉はいりこの頭を取り、水を張ったボウルに入れると、キッチンを出ていった。

干した魚の香りが、鼻孔をくすぐる。

そういえば修一さんはこの匂いを嫌悪していたな、と思い出す。

姉の結婚式の翌年。一時帰国した際、私はひとりで彼らの新居へ泊まりに行った。駅近くに建つ新築マンションはエントランスからすでに高級な香りが漂っており、怖《お》気《じ》《け》づくほどだった。

姉と私が家に入ったとき、修一さんは不在だった。クリーニング店に行っていると聴いたような気がする。室内は蛇口からグラス、窓やフローリングに至るまですべてが完璧に磨き上げられていた。いっしょに暮らしていたころの姉の部屋は、大抵散らかっていたのに。もしかして修一さんがお掃除しているのかな、それとも結婚したから頑張っているのかな、などと考えながら、つるつるの廊下を何往復もすべって遊んだ。

ふと気がつくと、玄関のドアが開いている。

巨大な影が一歩前に進み、私の上に被さった。

まず目に入ったのは、父の弁当箱みたいに大きな運動靴だ。きれいな蝶々《ちょうちょう》結び。それまで目にしたどの紐《ひも》よりきっちりとして、完璧な左右対称だった。日本のどこに売っているのだろうと思うほど長尺なジーパン。ケーキの箱を持つ、血管の浮いた大きな手の甲。

「いらっしゃい。大きくなったね」

修一さんは穏やかな声で言って、腰をかがめた。

「今度、四年生だよね」

「はい、そうです」

母に言い聞かせられた通り「ですます」で喋って、おじぎした。

「おりこうさんだね」

頭を撫でられた。重く、湿った掌。ぎこちない手つきだった。視線がぶつかる。笑っているけれど、どこか淋《さび》しそうな目。

修一さんは、一年前と少し違って見えた。ほっそりしたような気がしたし、目の下には濃い隈《くま》があった。

「漣ちゃんの好きなケーキは、モンブランとショートケーキとレモンタルト。合ってる?」

「はい」さすが、と思いながらうなずいた。

「全部買ってきた」

口角を上げ、修一さんは廊下を歩いていく。フローリングの、緩慢に軋《きし》む音。私や姉が歩いてもたたない重々しい足音が、耳に残った。

姉が料理をしているあいだ、修一さんはずっとゲームをしていた。時折悔しそうな声を上げたり、ていねいな手つきでリモコンの位置を整えたり、早口に何か言って笑ったりした。私は姉にまとわりつくようにタイの生活について話していた。

あの晩、姉が作ってくれたのはうどんすきだった。お肉も野菜もいっぱい入った、豪華な鍋。他にも焼き魚や、何かの貝をバターで炒《いた》めたものなど、タイではなかなか食べられない料理がテーブルに並んでわくわくした。

「お姉ちゃん、お料理上手だね」私が言うのと、

「俺がこっちなの?」修一さんが気色ばんだのは、同じタイミングだった。

私の声などあっさりかき消された。隣に座る修一さんを見る姉の顔には、困惑が浮

かんでいた。

あのさあ、と修一さんが長い指で焼き魚を示す。

「ふつうは主《あるじ》が御頭の方でしょう」

「あ、ごめんなさい」

姉は即座に謝り、お皿を素早く取り替えた。

「私は尻尾の方が食べるところが多くておいしいと思うから、こっちをあなたのにしちゃったの」

私も尻尾の方が好きだなあと思って向かいの姉に目を遣ると、姉もこちらを見ていた。視線を合わせたまま、肩をすくめて苦笑する。修一さんは何か言いかけるように口をひらいたけど、結局黙って閉じた。

気詰まりだった。それまで感じたことのない種類の窮屈さだった。

「あとさあ」

修一さんが大きな声を出した。姉と私の肩が同時にびくっと跳ねた。

「この鍋、しょっぱすぎるよ」

「ごめんね、レシピ通り作ったつもりだったんだけど」

「これじゃ醤油《しょうゆ》のんでるのと変わんないよ。それにさ、だし、なにでとった?」

「いりこだけど」

「やっぱなあ！　いりこだしって臭いよね！」

修一さんの声も身体も、夕食前よりひと回り大きく膨らんだみたいだった。姉に目配せして元気づけようと思ったけれど、姉はもう私を見てはくれなかった。

私たちの母は、味噌汁のだしをいりこでとることが多い。バンコクの日系スーパーでもカタクチイワシの干したものが売ってあった。家族の好む具材を選び、栄養バランスも考え、毎朝早くから料理してくれる母までばかにされたような気がした。

「ほんとうの大阪料理ってこんなんじゃないんだよなあ」

「うどんすきって大阪料理なの？」

「だからそう言ってるじゃん。そんなことも知らないで作ってたわけ？　俺むかし大阪の女の子と付き合ってたからわかるんだよ。関西のだしって、なんていうか、もっと上品なんだよね」

「そうなんだ。ごめん。じゃあカツオとか昆布だしかな」

「少なくともいりこではない」半笑いで、修一さんは断言した。「あーもう、もみじおろしもないし、これじゃぜんぜん別の料理だよ」

父がもし万が一、こういうことを口走ったとしたら、母は「じゃあ自分で作れば？」と怒って即座に席を立つ。いや、その前に、「そんなこと言うなんてどうしたの？　なにかあった？」と尋ねるだろう。

姉はそうしなかった。ただ黙っていた。笑ったり怒ったり、急に大声を出したりする修一さんと同じテーブルで、私たちはうつむいていた。おいしい料理が目の前にあるのにお腹がいっぱいになってしまって、何かを口に入れて噛んでも、うまく喉をおりていかないような感じがした。

「その米陀さんて子と仲良くなれたらいいね」と母が言った。

いりこの入ったボウルを眺めながら修一さんのことを思い出していた私は、そうなんだよ、と言った。

「でも米陀さん、最後急に走っていっちゃったんだよね。どうしてだろう」

「そうねえ、よっぽど急いでたか、虫の居所が悪かったか」

「いきなり距離を詰めようとしちゃった私もよくなかったかも」

「まあ、とりあえず明日の朝、また元気におはようって言ってみたらいいよ」

そうだねとうなずきながら、私は周囲を確認し、ひそひそ声で尋ねた。

「そういえば修一さんって、いまどうしてるのかな」

空気が凍りついた。

母の頬は強張《こわば》り、父は無表情になった。

「よく……知らないけど」口をひらいたのは母だった。「今もQ市で生活してるみたい」

「あの豪華なマンション？」

「たぶん、あそこは売ったと思う」

「再婚したのかな？　結構イケメンだったよね、修一さんって。脚も長くて。でもちょっと」

「漣」

父が遮った。いつの間にかダイニングに戻ってきた姉が、今まさにスツールに腰かけようとしているところだった。キッチンカウンターの端を、指先が白くなるほど強い力で摑んでいる。

姉の顔からは、完全に血の気が引いていた。涙袋がピクピク痙攣《けいれん》している。

「まどか」

父が声をかけるのと同時に姉は勢いよく床に降りた。その拍子に派手に倒れたスツールをさらに蹴って、姉はダイニングを出ていった。

ああ、と頭を抱えたくなる。パンドラの箱を開けてしまった。姉がいたとは思わなかった。

「……修一さんの話って、まだしちゃだめなんだね」

「だめってことはないけど。うーん」母は気まずそうに笑った。「まどかの前ではしない方が無難かもね。漣には気を遣わせちゃって申し訳ないけど」

「三年も経ってるのに？」

「『も』と思うか『しか』と思うかは人によるんじゃないかな」

スツールを元の位置に戻しながら、優しい声で父が言った。

「そうかなあ。三年はやっぱり『も』だと思うけどな」

たとえばね、と母が言った。

「『昨日母とお茶をした』っていう言葉に傷つく人もいると思うの」

「どういうこと？」

「母親との関係が悪くて八方塞がりで、そのことに気持ちの折り合いがまったくついていない人がいたら、自分には得られない幸せを手に入れている人をどう思うかな」

私は首を傾《かし》げた。ちっとも何とも思わない。だって他人は他人だ。自分にうまくいっていない物事があったとしても、それと、他人がうまくいっていることには何の関係もない。もし身近に短距離走ですばらしい結果を残したという人がいたら、悔しさは感じるだろう。でも自分も負けないように頑張って練習しようと思う。それだけだ。

「よくわからない、って顔してるね。それは漣がいま満ち足りてる証拠よ」

母が苦笑いした。しばらくのあいだ、室内には父が本をめくる音だけが響いていた。

その夜、ベッドの中で修一さんのことを考えていたら、ふいにある場面が蘇《よみがえ》った。

あれは確か、小学校の五年生か六年生の頃だったと思う。

夜、テレビを観ていると、家の電話がけたたましく鳴った。父はまだ仕事から帰宅しておらず、母は入浴中だった。受話器を上げると、

「まどかさんに替わって頂戴」

耳障りな声が頭蓋骨に響き渡った。

「えっ、お姉ちゃんですか？」びっくりして訊き返した。「お姉ちゃんなら、日本にいますけど」

「絶対誰にも言うなって約束させられたのね」

「ええっ？」

「嘘《うそ》つくとバチが当たるわよ、漣ちゃん。わかる？ こわーいこわーい地獄に落ちる

の。だからほんとうのことを話して。あなたのお姉さん、タイに来てるでしょう」

「来てません。私、お姉ちゃんとはずっと会ってないです」

「漣ちゃん、嘘ついてないわね？」

ついてませんと答えながら、私の名前を連呼するこの人はいったい誰だろうと思った。

「お姉ちゃん、いなくなっちゃったんですか？」

「そういうわけじゃないのよ、じゃあね」

会話は唐突に終わった。主寝室のバスルームへ行き、電話の件を伝えると、ざばあっと物凄い水音がして、バスタオルを巻いた母が飛び出してきた。

あれから母はどうしたのだったっけ。

掛け布団を首まで上げて考えを巡らせるが、その後の記憶はおぼろげだ。

そういえば、あの頃母はよくひとりで一時帰国していた。その理由を、私は深く考えていなかった。土曜登校どころか日曜登校があればいいのにと思うほど学校が大好きで、毎日愉しすぎたから。母が一時帰国するときは、ふだんは掃除しかお願いしていないリンさんに料理を頼み、父が帰宅する時間まで延長して居てもらった。淋しいと思った憶えはない。母親がいなくては眠れないという年齢でもなかったし。むしろちょっと心が躍った。さっさと宿題やっちゃいなさいとか明日の準備は済んだのとか言われずに済むし、テレビは見放題お菓子は食べ放題、そしてリンさんの作るトムヤムクンは絶品だった。

「また来月日本に帰ることになったの」

申し訳なさそうに言う母に、

「いいなあ。日本には可愛いものがいっぱいあるじゃん。お母さんだけラーメンも和菓子も食べ放題でずるい」などと言い、スワンナプーム空港で見送るときは手紙といっしょにちゃっかりおみやげリクエストのメモまで渡していた。

あの夜の電話はたぶん、修一さんの母親だったんだ。いったい何があったんだろう。どうして母はあんなに頻繁にひとりで帰国していたんだろう。もやもやと考えているうちに、黒く湿った布を被せられるみたいに深い眠りに落ちていった。

ティンパニのような激しい雷の音で瞼があいた。

一瞬ここが日本だかタイだかわからなくなる。ぼんやりした頭のままベッドを抜け出し、カーテンを開けた。

雨粒の滴る、すっきりとした電線を見て、ああ日本だと思う。もしここがバンコクなら、窓から見えるのはこんがらがってたわんだ電線と、大量の雨を受けて泡立つプールだ。雨の重みに耐えかねるように木々の葉が揺れ、リスが電線を駆け抜けていく。ティンパニのロール音に似た雷鳴が遠い底まで轟《とどろ》き渡る。だから目覚める前に聴いた音は、タイの雷だった。私はまた、タイの夢を見ていたのだ。

半分眠った頭で着替え、洗面を済ませながら、バンコクの朝の食卓を思い出す。テーブルには必ず南国のフルーツが上った。登場回数がいちばん多かったのはソムオーだ。剝《む》いた状態で売ってあるザボンに似たその巨大な柑橘《かんきつ》を冷蔵庫から取り出して食べると、細胞ごと目覚めるような気がした。ソムオーから水気が抜けてパサつく時季には、マンゴスチンを好んで食べた。紫色の分厚い皮に爪で切り込みを入れて割ると、真っ白い果肉が出てくる。ねっとりとして甘い、思い出すだけで食欲が刺激されるあの味。爪にこびりついてなかなか落ちない赤色すら、今は恋しい。とっておきのシーズンにだけ食べるのは、マンゴーとライチ。マンゴーを剝く係は私と決まっていた。そうすれば種の周りについているいちばんおいしい部分を独り占めできるから。種に果肉がたくさんつくように、削ぎすぎてしまわないよう気をつけて、切っていた。

現実逃避。

こんな風にタイの暮らしを詳細に思い出しているのは、逃避以外の何物でもない。自分でもよくわかっている。

でもせめて頭の中でくらい、逃げたい。

朝起きた瞬間から憂鬱で、身体が重い。土曜日が待ち遠しくて悲しいなんて、バンコクにいたころの自分からは想像もできない。ワープして学校に行けたらいいのに。そういう技術は二千何年になったら開発されるんだろう。もしかして三千年代までかかるのか。

「おはよう」

リビングに入ると姉の方から声をかけてきた。いつもと同じ口調だが、「あの話題には触れるな」という空気が全身からピリピリと発散されている。マスクをしていないのが唯一の救いだ。ごはんと味噌汁とバナナヨーグルトの朝食をとり、姉に見送られて家を出た。

生ぬるい霧雨が身体に絡みついてくる。

駅へ向かう傘とスーツと制服の流れ。人の並びも、ゴミ集積所も、日本は何もかも新品みたいだ。道も列も整いすぎて、それを自分が乱していないかはみ出していないか怒られやしないか、人目が気になってしまう。

日本はOKの基準が高すぎるのかもしれない。それが活《い》かされる場も、もちろんあると思う。けど、時々息苦しくなる。大人になれば、日本での生活がもっと長くなれば、こんなふうには感じなくなるのだろうか。

少々の雨なら、タイの人は傘を差さなかった。長靴を履いている人も見たことがない。むしろ裸足だった。雨脚が強まると、頭にコンビニの袋をかぶる人もいた。あの光景を思い出すとちょっと笑ってしまう。日本でそんなことをしたらきっと即SNSに投稿されるだろう。

ここがバンコクだったら、と考えても仕方のないことを私はまた考える。

確かに、朝が早いのは時々つらかった。お弁当をリュックに入れ、水筒を斜め掛けにして、いってきますを言うのは六時半だった。玄関を出た瞬間、もわっとした熱気に包まれる。やってきたエレベーターには、小中学生がたくさん乗っている。エレベーターがひらく度、にぎやかな声とともにさらに乗り込んでくる。G階に着いておもてへ出ると、空におもちゃのヘリコプターが浮かんでおり、そのさらに高い空で、ウイーヨウイーヨと南国の鳥が啼《な》いていた。生暖かい風に乗って漂ってくるパクチーとナンプラーの香り。巨大なスクールバスの向こうには、屋台がずらりと並んでいた。

クイティアオ屋の若いお父さんは仕込みの傍ら幼い息子とラジコンで遊び、フルーツ屋台やイサーン料理屋台の店主は甘そうなドリンクをのみながら、早朝からハハハと陽気に笑い合っている。後ろから詰めるんだよとかシャーペンは尖っていて危ないから出さないきまりだとか言い合いながら、バスに乗り込む。白い朝もやの中を、バスはゆっくり進んでいく。トゥクトゥクの運転手さんが敷地内の仏塔で合掌している姿を見るのが好きだった。

活気と静けさの混じった快い記憶を追いやり、ポケットに手を入れ満員電車に身体を押し込んだ。私のいまいる場所からは外の景色なんて見えない。黒や灰色の重たげなスーツ。活気も静けさもなく、ただみんな苛々鬱々としている。右のポケットにシャーペン、左には防犯ブザー。電車が動き出す。鎖骨のあたりが緊張でヒリヒリする。雨のせいで車内はじめじめして、誰かの傘がふくらはぎに当たって気持ち悪い。どこからか、男性同士の小競り合いの声が聴こえてくる。

そして、いつもの駅であの男が乗り込んでくる。男は私の後ろにぴったり立った。シャーペンをぐっと握りしめる。手が伸びてきた瞬間、取り出して刺すと決めていた。そのときはばかばかしいくらいすぐやってきた。刺した。うっと男がうめき、手が離れる。これでやめてくれる、そう思ったのもつかの間、男は堂々と臀部《でんぶ》を摑んできた。自転車通学、という言葉が閃《ひらめ》いた。そうだ、筋トレも兼ねて自転車で通おう。どんなに時間がかかったって痴漢に遭うよりはいい。どうして今までその手を考え付かなかったのか。電車で二十分の距離って自転車でいったい何分かかるんだろう。また頭の中で逃避する。電車が時速百キロだとしたら、三十分で五十キロ、ということは……。でも、もし雨が降ったら……。胃が重い。わかっている。ほんとうに考えなくてはいけないことは、いま、この状況をどうするかということだ。でもそれを考える気力がない。私から思考する能力を奪うこの男は醜い。そういえば、米陀さんは毎朝何分くらいの電車に乗るのだろう。通学路で一度も彼女を見かけたことがないけれど。もしかしたら米陀さんも私と同じ目に遭っているかもしれない。いっしょに通えることになったら、彼女も私も、お互いの家族もきっと安心だ。そこで、あれ、と思った。確か米陀さんは印丸と同じ中学じゃなかったか。だとしたら高校の近くに住んでいるはずだ。電車で通うはずがない。それとも高校入学と同時に引っ越したのだろうか。わざわざ、高校から離れたところに?

「なにすんだよ!」

耳元で金属が擦《こす》れるような不快な声がして、思考が叩《たた》き潰された。

痴漢の手が離れている。その手を摑んでいるのは、学生服の男子だ。

息が止まるかと思った。

骨ばった顔と、大きな一重。あの先輩だった。ひらいたドアに向かう人の流れを太く加速させるように、先輩は痴漢をホームに引きずり出した。

「放せよ!」

「うるさい黙れ」

低く言って先輩は痴漢の手首を掴んだまま、ずんずん歩いていく。

そして、ふいに足を止めて振り返り、

「漣も来て」と言った。

聴き間違いだと思った。

「ほら早く、漣」

けれど彼が口にしたのは、確かに私の名前だった。

なんで、知っているのだろう。

私がついてきていることを確かめるように、先輩が再び振り向いて視線が絡まり合ったその瞬間、頭のてっぺんから清流が通り抜けるように、私は彼を思い出した。

世界が静止したみたいだった。

目に映るものすべてを、永久に記憶できそうな気がする。

こんな経験を、私は以前にもしたことがあった。

直立不動、静止の時間。一日二回、時が止まる、タイの鉄道駅。駅構内のスピーカーから厳かなタイ国歌が響き渡ると、そこにいる人たちは全員、停止ボタンを押されたみたいにフリーズする。通勤通学でどれほど急いでいようと、階段を降りている途中だろうと関係ない。私はあの光景がとても好きだった。いつも胸を打たれた。勇ましさと温《ぬく》もりの混ざったメロディが、頭の中で鳴り響く。「チャイヨー（万歳）」の美しい和音で曲が終わるまで。

ああ、この人は。

鎖骨に落ちた涙を私は掌で拭った。

「会議に遅れる！　会社に電話させてくれ」

わめき散らすスーツの男と、涙を流す私。駅員に冷静に話しかける先輩を、大勢の人がじろじろ見ながら通り過ぎて行く。警官がやって来て、男をどこかへ連れて行き、私と先輩も警察署へ移動することになった。

同じ話を何度も繰り返し、書類に記入したり学校と連絡を取り合ったりしているうちに、長い時間が過ぎた。

「シャーペンで刺すまでしたのに、そのあとじっとしていたのはどうして？」

怖くて恥ずかしくて声なんか出せない、防犯ブザーを押す勇気もない、その悔しさをこの、自分とはまったく別の人間に、どうやったらわかってもらえるのだろう。また落胆することになったら。交番に行ったときのように、かき集めた勇気を下卑《げび》た笑いで踏み潰されたら。

こぼれそうになる涙をこらえながらじっと考えていると、となりで先輩が言った。

「ほんとうに思っていることを言ったらいいよ」

昏《くら》い声が鼓膜の奥を心地好くふるわせる。

彼は私の顔を見てはいなかった。けれど、心はしっかり私に向いていることがわかった。なぜかわかったのだ。

その言葉にどれだけ背中を押されたか、この人に伝えられる日が来るだろうか。

「諦めてたんです」

喉の奥から声を絞り出した。言いながら、そうだ、私は諦めていたんだと思った。

「逃げられないと思って。できることなんかもうないと思って」

警官は顎をさすりながら、わかったようなわからないような顔つきで書類に何か書き込んだ。

やっと解放されたころには、太陽が頭の上にあって、いつの間にか雨もやんでいた。

高校の最寄り駅で電車を降り、改札を出た。噴水の音が聴こえてくる。私はふらふらとその快い水音のする方へ歩き、ベンチに腰を下ろした。彼もとなりに座る。私たちのあいだには、鞄ふたつ分の距離があった。

「何かのむ?」

彼が道路の向こうのコンビニを指差した。無言で首を振る。ほんとうは、喉が渇いてしかたなかった。けれどひとりになるのが怖かった。もしも、彼が飲み物を買いに行っているあいだに、警察に連れて行かれたはずの男がとつぜん現れたら? 刃物を持っていたら? ちょっと想像しただけで、その場面がまるで現実のように目の前に立ち昇った。

彼はしばらく黙っていた。そしてふいに、鞄から水筒を取り出した。

「よかったらこれ。寮の麦茶だけど」

飲み口を上げて、差し出してくる。

お礼を言って水筒に唇をつける。かつて感じたことのない種類の緊張で上顎がじんじん痺《しび》れた。

「何部に入ってるんですか?」

「何も。バイトしてる。漣は?」

彼はとてもゆっくり喋る人だった。

背中から、噴水の音が規則的に聴こえてくる。肩甲骨のこわばりが取れ、植え込みに咲く花が鮮やかに見えはじめた。

どこからか、焼き立てパンの甘い匂いが漂ってくる。目の前を通りすぎるよちよち歩きの子をなんて愛らしいんだろうと思う。そこら中にいるすべての人に、無性に優しくしたくなる。

「私は、陸上部です」

ああ、と彼が言った。

「あのときも、とても楽しそうに走ってた」

「あのときって」

「結婚式の教会。屋上で、緑がいっぱいあるところ」

目の前にあの日の光景が広がった。おでこを出して幸せそうに笑っていた姉。涙ぐむ母と、どこかしんみりした様子の父。みんな笑顔で、私もちょっと淋しいけれどうれしくて、まぶしい新緑の中を走り回っていた。

「お母さんが言うには、私は小さい頃から広い場所に出ると走りたがる習性があったらしいんです」

「習性って。野生動物じゃないんだから」

くくっと俯いて笑う横顔を見た瞬間、心臓が痛くなった。

すべてではないにしろ、彼の中の何割かは私のためにあると思った。渡り廊下で彼を見て縁があると感じたときのように、なんの根拠もないけれど、そう感じた。同様に私の中の何割か、というよりむしろすべて以上のものを、彼に差し出せる気がした。

でもだめだ。そんなことを思ってはいけない。これ以上、彼に近づいてはいけない。いますぐ立ち上がって、ひとりで高校へ向かわなくては。

そう思うのに、足が地面に張りついて動かない。

「タイに長く住んでたんでしょう?」

そう言いながら彼が立ち上がった瞬間、つられて立ってしまう。今度はたやすく足が地面から離れる。うなずき、並んで歩き出す。

雨に濡《ぬ》れたアスファルトが乾いて、太陽に照らされ、きらきらと輝いている。

私がタイで生活していたことを知った人が、次に言う科白《せりふ》は決まっている。

暑かった? 辛《から》かった? タイ語しゃべれる?

いちばん嫌なのは、「だからそんなに色が黒いの?」

何を言われてもいいように、覚悟した。

先輩が私を見おろし、口をひらいた。

「学校は電車で通ってたの？」

「いえ、スクールバスです」

「それならあんな電車、怖かっただろうね」

心地好い風が吹き、街路樹の葉がさわさわ鳴った。

その音がなぜか懐かしくて、胸が詰まって泣きそうになる。

「他に何か不安なことは？」

彼の声が入ってくる耳が痛い。見つめ合う目が痛い。胸も胃も、ぜんぶ痛い。

お、と俯きながら出した声がかすれた。

木漏れ日が、道や水たまりや彼のローファーの上で揺れて光っている。

「大きな道路をひとりで渡るのが、いまだに怖くて」

笑われたらどうしよう。答えた直後心配になった。

彼は笑わなかった。ただ黙って私の言葉を受けとめた。

信号が、青に変わります。横断歩道のアナウンスとともに急《せ》かすようなメロディが流れだす。

「いっしょに渡ればいいよ。ほら、走って」

脚を速め、彼が大股で歩いていく。追いかけようとした、そのとき。

『おめでとう、漣！』

姉の声が耳元で弾《はじ》けた。高校の合格発表の日。花壇前の掲示板に張り出された紙に自分の受験番号を発見して、まず報告したのは姉だった。姉は電話口で、泣いて喜んでくれた。

『よかった。ほんとうによくがんばったね。すごいよ、漣』

だめだ、と今度こそ強く自分に言った。

これ以上距離を縮めたら、私は姉に隠し事をしなければならなくなる。

横断歩道の手前で足を止めた。走って渡り終えた彼が振り返る。薄茶色の髪が風になびき、私たちのあいだをバスや乗用車が行き交う。隙間から見え隠れする彼と視線がぶつかった。彼ははじめ不思議そうな顔をしていた。かすかに首を傾けもした。

百二十秒も待って、信号はやっと青になった。

私の両隣、それから後ろにいた人たちが一斉に歩き出す。

それでも私は動かなかった。

渡ろうとしない私を見て、彼の表情が変わった。

連絡先を交換したいと言った私に、今にも怒り出しそうだったあのときと同じ顔。

『何のために?』

くるりと背を向けて、彼が歩き出す。

次の青信号までの二分が、果てしなく長く思えた。

私は左右を何度も確認しながら、近くにいた女の人の歩む速度に合わせて向こう側へ渡った。彼はすでに、ずいぶん先を歩いている。

視線が絡まることはもうなかった。彼はまっすぐ前を向いて歩き続けた。高校が近づくにつれ、距離はどんどん広がった。

廊下の突き当たりで彼を呼び止めたときと同じように、今日の私がほんとうの感情の操り人形だったら、走って彼を追いかけただろう。

彼がもし修一さんの弟じゃなかったら、ためらわず彼の隣を歩いただろう。

⑦

恋をすること＝嘘をつくこと。

あの人を求める気持ちに土をかけてひっそり埋葬すれば、嘘はつかずにすむ。なんのやましさも罪悪感もなく、正々堂々と家族の目を見て笑うことができる。

どうしてよりによって、私は彼を見つけてしまったんだろう。

同じ高校にいたって、一度も視線が交わることなく卒業を迎える生徒なんていっぱいいる。なのにあの日、印丸と渡り廊下を歩いていたとき、なぜ彼の方を見てしまったんだろう。

制服を脱いでベッドに放り投げる、その勢いがまた新たな疑問と行き場のない怒りをうむ。

どうして彼は、よりによって姉の元夫の弟なんだろう。

Tシャツとデニムのショートパンツに着替えて廊下に出ると、階下のキッチンからぽくぽくと軽快な音が響いてきた。すりこぎが素焼きの鉢にぶつかる音。父が何かを潰すか和《あ》えるかしているのだろう。それに交じってシャワーの音が聴こえてくる。姉の部屋をノックしてみた。応答がないということは浴室にいるのは姉だ。私は廊下を歩き、二階の奥にある部屋に入った。

物置として使われている四畳半は、埃《ほこり》っぽい匂いがした。

踏み台にのぼる。背伸びして、棚の最上段に収納してあるアルバムを数冊抱えておりる。中を確認し、再び踏み台にのぼる。またべつの数冊を抱えておりる。ひらいて確認。戻す。早くしなければ。姉が上がって来てしまう。アルバムを抱えてまたおりる。どこにもあの先輩は写っていない。修一さんも。

そもそも結婚式の写真自体、一枚もない。

バンコクに暮らしていた頃は確実にあった。母が写真の横に吹き出し型のシールを貼って、コメントを書き込んでいた、あの文字を憶えている。そこに修一さんの弟の名前も書いてあった。確か漢字二文字だった。それ以上はどうしても思い出せない。

ふいに、高校時代の姉が現れた。そのページをひらいたまま、私は茫然《ぼうぜん》としてしまう。

はっと胸を衝かれるほどの、一点の曇りもない笑顔。姉のこんな表情を最後に見たのはいつだっただろう。

姉はいつも大勢の友だちに囲まれていた。男女関係なく、とにかくたくさん。夏祭りではお揃《そろ》いの法被を着て、河原のバーベキューではちょっと濡れた栗《くり》色の髪で、ライブ帰りには物販で買ったタオルを肩にかけ、口を大きく開けて笑っていた。おでこ全開の、幸せそうな姉。

そうだ。昔から姉は「前髪がおでこにかかるのは気持ち悪い」と言って額を出すヘアスタイルだった。サイドやうしろの髪もきゅっとまとめていることが多かった。それが今では、顔の半分は隠れるような髪型になっている。

「何してるの？」

いつの間にか姉がすぐそばに立っていた。鼻から喉にかけて冷たい空気が通りぬける。

姉は不思議そうな顔で私を見た。ごくりと唾を飲み込んで答えた。

「子どもの頃の写真を持ってくるように学校で言われたから」

「授業で使うの？」

「たぶん」

姉の目を見ることができない。

「お姉ちゃんはここに何か用事？」

「うん、非常用ライトを探しに来たの」

答えて姉は、箱や引き出しをあけていく。

「やっぱりうちにはないな」

「懐中電灯なら、お母さんたちの部屋にあった気がするけど」

「それとは別に、手動充電のもひとつあったら便利じゃないかなあって思ったの。ほら、電池が切れちゃったときとか、災害用に」

「なるほど。今度どこかで見つけたら買っておくね」

ありがとうと言う姉の鼻の頭に、汗のつぶが浮かんでいる。

「お姉ちゃん、暑くない？　髪の毛垂らしてて」

「まあね、でも結ぶと頭が痛くなっちゃうから」

そっかとうなずきながら私は、姉が友人たちと写る一枚を指差した。

「サチさん、元気かな。また遊びに来てくれないかなあ」

「サチは漣を特別可愛がってたよね。うちにくるときは漣が好きなお菓子いっぱい買ってきて」

「そうそう。シールとか折り紙でいっしょに遊んでくれたの憶えてるよ」

「サチは男兄弟しかいないから、ずっと妹に憧れてたんだって」

そのサチさんすら、姉の結婚式には参列していなかった。やっぱりいま考えると、相当おかしい。でもその感情を口に出すことはできない。

「そろそろ降りておいで。ごはんだよ」

「うん。今日は何？」

「ペペロンチーノとコロッケ。あとはわからないけど」

「ありがとう。これ片づけたら行くね」

姉がうなずいて歩き出す。そしてすぐ足を止めた。

「今日は、たいへんだったね」

うん、と姉の背中に向かって答える。

「たすけてくれた男の子がいたんだって？」

耳が意図せずぴくりと動いた。

うん、とまた答える。さっきと同じトーンで声を出せただろうか。

「ほんとによかった。大事な妹を助けてくれてありがとうって、私もお礼を言いたいくらいだよ。同じ学校の子？」

「うん」

「恰好《かっこう》よかった?」

「そんなに顔見てない」

「えー、ちゃんと見ておいてよ」

元気づけるように冗談っぽく言って、姉は階段を降りていった。姉が笑うとほっとする。でもその安堵は、以前と同じ安堵じゃない。

私は室内を満たすほどの、長い息を吐いた。


白ワインを呑《の》みながら母は、今日会社で起きた出来事を話していた。

「でね、お母さんの同期がその新入社員をちょっと注意したら、彼なんと、机を蹴って出ていったの」

「物に当たる男はだめだよ」姉が断言した。「いずれ人にも当たるようになる」

そうかもねえ。つぶやく母の前に姉がフォークを並べていく。

父は素焼きの鉢を洗っていた。クロックというあの鉢は、バンコクで暮らしているときに買ったものだ。

バンコクに住んで数年経った頃、父の様子がそれまでと明らかに違う時期があった。

とにかくいつも疲れ切っていて、声は聴きとれないほど小さく、滅多に笑わなかった。深夜トイレに起きたとき、ダイニングテーブルでぼんやりしている父を見かけたこともあった。そういう状態は何か月か続いたと思う。父が笑顔を取り戻すのと、料理を学び始めるのとは、どちらが先だっただろう。真面目な性格が幸いしたのか、父はめきめき腕を上げ、和食もイタリアンもタイ料理も作れるようになった。『自分で作るとどうしても、あの妖しさが出ないんだ』

『いちばん難しいのがタイ料理なんだよ』と父は言っていた。

その話を小学校のタイ語の先生にすると、『ちゃんとクロックを使っている?』と訊かれた。『あれがないとタイ料理なんかできるわけないわよ』

それを父に伝えると、週末市場でクロックを買ってきた。以来、愛用し続けている。何料理を作るときも。

「そういえばタイの人って、あんまり感情を激しく出したりしなかったよね」

私が言うと、父は苦笑しつつ同意した。

「まあ、ないとは言い切れないけど、日本に比べたら、格段に少なかったね」

「少ないどころか、私は一度もなかったよ。道端でとつぜんおじさんに暴言吐かれるとか、体当たりされるとか」

母が笑った。

「そういうのは、あの国では考えられないね。特に子ども相手には」

「でも日本に帰ってきてからはよく考えちゃう。もしいま向こうから歩いてくる人が急に怒りをぶつけてきたらって」

「タイでは、自分の激しい感情をコントロールできないのは恥とされてたよね。恋愛のいざこざとかそういうニュースではよく見たけど。基本的にタイの人はカッカして熱い感情を出すことを恰好悪いって考えるから」

「そうなの?」と姉が母に尋ねた。

「タイ語で熱いは『ローン』で、冷たいは『イェン』っていうんだけど、暑いタイではやっぱり冷えていることがいいとされてるのよね。カッカしてる日本人に『ジャイイェンイェン』って笑顔でなだめてる場面を何回か見たな」

怒りをまき散らすのは恥ずかしいこと。その意識は、幼かった私にも植え付けられた。

だから日本に帰国して、ほんとうにびっくりしたのだ。駅員さんや店員さんを怒鳴りつける大人が存在することに。何度心のなかで『ジャイイェンイェン』と言っただろう。

「ジャイって何？」

姉の問いに、母は胸に手を当てて答えた。

「心」

ふーんと姉はフォークにパスタを巻きつけた。

父がクロックで潰した唐辛子の赤が、皿の端によけても目に残る。

「明日からお父さん、漣といっしょの電車に乗るから」

なんでもないことのように父が言った。

「えっ、大丈夫なの？」

「会社で許可とったんだって」母が言った。「お父さんが忙しいときは、お母さんが車で乗せていくから」

「まあ、許可をもらうようなことでもないんだけどね」

「ごめんね、私だけ何の力にもなれなくて」

そう言った姉に笑顔で首を振って母は、今日食べたランチがいかにまずかったかという話をはじめた。

「レタスはしなしな、レバーはぼそぼそ。唐揚げの油はふるくて身体が錆《さ》びていく感じがした。まあぜんぶ食べたけど」

食べたの？　父と私が笑う。よかった、姉も笑っている。

「レバーなんてもう何年も食べてないな」

レバー嫌いの私が言ったら、父が即座に否定した。

「食べてるよ、まさに今。コロッケに入ってる」

「えっ、うそ！」

「こないだも何かに混ぜたな。なんだったかな」

「やだ、言わないで。知りたくない」

両手で耳をふさいだ私を見て、両親と姉が笑う。

笑う三人を網膜に映しながら、頭の中ではまったく別のこと、先輩の声や眼差しを思い返している。

急に苦くなったコロッケの、最後のひとくちをゆっくり咀嚼《そしゃく》した。


「れんれん、昨日ニュースでタイのことやってたよ」

教室の椅子を校庭へ運んでいると、うしろから印丸がやってきて言った。

「えっほんとう？　デモ？　テロ？　洪水？」

「そういう物騒なのじゃなくて、めでたい感じだった」

「よかったー。でもなんだろう、日本でも報道するなんて」

「なんだったっけなあ。うーん……、色は憶えてるんだけどなあ」

「色？」

「そう。画面が真っ黄色だった。タイの人たちみんな、黄色いTシャツを着ててさ」

「王様」

「そう！ 王様になって何十年かのお祝いだって言ってた。それだけのヒントでよくわかったねえ。れんれん、さすが」

黄色は王様の色。

タイでは曜日によって色が決まっている。王様が生まれた月曜日は黄色だ。生まれた曜日の色をラッキーカラーにしているタイ人は多い。血液型を知らないタイ人はいても、自分の生まれた曜日と色を知らないタイ人はいない。

というようなことを話すと印丸は驚いた。

「オレ、自分が何曜日生まれかなんて知らないな。れんれんは？」

「火曜日」

「即答、すごいな。火曜日は何色なの？」

「ピンク」

「ふーん、そうなんだ。あとさあ、タイの王様って恰好いいよね。すらっとしてて、知的で」

「でしょ。サックスもお上手なんだよ」

「へーっ、すごいなあ！」

王様のことを褒められると、なぜか誇らしい気持ちになる。

そして同時に、祈りに似た感情が湧いてくる。

王様はご高齢で、ずっと具合が悪い。私たちがバンコクを去る頃にはすでに長く入院していて、公の場に顔を見せることはほとんどなくなっていた。

「オレたちの組のハチマキも黄色だね」

「うん」

「王様の色なんて、なんか縁起いいな」

にこにこ笑いながら印丸は続けた。

「れんれんの親は明日の体育祭、観に来る？」

「こないよ、仕事だもん」

答えてはっとした。

明日。修一さんの両親が学校に来るかもしれない。

私を見たら、修一さんの元妻の妹だと気づくだろうか。気づいたら、どうなるのだろう。

「オレんちも来ないって」

「米陀さんのお母さんは来るかな」

「それはないな」

「どうして」

「うーん、よねっちの親は離婚してて、お母さんはタイにいるんだって。小四のときそう言ってた。あの頃はよねっち、大きく口あけて笑う子だったんだけどなあ」

笑う米陀さん。想像がつかない。

「みんなとドッジボールとか天下して遊んでたし、先生から褒められることも多かった。明るくてよく喋る子だったんだよ」

「よく喋るってみんなに対してそうだった？　印丸だけにじゃなく？」

「どういう意味？」

「印丸って他人に緊張感を与えない天才だから。米陀さんも心をひらきやすかったんじゃない？」

「それって褒められてるのか、ばかにされてるのか」

「すごく褒めてるよ」

「あっ」

「なに、どうしたの」

「訂正する。小四の、三学期は違った」

「なにが」

「そのときの先生は、よねっちのこと全然褒めなかった。産休に入った担任の代わりに来た女の先生だったんだけど、めっちゃ厳しくて、特によねっちは目の敵にされてた」

「どんなふうに？」

「ちょっとまって。思い出す」

鼻の下を膨らませて印丸はしばらく考えた。

「たとえば、テストで合ってる漢字をばつにされたよねっちが、合ってますって言いに行っても見ようともしなかったり、よねっちが誰より速く解いた計算問題も、答えを写しただろって決めつけたり」

「どうかしてる」

「だよなあ。計算問題のときは、よねっち結構強めに反論したんだよ。違います、ちゃんと自分でやりましたって。そしたら先生、しーんと静まり返った教室で『じゃあ今から言う問題ぜんぶ三秒で解いてみろ』って言ったの。先生が出す問題を、よねっち次々解いたんだよ。ことごとく正解。おーって教室がどよめいた。そんで最後、ちょっと捻《ひね》った問題が出されたんだ。オレなんか解くのに三日くらいかかりそうなやつ。よねっち、ほんの一瞬、首を傾げたんだよ。そしたら先生、ノートを机の上からバッて奪い取って、バーンってよねっちの顔に投げつけたの。『ほら嘘だった!』って」

驚きのあまり声が出なかった。そんなことをする先生がいるなんて。

「でもよねっちもなあ、先生をわざわざ怒らすようなこと言うからなあ」

「どんな?」

「同じクラスにちょっと、なんていうか、フクザツな家庭の子がいて、学校にも来たり来なかったりだったの。その子について先生が『家にいるより施設とかに入った方がいい。あの子には大人に甘えられる子ども時代を、ちゃんと味わわせてあげたい』って言ったことがあったんだよ。そしたらよねっち盛大に吹き出したの。そんで、よせばいいのに先生の科白を真似《まね》して、『そんなこと言って恥ずかしくないんですか?あげたいって、どんな立場からの発言なんですか?』って。先生の顔がみるみる赤くなって。いま思えば、あの辺からよねっち、タイ人のお母さんの話もしてくれなくなったんだよな」

「それまではどんな話をしてくれてたの?」

「うーん、何回かしてくれたのは、『だいのーだいのー』のこと」

「だいのーだいのー?」

「うん。お母さんがかけてくれた言葉で唯一憶えてるのが『だいのーだいのー』なんだって」

「どこの国の言葉? タイ語かな」

「それが謎らしくて、だから何回も話してくれたのかも。知りたくて」

「米陀さんのお母さん、日本語話せたの?」

「あんまりって言ってた気がする。確か、簡単な英語か、あとはタイ語って」

「最低」

追い抜きざま、吐きすてるように言ったのは、米陀さんだった。

米陀さんは昇降口の床に椅子を置き、上履きを脱いで印丸を睨みつけた。

「人んちのことぺらぺら喋んな」

吐きすてるように言って、下駄《げた》箱から出した運動靴を床に落とす。

「わーごめん、よねっち！　ごめん。ほんとにごめん。お詫《わ》びによねっちの椅子運ぶから。いや、なんなら水筒も持たせていただきます」

「いい。離れろ。さわんな」

「あの、米陀さんごめん。私が印丸に訊いたの」

「訊く方も話す方も最低」

「ほんとうにごめんね。でも、あの、うちのお姉ちゃんも離婚してて、だから離婚ってそんな」

「あんたのお姉さんの離婚と、うちの親の離婚はぜんぜん別の話でしょ」

きつい眦を残して米陀さんは去っていった。

私たちは意気消沈し、無言で上履きを脱いだ。

米陀さんとの距離は、ひらく一方だ。

スニーカーに足先を入れながら、そういえば、と印丸に声をかける。

「米陀さんの家って、遠いの？」

「れんれんが全速力で走ればこっから三分くらいで着くんじゃん？」

電車通学。私の問いに米陀さんは確かにうなずいたのだ。あれは私の勘違いだったのだろうか。

あれ、と印丸が声をあげる。

「れんれん、椅子ふたつ運んでたの？　ごめん、気づかなかった。なんで？」

「曜子の分。どうして印丸が謝るの」

「オレ男だから。そっか、曜子さん、体育祭実行委員か。ほら、かして」

「いいよ」

「いいって。そんなちっさい手でふたつも持つの、しんどいでしょ」

「持てるよ、これくらい」

「男の方が力強いんだしさ。こういうのは黙って任せといたらいいんだよ」

「ほんとに大丈夫。筋トレになるし」

「いやいや、比べてみ？　この差！」

印丸が大きくひらいたパーを差し出してくる。反射的に合わせると、確かに指の関節ひとつ以上の差があった。大人と子どもみたいじゃん。笑う印丸の声がふいに遠くなった。

印丸の後ろを、あの人がゆっくり通り過ぎていく。薄茶色の髪がなびき、一重の長い目尻が私を捉え、絡めとって一瞬でまた放り出される。不機嫌そうで怖い、何を考えているのかよくわからない表情。

「あの！」

彼がゆっくり振り向いた。

呼び止めておきながら動揺する。立ち止まってもらえないことを想定していたから、次の言葉が出てこない。彼はじっと黙って私を見ている。

「この前は、ありがとうございました」

喉の奥からやっと声を絞り出すと、彼の唇がうっすらとひらいた。

「俺と、こんなふうに喋って大丈夫なの」

語尾がかすれた、独特の声。

「わかりません」

「じゃあやめといた方がいいんじゃない」

再び校庭へ向かって歩き出そうとする。

「待って」

「……なに、急いでるんだけど」

「名前、なんていうんですか？」

彼が私の目を見た。きょとんとした表情。

その顔が、くしゃっと歪《ゆが》んだ。

不思議でしょうがない。どうしてこの人に、こんなにも惹きつけられるのだろう。肌を覆う産毛よりさらに薄い膜のようなもの、その輪郭が光を纏《まと》い輝《ひ》いている。その輝きを、少し怖いと感じる。

知らないのって、すげえ偉そうな言い方。私の後ろでぼそっと言った印丸に視線を投げてから、彼は言った。

「ともはる。月ふたつにさんずいのあったかいで朋温」

「知らないの？」

ダイニングの窓から月が見える。丸くて温かな、うつくしい月だ。

「なにか、困っていることがある？」

長ねぎを刻みながら、父が尋ねてくる。

父はむかしから勘がいい。神経が細やかで、あらゆる事柄に敏感だ。しかもここ数日は朝の電車でいっしょにいる時間が長かったから、よけい察するところがあったのだろう。

「ないよ」宿題をやる手を止めずに答えた。

「もし何か心配事があったら、誰かに話してほしいな。お父さんじゃなくていいんだけど、誰かに話してほしい」

誰に、話せばいいのだろう。遮ったり眉をひそめたりせず、根掘り葉掘り訊いてこないで、秘密を守ってくれる人。

つっかの顔が浮かんだ。いまもバンコクに暮らす親友。彼女になら、朋温のことを話せるかもしれない。まずは好きな人ができたことを伝えよう。そう決めたら心がほんの少し軽くなった。

「今日の晩ごはんなに？」

「うどんすきだよ」

うどんすき。

その五文字に、目が二ミリ余計にひらくような感覚をおぼえた。

そうだ。あの日、姉夫婦の家で、うどんすきを食べる前に写真を撮った。祖母に買ってもらったばかりのポラロイドカメラで、私が二人を撮影したのだ。

急いでシャーペンを筆箱に仕舞い、席を立った。

「お母さんが帰ってきたら、すぐごはんにするから」

背中に父の声が飛んでくる。はーいと返事をして階段を駆け上がった。

ポラロイドカメラ専用のミニアルバムは、私の机の引き出しのいちばん下の段、それも奥の奥に押し込まれていた。息をする間も惜しんでひらく。

ホアヒンの海辺で砂の城を作っている写真、つっかの父親が経営する焼き肉店で冷麺を頬張っている写真、中華街で母と肉まんを食べている写真。それらに交じって、姉と修一さんが現れた。

道端でこの人とすれちがったら、私は間違いなく振り返る。そう確信するほど、修一さんと朋温はそっくりだった。造作はよく見ると違う。修一さんは黒目がちのちいさな瞳。朋温は幅の広い一重。でも纏う淋しさが、とても似ている。

姉と修一さんの前にあるテーブルには、鍋の材料や姉の手料理が所狭しと並んでいた。日本からタイに戻ったあと、私はこの写真を何度も見返した。だからこの日のことをよく憶えているのだ。

朧《おぼろ》げな記憶に埋もれていた修一さんが、くっきりとした形を持って立ち昇ってきた。

「何してるの?」

いきなり声をかけられて、手の中のアルバムが膝の上に落ちた。

「あ、ちょっと、写真を」

アルバムを閉じながら振り返る。

「王様の具合がずいぶん悪いんだって」と母は心配そうな声で言った。「ネットニュースで見たの。黄色やピンクのTシャツを着た人が映ってた」

「ピンクも？」

「健康を祈る色だから」

部屋の扉を慎重に閉めて、私は尋ねた。

「お姉ちゃんの結婚式の写真って、ぜんぶすてたの？」

母が私の目を見た。

「それを探してたの？」

「探してたっていうか、ほかに用事があってアルバム見てたら、あれ、ないなあと思って。それであの、その人の写真、それ一枚しか見つけられなかったの」

「まどかが家を出るとき、必要最小限のものしか持つ余裕がなかったから」

母がポラロイド写真に視線を落として言った。

「余裕がなかった？」

「ほとんど着の身着のままだったの。まあ、余裕があっても彼の写真は持ってこなかっただろうけど」

「どうして」

どうしても、と母は答えた。

「あの二人は、どうしても離れなきゃいけなかった」

　その先を、聴くのが怖かった。

「一度は大切に思い合っていた人と別れることになったとき、感謝の気持ちで終われてそれが続けばいいなって思う。でも、そんなふうに到底考えられないことだってあるよね。終わらせなければならない関係なら、特に」

　大切に思い合っていた人との別れ。その言葉を聴いて、涙でぐしゃぐしゃになったつっかの顔が浮かんだ。私が本帰国する日、つっかはわざわざスワンナプーム空港まで見送りに来てくれた。抱き合って声が嗄《か》れるまで泣いた。手荷物検査場へ続くエスカレーターを腫れぼったい目で上り、姿が見えなくなるぎりぎりの場所で何度も手を振り合った。流れ続ける涙を手の甲で拭いながら出国手続きに並んだ。もらった手紙を機内で読んでまた泣いた。出会いも別れも多い八年間だったけれど、つっかと離れる悲しみは桁違いだった。

　でも、母が言っているのはきっと、まったく別の話だ。だって私とつっかの関係は終わっていない。

　終わらせなければならない関係って、どういうのだろう。

「ごはんできたよ」

階下の父に呼ばれて、私たちは部屋を出た。

「そうだお母さん、だいのーってタイ語でどういう意味かな」

「だいのー？　だいのーねえ……。何か『できる』とか『恐竜』とか近い気はするけど」

「恐竜？」

「いや、やっぱり違うな、似てるだけで」

「じゃあなにかなあ」

「だいのーだいのー、なんだろうねえ」


朋温のクラスのハチマキは、ピンクだった。あの、体温が低そうで不愛想な彼の額に、ピンクのハチマキ！　あまりのアンバランスさに可笑《おか》しさがこみあげてくる。冷ややかな顔をしたオオトカゲがハチマキを巻いているみたいだ。

トラックの向こう側の朋温は、私に凝視されていることにも気づかず、心底興ざめした顔つきで流れゆく体育祭を眺めている。

今日は風が強い。応援団の旗が大きく揺れ、彼の髪やハチマキや体操服が笑ってしまうほどはためく。

校庭の真ん中に、朋温が立った。クラスメイトから少し離れた場所で、長い手脚を持て余すように。玉入れに出場するらしい。もっとも体力を消耗せずにすみそうな競技。また笑いがこみあげてくる。

笛が鳴り、男子生徒たちがいっせいに玉を摑んで投げ始めた。一拍遅れて、朋温はのんびりと足許にあった白い玉を摑んだ。

「いましゃがんでるあの先輩、めっちゃやる気ない」女子の笑い声が聴こえてくる。

そんなことない。投げる回数は少ないけれど、彼はひとつひとつ確実に入れていた。

笛がまた鳴る。一瞬とも思えるほどの短さで。えっもう終わり、と思う。朋温とかかわると、時間の進み方がおかしくなる。ものすごく速くなったり、まったく進まなくなったりする。

ただいまの勝負はピンクの勝ちです、アナウンスが流れても朋温はうれしそうにしない。

「ほられんれん、行くよ」

「えっ、何が？」

「放送、聴いてなかったの」

あきれ顔で印丸が空を示す。

色別対抗リレーに出場する選手は、ゲート付近に集まって下さい。

放送部の声に、クラスメイトの励ましが重なる。

「漣、印丸、がんばれー」

「リレーで黄色が一位だったら、優勝決定だな！」

みんな揃って点数表示板を指差している。

賑《にぎ》やかな声援に応えるように両手を振って、印丸と私はゲートへ向かった。

「あれエールっていうよりプレッシャーだよなあ」

口を尖らせる印丸の隣で、自分の走るコースをもう一度確認した。

ああ。よりによって朋温のクラスの目の前を全力疾走することになる。変な顔をしていなければいいけど。

入場門の列に並ぶ。とにかく一位でバトンを渡そう。もし二位以下でバトンを受けたら、必ず抜かす。一位で託されたら引き離す。ぶっちぎりで、印丸に繋ぐ。それだけだ。

パーンと音が響いた。第一走者がいっせいに走り出す。私たちの黄色はバレー部の女子。私は精一杯の声援を送った。彼女は跳ねるように走って、二位で、バトンを持った手を思い切り伸ばした。第二走者の黄色男子がそれを受け取ろうとして、一度滑った。そのあいまに青色がひとり先に出た。歓声がさらに大きくなる。黄色男子がバトンをしっかり握り直し、駆け出す。彼はぐんぐんスピードを上げ、私に近づいてくる。三位だ。私は前を、目指すべきゴールを向いた。

　ザッザッザッと鳴る靴音が私の決意を固めていく。ゆっくり走り出す。

　ここからふたり抜かせたら。一位を獲《と》ったら。朋温に話しかけよう。そして。

「ハイッ」

　右手にバトンが押しつけられた。ぎゅっと握りしめた瞬間、加速する。

　ひと際強い風が吹いた。追い風だった。

「漣みたいに走れたら爽快だろうなあ！」

　曜子が後ろから私を抱擁し、踊るように揺さぶった。ポニーテールの先っぽが頬に当たってくすぐったい。

「カモシカっていうか、バンビっていうか、とっても気持ちよさそうだった。あんな速いのにずっと笑ってるしさ、髪の毛から飛んでいく汗までうつくしかったよ。黄色優勝は漣のおかげだ。あー、うれしい」

「ありがとう。私だって曜子みたいに跳べたらなあって思うよ。体育祭に高跳びがあったらいいのにね」

「ねえ。でもほんと、漣って本番に強いよね。陸上部の先輩たちもべた褒めだったよ。あの子は間違いなく新人戦ですごい記録を出すって」

ありがとうと照れくさくて顔を逸らした先、はるか遠くに朋温が見えた。

教室へ向かう生徒たちの列から外れ、用具室の脇を行ったり来たりしている。あんなところでいったい何をしているんだろう。

ちょっとごめんと断って私は、砂埃と興奮の名残の中を彼に向かって走った。

朋温がどんどん近づいてくる。

なんて呼べばいいのだろう。苗字？ 下の名前？ それとも先輩とか。答えが出る前にたどり着いてしまう。彼がこちらを向いた。

間髪容《い》れず黄色のハチマキを差し出す。

「交換してくれませんか」

ハチマキを一瞥《いちべつ》して、朋温は気まずそうに目を逸らした。

「ない」

「え？」

「なくした」

「なくしたって、なんで、そんなわけないですよね」

「なくしたものはなくしたんだよ」

ぶっきらぼうな言い草に腹が立った。

「私とハチマキ交換したくないなら、正直にそう言えばいいでしょ」

「だからそういう問題じゃなくて、そのハチマキがないんだよ。話通じないな」

「じゃあ、あったら交換してくれるんですか？」

「ああするよ、でもないんだよ」

「どうしてそんな嘘をつくのかわかりません」

立ち去ろうとする背中にありったけの感情をぶつけた。彼が立ち止まる。

振り向いて。お願い、顔を見せて。

朋温がゆっくりこちらを向いた。

「どうして嘘って決めつけるんだよ」

「だって」

私は朋温の水筒を指差した。

「おかえり」

帰宅するなり二階へ上がっていこうとした私を、姉が声で捕まえた。

ぎゅっと目をつぶる。観念して振り返る。

姉はリビングの扉をつかんだまま私の顔をじっと探るように見て、もう一度「おかえり」と、さっきよりはっきり言った。

「ただいま」

「遅かったね。友だちとどこか寄ってたの?」

「うん、優勝したから、そのお祝いで」

「連絡くれたらよかったのに。心配したんだよ」

「ごめん」

謝りながら、さりげなく鞄を背中に回す。

「優勝できてよかったね。リレーはどうだった?」

「ふたり抜いた」

「ええっ、すごい!」

姉の笑顔に胸がちくりと痛む。

「さすが漣! 観に行けたらよかったなあ」

「高校生にもなって体育祭観に来る家族いないよ」

政野家の人々もいなかったし。そう思ったことは姉には言えない。私はさらに嘘を重ねる。

「あーお腹すいた」

「じゃあ、シャワーより先にごはんにする?」

「お願いします」

「洗濯物出しといてね」

「うん」

すぐ降りてくるねと言いながら私はひと息に階段を駆け上った。

扉を閉めた瞬間、目を閉じる。背中を扉に預けたまま、聴覚も嗅覚も遮断して、この数時間に起きた出来事を反芻《はんすう》する。ひとつひとつ、最初からていねいに取り出して。

いっしょに覗き込んだ、朋温の水筒。

ピンク色のハチマキが、彼の水筒カバーの内側に入り込んで、外側にほんの数ミリはみ出していた。それを発見したときの朋温の表情。ぽかんとした顔の次にやってきた、恥ずかしそうな笑い顔。端正な一筆書きのように流れる目尻が、伸びて広がり私の新しい世界をきらめかせた。

渡り廊下で出会ったあの日から、私の目に映るものはどんどん輝きを増していく。何もかもがこれまでと違いすぎて、どうしたらいいかわからない。

大きな掌が差し出された。そこにはピンク色のハチマキが載っている。

「いいの？」

「約束したから」

「他にあげたい人はいない？」

「疑い深いんだな」

思い込みは簡単には消えてくれない。

ハチマキを受け取ってジャージのポケットに仕舞った。

そんなことより、と彼が低く言う。そんなことよりってなんだと思いながら耳を傾ける。

「ハチマキって洗って学校に返すものじゃないの」

「あっ、それは大丈夫。私、売ってるお店知ってるから。今日買いに行ってくる」

百円ショップの名前と場所を告げると、朋温は、

「今日って、陸上部あるの」と訊いてきた。

ぜんぶわすれたくない。私がわすれたら、この世界から二人が交わした会話はどこ

にも残らない。流れていずれ消えてしまう。

西口の噴水前で待ち合わせた。自転車で現れた朋温は、黙って手を伸ばし私の通学鞄を摑んで前かごに入れた。すでに彼の鞄が入っている、その上に載せたのだ。重なったふたつの鞄を見たときの、かつて感じたことのない、突き上げてくるような悦び。

「漣、乗る？　俺走るけど」

「ううん、大丈夫。乗りたかったら乗って。私こそ走る」

「疲れてるんじゃないの？」

「どうして。全然だよ」

「あんなにたくさん出場してたのに」

見てくれていた？　それとも、よくやるなと呆れていた？

「色別リレーびっくりした。漣、めちゃくちゃ速くて」

「リレーの話はやめて」

「なんで」

「恥ずかしいから」

「なら騎馬戦。漣のクラス圧勝だったね」

騎馬戦こそ見られたくなかった。わーっと頭をかきむしりたい衝動をこらえる。

「タイの学校では、騎馬戦じゃなくて騎象戦だったんだよ」

「へえ。でも言われてみれば、タイは馬より象っていうイメージだな」

何度も取り出して、堪能する。朋温が話す度に口から漏れる甘い息がいまも私の身体を取り巻いている。なくしたくない。彼が話したことは残しておける。メモしなくても言語化して記憶できる。たとえば彼がいま気になっているコンビニの新商品とか、駅を通るだいたいの時間とか。でも匂いって、どうやったらとっておけるんだろう？

百円ショップで、朋温は私より早くハチマキを発見した。ピンクだけでなく黄色のハチマキもレジへ持っていった。私のハチマキも貰《もら》ってくれるつもりなのだとわかって耳朶《みみたぶ》が熱くなった。レジのそばで手動充電ライトを発見した。それを購入したのはきっと、姉に対する罪悪感を少しでも薄めるため。

百円ショップを出て、ラーメン店に入った。どうしてそんな流れになったのか、私は微に入り細に入りあのときの空気の粒まで思い出そうとする。

朋温が私を駅まで送ってくれる途中、彼のお腹が鳴り、実はお昼を食べてないと言うのにびっくりして、どこかで何か食べようと私が提案した。それなら、と朋温が挙げたのがそのラーメン店だった。朋温がバイトしているガソリンスタンドのすぐ近くなのだという。彼は手慣れた様子で食券を二枚買い、カウンターに置いた。頭にタオルを巻いた店主は、まいど、と朋温に言い、それから私を見て目を丸くし、再び朋温を見て含むような笑みを浮かべた。朋温の表情筋はまったく動かなかった。

ラーメンが出来上がるのを待つ間、私はタイの王様と色の話をした。すると朋温は「じゃあピンクと黄色って無敵だ」と言った。

ピンクと黄色は無敵。

なんてすてきなことを言うんだろう。

朋温がラーメンを食べる。どんどん食べる。箸を動かす朋温の肘が、時折私の身体に触れて、どきどきした。

「すごくゆっくり食べるんだな」

朋温がこちらを向いて言ったとき、最初は意味がわからなかった。麺をすすらないで食べることを指摘されているのだとわかって、すすれないのだと話した。

タイの人は麺をすすらない。それがマナーだから。箸ですくった麺をスプーンに載せて、ゆっくりゆっくり口に入れる。麺専門の屋台や食堂でもズズッという音は一切聴こえなかった。だからといって、麺を勢いよくすする日本人がいたとしても、彼らは眉をひそめたりしなかった。日本は麺を豪快にすすって食べる文化だと知っているから。私の両親は、郷に入っては郷に従えでバミーだろうがうどんだろうが外で食べるときは無音を貫いた。ずっとそうやって暮らしてきたから私は麺がすすれないのだ。でも、すすれたらもっと早く食べられるのだとしたら、すすれなくてよかった。だって食べ終わったら、今日が終わってしまう。

少しでも長引かせようと百円ショップの袋から手動充電ライトを取り出した。中が透けて見える、プラスティック製。レバーを握ってみた。ギュイーンと音がして、円盤が動いた。ぱっと手を離す。握って、離す。何度かその動作を繰り返してみたが、光らない。説明書にはレバーを握っている間、点灯すると書いてある。でも、いくらやっても光らない。

どうした、と朋温が訊いてくる。

「点かない」

「ん？　かしてみ」

その「ん？」がだめだと思いながら、ライトを手渡す。朋温がレバーを握る。はじめはゆっくり、徐々に速く。

まただ、と思う。また、これまでにないすさまじさで世界の彩度がぐんと上がった。朋温は、私がやるより何倍も速く強くレバーを握った。腕に太い青筋を立てて。それでも光は点かない。ギュイーンギュイーンがシュコシュコに変わって店内に響く。

ラーメン店を出て、百円ショップに戻った。時間が飛ぶように過ぎていく。店員さんがバックヤードから新しいライトを持ってきた。

「一応、確かめさせてもらってもいいですか」

そう言って朋温は、新しいものとさっき買ったものを両手に持って、握った。新しいものだけが点灯した。

彼が何か話すたび、予測もつかない動きをするたび、自分の目が輝くのがわかった。

別れ際、朋温に頼んでピンクのハチマキを鞄に結び付けてもらった。ていねいな動作が節ばった指とあまりに不似合いで見惚れてしまう。

いっそ手首にきつく巻き付けてほしい。

そんな望みが浮かんだけれど、もちろん口には出さなかった。どうしてそんな感情を抱くのか、自分でもわからなかった。それが、今日彼といた、最後の私。

彼の汗の匂い。私とはぜんぜん質感の違いそうな髪の毛。ふいに顔を上げた朋温の眼差しに胸が締めつけられたこと。胸の裡《うち》であふれかえりそうな彼の情報を味わいながら同時に慎重に仕舞って、帰り道何度もリフレインして、ひとつもこぼさないように細心の注意を払って部屋にたどり着いた。

床に座り、通学鞄に手を伸ばす。いくつものキーホルダーといっしょにくっついているピンク色のハチマキ。他人からしたら派手なキーホルダーに紛れて目に入らないかもしれない、ただの布。けれど私にとっては何よりも大切な宝物。

一階から、姉が呼んでいる。

すべてを永遠に残しておきたい。でも、どうやって？

タイ文字はすこし読み書きできる。たとえば日記をタイ語で書いたら、姉には読まれずにすむ。けれど私より千倍タイ語の得意な母には解読されてしまう。

一人一人使う言語が違ったらいいのに。

そうすれば、自分にしかわからない言葉で今日の気持ちを書き残しておけるのに。もしも朋温にしか理解できない言語があったら、私はそれを必死で学ぶだろう。習得に膨大な時間を要する難解言語だとしても、諦めない。彼と話したいから。彼のことを理解したいから。

私たちだけにわかる音や文字があればいいのに。一から作るのはどうだろう。それはさすがに困難か。とりとめもないことを考えて、また時間が過ぎていく。

「何かいいことあった？」

食卓で父がうれしそうに訊いてくる。

「なんで」

「とてもいい顔をしてるから」

「そうかな」

大皿に盛られた唐揚げに箸を伸ばしながら、私はただひたすら部屋に戻りたいと思っている。早くひとりきりになってまた、今日の出来事を最初から取り出して愉しみたい。あの幸福な時間に浸っていたい。

「隠してもむだよ」母も同意する。「漣、何があったの。話してよ」

「何もないってば」

あの人に恋すること＝嘘をつくこと。

私は、大切な家族に嘘をつくようになった。


朋温のことをもっと知りたい。知りたいから会いたい。けれど知ったその先に何があるのか。考え出すと、怖ろしさのあまり身がすくんでしまう。

知った先にあるもの。もしくはないもの。

電車を降りて父に手を振り、いつものように西口へ出た。朝日を受けてきらめく噴水を見て、駅に引き返す。

いまならまだ引き返せるかもしれない。飢えて動けなくなる寸前の虎みたいな、かつて出会ったことのない自分。知りたい気持ちは貪欲で、どこまでいっても満たされない。

彼の名前を知った。店員さんとどう接するかも知った。昼食抜きで体育祭をやり遂げられることも、玉入れの投げ方も、ラーメンを勢いよくすすることも、知ったのに、知れば知るほど欲深くなる。もっともっと、と飢えがつのる。

高架をくぐって左折した道に、ちいさな工事現場があった。あれ、と思う。穴があいているのに、看板はなぜか少し離れた斜めの位置に置いてある。これじゃ、気づかず落ちてしまう人がいるかもしれない。もっとわかりやすい場所に移動させようと看板を摑んで、また考え込む。通行人が勝手に動かしていいものだろうか？　もしも、ここに置く理由が何かあったとしたら。

辺りを見回す。休憩中なのか、作業員は一人もいない。諦めて何もせず、コンビニに向かって歩いた。

バイト先で、教室で、朋温は誰とどんな話をするのだろう。彼に関するいろんなことを知りたい。感触を知りたい。あのきれいな色をした髪の。繋いだ手の。でもそんなことは誰にも言えない。

ふと、視界の隅で人影が動いた。妙な胸騒ぎがしてそちらを見ると、立ち喰い蕎麦《そば》店から出てきた男性が、私の通って来た道を歩いていくところだった。反射的に地面を蹴った。

「止まって！」

男性はサングラスをかけ、白い杖をついていた。

「そこあぶないです！　止まってください！」

耳元でびゅんと風が鳴る。腕を大きく前へ伸ばし男性の肘を摑んだ。

「びっくりさせてすみません。ここ、工事中なんです」

男性は一瞬フリーズしたあと、そっと口角を上げて「ありがとう」と言った。透き通った湖をなでるような、穏やかな声だった。

電車に乗るという男性を駅の入口まで見送ってからコンビニに戻ると、店先に立っていた女子高生と視線がぶつかった。彼女の左手には缶コーヒー、右手には煙草《たばこ》。

さっきの対処法は正解だったのだろうか。考えながら店に入る。あの心地好い声の男性は、もしかしたら急に大声を出され腕を摑まれ、とてつもなく不快だったかもしれない。

項垂《うなだ》れてレジに立ち、新商品のタピオカミルクティーをカウンターに置くと、「それまずいよ」と返ってきた。

店員がそんなこと言う？　呆れて顔を上げると、米陀さんだった。

「飲んだあとしばらく他の食べ物の味がわからなくなるくらい激甘」

背後に人が並んでいないことを確認して、私はおはようと言った。いらっしゃいませと米陀さんは返した。

「陸上部がそんな砂糖たっぷりのドリンク飲んでいいわけ」

「べ、べつにいいでしょ」

ひどい言われようだ。でも米陀さんに話しかけてもらえて、ちょっとうれしい。

「曜子さんはミネラルウォーターを買っていったよ。見習ったら」

「曜子、お水買うためだけにコンビニに寄ったの？」

「いや、曜子さんは」と言って米陀さんはコスメコーナーの方に視線を飛ばした。

「ん？　何？」

首を捻った私を見て、米陀さんは眉間に皺を寄せた。

しばし見つめ合ったあと、彼女は深いため息をついた。さらに頭まで振った。何がなんだかさっぱりわからない。コスメコーナーの向こう、窓ガラスの奥の店先に制服姿の女子高生が立っている。さっき目が合った人だ。灰皿に煙草をとんとんと当てている。

「注意しなくていいの?」

「なんで?」

「だって未成年でしょ」

「いや、あのお客さん、成人」

「え?」

「定時制の人なんだよ。夕方学校に行って、そのあと夜勤、ほぼ毎朝ここに寄ってくれる。だからいまは仕事明けの一服」

「……そんな可能性、頭をかすりもしなかった」

「そうだろうね。あんたはいつもただ見てるだけだもんね。表層的っていうかさ」

ヒョーソーテキ? 訊き返したときにはもう、米陀さんはほかのお客さんの対応をしている。

私が店を出るとき、その女の人は目を細め、ゆっくり煙を吐き出していた。私の方は見もしなかった。

確かにタピオカミルクティーは脳みそがびっくりするくらい甘かった。舌がビリビルする。今度朋温と話す機会があったら、甘党なのか訊いてみよう。容器を目の前に掲げながら歩いていると、タピオカ越しに制服姿の男子が自転車でこちらに向かってくるのが見えた。

朋温だ。彼は私に気づくと背すじを伸ばし、すーっとハンドルをきった。大きなローファーが地面についた。

「漣、なんでこっち側にいるの?」

尋ねながら彼は私の手の中にあるドリンクに目を留め、あ、と言った。

「体育祭の日に話してたこれ、実は私も前から気になってて」

必死すぎて恥ずかしい。朋温といるときの私はいつも恰好悪い。

「そうなんだ。いいな。俺も買ってこようかな」

「良かったら飲んで」

「いいの?」

「うん。私はもうお腹いっぱいだから」

でもね、と言ったときにはすでに彼はごくごく飲んでいる。顔が輝いた。

「おいしい」

甘党なんだ。吹き出しそうになるのをこらえ、並んで歩く。

こんな幸せのない世界を、彼のいない世界を、私はいままでどうやって生きていたのだろう。

朋温と同じ時間を過ごせるとわかった瞬間、恥ずかしいも恰好悪いもどうでもよくなる。

「タイまでって、飛行機で何時間かかるの」

「六時間くらいかな。時差や偏西風の影響もあるから、行きと帰りでも違うんだよ」

難しい用語を使ってみた。その話題に関して、私の持ちうる最大の知識だ。

「航空券代、高い？」

「うーん……。たぶん、六万円くらいかなあ。乗継便とかＬＣＣだと安いみたい。今度調べておくね」

「調べて、それから漣さんは、どうやって俺に教えてくれんのかな？」

意地悪な口調にどきっとして、隣を歩く彼を見た。からかうような笑みで私を見おろしている。

「超能力で」

「なんだそれ」

「五万円五万円、って強く念じる。そしたら届くかも」

「かもしれないけど無理かもしれないから」

そう言って、朋温はスマホを取り出した。

「連絡先、交換してくれる?」

うれしくて頬がゆるみそうになるのを、唇の内側を嚙んでこらえる。

「だめ?」

近い。覗き込んでくる顔が近い。

「私が連絡先交換してくださいって言ったときのこと憶えてますか?」

「ああ、あれは」

「何言ってるかわかってんの、って言いましたよね」

う、と朋温が呻《うめ》く。

「言いましたよね」

「言った、言った。ごめん。だからもう敬語やめて、怖いから」

困ったときの下がり眉。こんな愛らしい表情もするんだ。

初夏の風が吹き、なびいた互いの髪先が触れ合う距離で、スマホを近づける。

親指が止まった。

名前、どうしよう。

もしダイニングテーブルに置いたスマホが震えて、政野朋温と表示されたら。

悩んだ末、下の名前だけ登録することにした。ひらがなで。

「なんて呼べばいい？　先輩？　朋温くん？」

「お好きなように」

「よびすてでも？」

「ああ、もちろん」

「じゃあそうする朋温」

スマホを鞄に押し込む勢いに紛れて名前を呼んだ。

「じゃあ、俺こっちだから」朋温が駐輪場を指差す。「またね」

「バイバイ」

短く手を振って正門の方角を向いたとき、漣、と太い声で呼ばれた。

木漏れ日に、彼が発した声の粒がきらきら漂っている。絡まり合った視線をほどきたくない。

「リレーの話、していい？」

「いいよ」

そんなこと訊かなくても、と笑ってから、私がだめって言ったんだった、と思い出す。顔が勝手に笑ってしまうのを止められない。

「漣の走る姿すごかった」

「変な顔してなかった?」

「ぜんぜん。感動した。人ってあんなにきれいに走れるもんなんだな」

きれい、という言葉が鼓膜を甘くふるわせる。

その一言で、いつまでも、どこまでも、頑張れる気がした。

「あの前の日、嫌なことがあったんだ。でも走る漣を見てたらぜんぶ吹き飛んだ。自分でもなんでって驚くくらい、力をもらえる走りだった」

「朋温の玉入れもよかったよ」

「ばかにしてんのか」

わざと怒ったような、照れくさそうな顔。きゅっと上がった頰骨が艶めいている。

「ひとつ、朋温に訊きたいことがあるの」

「ん?」

「こないだの百均とかラーメンとか、何なんだろう」

「何なんだろうって?」

くく、と朋温が肩を揺らして笑う。

「用事？　クレーム？　特に名もない時間？」

尋ねてすぐ後悔する。恥ずかしさのあまり走り去りたくなる。こんなことを尋ねてどうなるというのか。私は、何が欲しいのだろう。

「じゃあ、俺が決める」

朋温がまっすぐ私を見つめた。

「あれは、デートだった」

๓

——朋温は芸術選択、何をとってるの？

——書道。漣は？

——美術。今日肖像画を描いたんだけど、下手すぎてみんなに笑われた

——肖像画は難しいよなあ

——バンコクで肖像画を描いてもらったときのことを思い出して描いたの。でもだめだった

——どんなところで描いてもらったの？

——MBKっていうショッピングモールの向かいに、バンコク・アート&カルチャー・センターっていうお洒落《しゃれ》なビルがあってね、そこで

——まだその絵持ってる？

――うん

――見たい。明日学校に持ってきて

――ぜったい、いや

漣、と階下で母が呼んでいる。スマホを枕の下に隠し、ドアから顔だけ出す。

「なに?」

「近所のお寺に夜市ができたのって漣が小二の、何月だったっけ?」

「四月だよ」

「あーそうだった。ありがとう」

足許で温泉が噴き出しているのかと思うほど暑いタイの四月が蘇る。旧正月を挟んだほんの三週間程度の期間限定だったけれど、子ども向けの乗り物や歌のステージまで設置された本格的な夜市だった。あまりにもとつぜん現れたので、はじめて見たときは、まるで魔法のようだと思った。前日までそこは、ただの駐車場だったのに。

その日以来、夜市のある世界が私の日常になった。

三月から四月、長いところでは五月まで、タイの学校は長期休暇に入る。用事はなるべく朝のうちに済ませ、日中はクーラーの効いた部屋もしくはコンドミニアムのプールで過ごし、夕方になると母にせがんで夜市へ連れて行ってもらう日々が続いた。汗でべたつく身体に夕暮れの風が貴重だった。スイカスムージー片手に、狭い通路をきょろきょろしながら歩いた。シールやノートを売る雑貨屋、携帯カバーの店、ソムタムやガイヤーンの屋台、射的ゲーム。巨大なぬいぐるみがぶらさがる店は、大きな生き物が何体も吊《つ》るされているみたいで怖かった。目が合わないよう顔を伏せて通りすぎた。音の割れたタイ歌謡のすきまに、トッケイが啼いていた。いーち、にーい。母と二人で数えはじめる。トッケイが七回啼くと好いことがあると、トゥクトゥクの運転手さんが教えてくれたのだ。さーん、しーい、ごーお。あー、五回！　悔しがりながら通路を抜けると、ふいに視界がひらける。

夜市の隅に設置された、ちいさな観覧車。一回三十バーツと書かれた紙が、柵の手前の低いテーブルに貼ってある。目がチカチカするほど派手な電飾。乗り込んだ観覧車はガタガタ揺れて、窓がなかった。安全性に疑問アリと父ならきっと乗せてくれないだろう。母はずっと扉を押さえていた。私は夜景に見入りながらわくわくしていた。タイに住んでよかったな。タイが好きだな。食べ物はおいしいし、人もやさしい。ずっとここにいられたらいいな。

「タイでの出来事は、それがいつのことか記憶に残りづらいのよね」母の声が階下から聴こえてくる。

「どうして」と姉が尋ねる。

「常に半袖だから。何月だろうとクーラーがついてるし」

「なるほどね。そういえば、まさか一人でタイに行こうなんて考えてないでしょうね、って嫌味言われたことあったなあ。あんな空気の汚いところって。空気がきれいなところに住んで精神病むのと、空気は汚いかもしれないけどのびのびできる場所で暮らすのと、どっちがいいと思ってたんだろうね？」

怖いものなど何もない。

朋温のことをもっと知りたい。笑った顔が見たい。優しくされたい。からかわれたい。すました表情も好きだけど、見られていることに気づく前の、他人の目を意識していない顔を、思う存分眺めたい。彼が生まれたときから高校二年までに起きた出来事すべて、うれしいこと、びっくりしたこと、予想もしなかったことを知りたい。いいときの彼だけではなく、怒っている彼も落ちこんでいる彼も、ぜんぶ受け止めたい。朋温が悲しんでいたら、他の誰でもなく私が慰めたい。そんな面も見せてもらえる私に、どうしたらなれるんだろう。

砂の匂いがする。地面に顔が近づく。

呼吸はため息ばかり。部活がはじまって五分も経っていないのに、一刻も早くスマホをチェックしたくてたまらない。いますぐ部室に駆け込んで通学鞄に手を突っ込みたい。朋温からの言葉が届いていないかどうか、そのことが気になって仕方ない。

地面に座り、脚を開いて右に倒れる。

「相変わらず硬いね」

私の背中を押しながら曜子が笑う。砂利を踏む彼女のスパイクがじりじりとずれていく。

「ねえ、ヒョーソーテキって何?」

「表層的。見える部分だけってことじゃないの。あんまりいい意味では使われないよね」

ため息をつくと、膝裏と左の脇腹が伸びた。意識して深く息を吐くと、さらにすこし伸ばせる。曜子が容赦なく体重をかけてくる。また伸びる。でも身体と違って、人の感情は、他人が力ずくで動かせるものじゃない。

「はい次は左」と私に言ってから、曜子は小声で「印丸」と呼んだ。

「私の漢字五十問テストの点数、A組の男子に言ったでしょ」

「言った。めっちゃびびってた。あれで百点とれるって曜子さんどんな頭してんのって。習ってない漢字入ってたでしょ。まじすげえ」

「許可なく言いふらさないで」

「えーっ、なんでよ。いいことなんだから知られたっていいじゃん」

「それは勝手な思い込み」

「オレが百点とったら全校生徒に知られたいけどなあ」

「とったらね」

バンコクに暮らす親友つっかには、好きな先輩ができたとビデオ通話で報告した。つっかは自分のことのように喜んでくれた。それから身を乗り出して、いつまでも私の顔を興味深そうに見つめていた。けれど、その好きな人が姉の元夫の弟だということはどうしても話せなかった。つっかは秘密を守ってくれる。言わないと約束したら誰にも言わない。でも、もしも、何かの形でつっかのお母さんに知られたら? たとえば、つっかのスマホに浮かんだメッセージを、たまたま見てしまったら?

きっとつっかのお母さんは私の母に連絡を寄越《よこ》すだろう。告げ口ではなく、母を信頼して。いっしょに私を守るため。大人は大人と手を組んで子どもを守ろうとする。

子どもは無知で無力だから。

それがほんとうにその子のためになることか、判断できる人なんているのだろうか。

私と朋温の関係は誰にも歓迎されない。知られたら、二度と会えない。

私だってもう高校生だから、母たちの気持ちも、少しは理解できる。

でも、それは私の望んでいることじゃない。自分以外の人に、感情を力ずくで動かされたくない。

部員が全員立ち上がる。競技ごとに分かれての練習が始まる。

「二百メートルダッシュ十本!」

コーチが声を張る。先輩に続いて、私たち一年生もトラックに並ぶ。笛が鳴り、スパイクが砂を次々撥《は》ね飛ばす。遠くで聴こえるサッカー部の声。どこまでも伸びる吹奏楽部の楽器の音色。

スタートラインに立つ。

校庭にいても教室で授業を受けていても家族と笑っていても、心は彼を向いている。いますぐ走って会いに行きたい。

笛が鳴る瞬間、きれい、という朋温の声が耳元で蘇った。

パソコンで音楽を聴いていた母の肩をとんとんと軽く叩くと、母はイヤフォンを外して振り返った。

「どうしたの」

「ちょっとパソコンを使わせてもらいたいんだけど」

「いいよ、何か調べもの？」

パソコンを抱え、母はソファからダイニングテーブルへ移動した。

「ううん。体育祭の写真の申し込み期限が今日までだってこと忘れてた」

学校から配布されたプリントを見ながら、ＩＤとパスワードを入力していく。

「あっ、この写真最高じゃない」

母が指差す先に、私が写っている。色別対抗リレーで一人追い抜き、さらにもう一人抜こうとする、まさにその瞬間だ。

「やだよ。小鼻が膨らんでる」

「そんなことない、すごく可愛いよ。なんていうか、内に秘めた情熱のようなものを感じる。とりあえずこれ、五枚注文して」

「そんなに買ってどうするのよ」

「私の手帳に挟む分、お父さんの仕事場の写真立てに飾る分、リビングの写真立てに飾る分、あとは予備。ねえ、漣のクラスで人気がある男の子ってどの子？」

「うーん、この子かなあ」

ラグビー部の男子を指で示す。日焼けした肌に白い歯が光っている。彼は騎馬戦で大将を支える馬になっていた。

「あー、わかる気がする。漣が好きなのは、彼ではないの？」

「違うよ」

「じゃあ、どの子？」

「いないよ」

「そうなの？」

「うん。好きな人なんていない」

私はこんなにも簡単に嘘がつける人間だった。

お風呂上がりの父がダイニングにやってきた。

「体育祭の写真？」

「そう。漣の彼氏はどの子かなあって話してたところ」

「そんな話してないじゃない」

「似たようなもんでしょ。彼氏、いるんでしょう？」

「だから、いないって」

「いたっていいのに」

「いないってば。なんでそんな話ばっかりするの」

やりとりを見ていた父が、かすかに笑いながらつぶやいた。

「最近の漣は秘密主義者なんだな」

「秘密主義？」

「あれっ！」

ひやっとした私が訊き返すのと、
いつの間にか後ろに立っていた姉が声をあげるのは、同じタイミングだった。

「漣のハチマキ、黄色だったの？　ピンクだと思ってた」

ああとかうんとか声にならない声が出た。姉は私の目をじっと見つめたあと、なぜか手に持っている自分のスマホとパソコンの画面を交互にせわしなく見た。私はいま、自然に笑えているだろうか。

「じゃああの、通学鞄に結び付けてるハチマキは、いったい誰のなの」

「違うクラスの子と交換したんだよ」

「ふーん……」

考えを巡らすようにもう一度スマホに視線を落としてから、姉はパソコンに顔を近づけた。

「お母さんがタイ人っていうのは、どの子？」

「えーっと」画面上で指を動かした。「この子だよ」

「その後、仲良くしてるの？」母が尋ねてくる。

「まあまあ、かな」

「連絡先の交換はした？」

「なんでそんなこと訊くの」

「こないだ漣に新入社員の話したじゃない？」

「ああ、机蹴って出て行った人」

「そう、菊池《きくち》くんっていうんだけどね。彼、子どもが二人いるのよ」

「まだ若いんじゃないの？」

「うん、確か二十三歳。奥さんがラオスの方で、上の娘さんは前の旦那さんの子なの」

「そうなんだ」

「それで米陀さんにちょっと訊きたいことがあって」

「いま漣がその子に連絡してみたらいいんじゃない？」姉が私のスマホを指差した。

「それが米陀さん、携帯持ってないみたいなんだよね」

「いまどき珍しいね」

写真の申し込みを終え、リビングを出る。背中に視線が貼りついているような気がする。

「最近ずいぶん熱心に洗顔するのね」

洗面所で洗顔フォームを泡立てるのに苦戦していたら、母が入ってきた。

「だってにきびが治らないんだもん」

「もこもこに泡立てるグッズが百円ショップに売ってたよ」

「ほんと？　今度探してみる」

お礼を言いながら、百円ショップという単語にどきっとする。

朋温と出会ってから、聴き流せない単語が増えた。

「顔に水がかかるの、あんなに嫌いだったのにねえ」

「いつの話？」

「四歳くらいまでかな。シャワーキャップかぶせて、いち、に、さん、って合図して。それでも顔に水が流れたらもう漣、大泣きだった」

「そんな昔の話されても困るんですけど」

「ちっちゃかった漣に教えてあげたい。あなたは十六歳のお姉さんになったら、顔を洗うのが大好きになるんだよって」

にっこり笑う母に、胸の奥が軋んだ。アルバムで見た、赤ちゃんだった私にほほ笑みかける母と、目の前の母が重なる。

「まどかのときもそうだったけど、漣が二歳くらいのとき、年配の人によく言われたのよ。いいわねー、いまがいちばん可愛いときよって。なに言ってんのって思ってた。来年も再来年もずっと可愛いに決まってるって。思った通りだった。十六歳だって二十八歳だって変わらない。漣もまどかもずっと可愛い」

そんなことないよ。二歳の方が可愛いよ。だって嘘をつかないから。

「もし漣に彼氏ができたら、教えてもらえたらうれしいな」

「またその話?」

「彼氏じゃなくて彼女かもしれないけど」

「どっちも今のところないけど、話してほしいっていうのは、どういう理由で?」

「困ったことが起きたとき、力になれるかもしれないから。漣からしてみたら母親なんかより友だちの方が話しやすいだろうけどね」

もし、と言って、私は咳《せき》ばらいをした。

「もし私が好きになった人を、お母さんが気に入らなかったら？」

しばらく黙って考えてから、いっしょに考える、と母は言った。

「その人を気に入らないのがお母さんだけなのか、漣の中にも実は少し不安があるのか。そしてそれはどうしてなのか。注意しながら、いろんな角度からよく見て、いっしょに考える。漣の意見も聴かずにあの人はダメなんて言わない」

「ほんとうに？」

「うん、ほんとう。漣にとって大切な人は、お母さんにも大切な人だよ」

でも、と母は言った。ひとつひとつ、言葉を探すように話した。

「漣をあまりにも悲しませる人や、痛い目に遭わせる人は嫌。きっとこれから漣にもいろんな出会いや別れがあると思う。つらい出来事をぜんぶ避けるなんて無理だし、漣が進む道にある小石をひとつひとつよけていってあげるようなことは、お母さんはしたくない。漣にはそういうことも乗り越えて前を向いていってほしいと思う。だけど、できれば、取り返しがつかないほどつらいことは避けられたらいいなと思う」

「取り返しがつかないってどういうこと?」

「命とか、尊厳にかかわること」

胸の裡で母の言葉を繰り返す。命とか、尊厳にかかわること。

「ちょっと難しいかも」

そうよね、と母は苦笑した。

「お母さんもいままで生きてきていろんなことがあったけど、最近そういうのぜんぶ、漣の実験台だったんだなあって思うことがある」

「実験台って?」

「こういうときこうするとこうなるんだな、っていう実験。人生で起きた一大事もそうだけど、身体にまつわることや、日々の人間関係も。こういうのがたぶんベストで、こっちの道はあんまりよくないとか、お母さんが先に経験して漣に伝えられるじゃない。そしたらあの失敗も意味があったんだなあって思える。でも科学は進歩するし、親子だからって体質がぜんぶ同じってわけもないし、漣が出会う人はお母さんが出会った人と違うんだけどね」

「そうだね」

「それでもやっぱり、漣に悩みごとがあるときはいっしょに考えたいな」

「うん」

「じゃあ、お母さんもう寝るね」

「うん。おやすみ。いい夢みてね」

母はにっこり笑って洗面所を出ていく。

扉を閉める直前、母の横顔が不安げに見えたのは気のせいだろうか。


「そんな短いスカート穿いてたら痴漢に狙われるぞ」

朝の日差しが照りつける通学路で、国語の先生が追い越しざま、私にそう言った。

びっくりして、うんざりして、言葉が出てこなかった。

重い脚を引きずるようにして歩く。暑さでアスファルトがゆらめいて見える。今朝は妙に身体が重い。こんな日に限って一時間目は体育だ。しかも走り高跳び。バーに当たったって命を取られるわけじゃない。わかっているけど、それでも怖い。痛いのも嫌だ。学校の方角から自転車に乗った朋温がやってきた。幻覚かと思った。目が合うと彼はぎこちなく口角を上げて、すとんと自転車から降りた。

「何か買いに行くの？」

「いや、わすれもの」

「わすれものって？」

訊き返した私の顔を、朋温がじっと覗き込んだ。

「何かあった？」

私は先生の背中に睫毛《まつげ》を向け、たったいまぶつけられた気持ち悪い言葉を伝えた。

朋温の頬骨が強張った。彼は私の鞄をがっと摑んで前かごに入れると、

「ちょっと持っててくれる？」

と自転車のグリップを私に傾けた。ちゃんと握ったのを目視すると朋温は大股で歩いて行き、先生と二言三言会話を交わして戻ってきた。

「何を言ったの」

「そんな短いスカート穿いてたら痴漢に遭っても仕方ないと勘違いする馬鹿がいるよ、の間違いじゃないですかって」

「えっ。先生、なんて？」

「恰好いいな、彼女をかばうんだ、って鼻で笑ってた」

彼女。私は彼女なのだろうか。

もはや先生の暴言なんてどうでもよくなっていた。

つきあうとか彼氏彼女とか、そんな単語は私たちのあいだで一度も出ていない。好きだと言われたこともない。『あれは、デートだった』という言葉だけ。一回くらいのデートなら、恋人同士じゃなくてもするのではないか。

だとしたら、この関係はいったい何なのだろう。

私たちは、元親戚以外の何になれるのだろう。

横断歩道の前に立つ。朋温を見上げる。視線に気づいた彼がこちらを向きかけた瞬間、信号が青に変わり、前を向く。交通量の多い道路でも、朋温となら安心して渡れる。

私は、まだ子どものかもしれない。

電車では父に守ってもらい、道路では朋温がたすけてくれる。ひとりではなにもできない、そんな自分が、自分で決めたいなんて思うのはまちがっているのかもしれない。

「漣、体育祭の写真買った？」

「うん」

「配られたら見せて」

「いいけど、曜子と並んでる写真が多かったから、ちょっと嫌だな」

私は私の名前をもっと好きになる。

「誰がどうでも、俺は漣しか見ないよ」

漣、とまた朋温が言う。彼が私を呼ぶとき、私は私の名前をもっと好きになる。

「夏休み、どこか旅行にいったりする？」

「しないと思う。朋温は実家に帰るよね」

尋ねたら、妙な間が流れた。間を埋めたくて質問を重ねる。

「寮にずっといるってことはないでしょ」

「俺は実家には帰らない」

「そうなの？」

「俺の家、もうむちゃくちゃなんだ」

男子数人が、小突き合いながら私たちを追い抜いていく。遠くから自転車の鈴の音が近づいてきて、最大になってまた遠ざかる。なにもかも、膜一枚隔てた向こうで聴こえているようだ。

「親と離れて暮らすって淋しくない？」

「漣は淋しいと思うの」びっくりした顔で、朋温が訊き返す。

「思う。時々ひとり暮らしって自由で愉しいだろうなあって想像するけど、怖い映画観たらひとりでトイレ行けないし、シャンプー中に目をつぶるのもうしろに誰か立ってそうで嫌だし、きっと扇風機の風でカーテンが揺れただけでびくっとしちゃいそう」

朋温が笑って、髪が揺れる。朝の光を浴びて輝くその髪に見惚れていると、彼が柔らかく目を細めた。

「帰りも会える?」

言いたいと思っていたことを、朋温が言ってくれた。俯いてちいさくうなずく。正門が近づいてくる。少しでもこの時間を引き延ばしたくて歩幅を狭くする。

「あっ」

「どうした」

「そういえば朋温、わすれものしたって言ってなかった? 取りに帰らなくていいの?」

ふっと笑って朋温が私を見た。

「もう取りに帰ったよ」

冷たい目尻に、全身が絡めとられる。

あと三十分で部活が終わるというころ、夕立がきた。

大量の雨がざっと降って、気がすんだようにやむ、タイのスコールみたいだった。

タイはいま、雨季真っ最中だ。この時季に合わせて出家する人も多い。

バンコクにいたころ住んでいたコンドミニアムの警備員さんは、ある日突然いなくなり、一か月ほどして戻ってきたと思ったら髪も眉毛もきれいに剃《そ》り上げていた。びっくりしてどうしたのと尋ねると、お母さんがいい来世を迎えられるように出家したのだと、白い歯を見せて話してくれた。

多くのタイ男性が、両親のために出家する季節。

そんな時季に、私は家族に言えないようなことをしている。

部活が終わるとスマホを確認した。何通か届いていたメッセージのひとつは、姉からだった。「全文表示する」をタップしないと読めないほど長い文章。目がすべる。最後まで読まず、友だちとアイス食べて帰るねと母に送って駅の西口へ走った。

朋温は噴水前のベンチに腰かけ、本を読んでいた。膝の位置が高い。街灯に照らされた幻想的なその横顔を、いつまでも眺めていたいと思う。水音に電車の音が混ざる。

朋温が本を閉じた。顔を上げて、ほほ笑む。

「ここで電車に乗った方がいい？」

自転車を押しながら尋ねてくる。

まだいっしょにいたい。でもそれをどんな言葉で伝えたらいいのかわからない。

高架をくぐり、東口に出た。コンビニに米陀さんの姿はない。

「あと少し、大丈夫？」

店内の壁時計を指差す。

「うん。あと少しより、もうちょっと大丈夫」

朋温が笑った。

「よかった。じゃあ次の駅まで歩こう」

私に明確な門限はない。それは、いままで理由もなしに遅く帰ったことなどなかったから。父も母も私を信用してくれている。きっと今も、おいしい晩ごはんを作って私の帰りを待っているだろう。心配して何度も時刻を確認する三人が浮かび、頭を振った。

「朋温は自分でごはん作ったりするの？」

「しない。カップラーメンにお湯入れるくらい。寮に食堂があるし」

「食堂ってどんなところ？　おいしい？　楽しい？」

「おいしいけど、楽しくはない。ん？　なんで笑うの」

「楽しくはないって言い方、タイの人みたい」

「そうなの？」

「うん。タイの人は嫌いとか醜いとか、つまらないとか、ネガティブな言い方はあんまりしないから」

「じゃあなんて言うの」

「好きじゃない、きれいじゃない、楽しくはない」

ほんとうに？　と朋温が笑う。

「まずいっていう言葉も私は聴いたことない。おいしくない、はよくあるけど。衝突を避けたい性格の人が多いのかも」

衝突と口に出して、考え込んでしまう。

朋温の家は、どんな風にめちゃくちゃになっているのだろう。

私たちが親しくしていることを、朋温の家族もきっと知らない。知らないのにすでにめちゃくちゃなのだとしたら、知られたらもっと酷《ひど》いことになる。もちろん、私の家も。

でもテレビのコンセントを引っこ抜くみたいに、朋温のいる世界を消すことなんてできない。朋温のいない世界をどんな風に生きてきたのか、もう思い出せないくらいなのに。

朋温との関係を断ち切ることと、お互いの家族がこの状況を知ってしまうこと、どちらがより最悪の事態なのだろう。苦しむ人の数を少なくするには私が耐えればいい。でも、大多数の幸福を守るために、たったひとりの、もしかしたらふたりの、幸福が優先されないなんてことがゆるされるのだろうか。

ひとつ、私の家に近い駅に到着した。

「電車に乗る?」

首を振る。

「脚、痛くない?」

「全然」

「痣《あざ》できてるけど」

見ると、確かに左脛《すね》に痣があった。

「授業で高跳びやったから」

歩くとき朋温は必ず車道側に立ってくれる。自転車のグリップを握る朋温の、手の甲に浮かんだ青い血管が生々しくて目をそらす。

「私ね、長いあいだ、長袖の上に長袖を重ねて着る方法を知らなかったの」

「難しいことか？」

「そう思うでしょ。でも袖口を指で押さえるっていう知識がないせいで、めくれあがっていっちゃうの」

「タイでも冬服って売ってるの？」

「売ってるよ。さむい国に帰っていく観光客もいるし、さむい国へ旅行にいくタイ在住の人もいるから」

「タイで冬服を着る機会はないってこと？」

「一応冬はあるから、そういう時季にはダウンを着るタイ人もいるよ。冬っていっても二十度くらいだけど」

「二十度でダウン着たら汗かくよなあ」

朋温が笑う。朋温と話すのは楽しい。興味深そうに聴いてくれるから。私のことを知りたい、と思ってくれているのが伝わってくるから。私はどんどん自惚《うぬぼ》れてしまう。

「長袖を重ねて着る方法はどうやって習得したの？」

「一時帰国中に、おばあちゃんが教えてくれたの」

祖母は笑いながらもやさしくコツを教えてくれた。

その祖母にも、朋温は会ったことがあるのだ。そう思ったけれど口には出さない。

きっとこの先ふたりが顔を合わせる機会はないと考えてしまったことも。

口に出せなかった言葉たちが身体の底に沈殿していく。重くて、息が詰まって、身動きがとれなくなる。

いつまでも家に着かなければいいのに。少しでも気を抜くと、ひとりで部屋にいるときの淋しさを想像してしまう。

市立図書館の裏手で、朋温の大きなローファーがざり、とアスファルトを踏んだ。

「この公園いいね」

街灯に照らされた看板に近づいていく。O公園という大きな文字の下に「作曲家の私邸を改築し庭園にした」と説明書きがあり、園内地図に日本庭園や茶室が描かれていた。夕立に濡れた緑の葉っぱが風に揺れている。

入ってみたかったが、最終入園は四時半。とっくに過ぎている。

「今度、試験前とか部活が休みの日に来てみたいな」

「そうしよう。そのとき、バンコクで描いてもらったっていう肖像画持ってきてよ」

「それはやだって言ったでしょ」

「どうして」

「中二の春は、ちょっとぽっちゃりしてたから」

「体重、気になる?」

「そりゃあ、それなりに。朋温は気にしたことないだろうけど」

朋温が口をつぐむ。何か変なことを言ってしまっただろうか。

「俺自身はないけど、俺の母親はずっと気にしてた」

「お母さん……、太ってなかったよね」

「いや、母親が気にしてたのは自分のじゃなくて、俺や兄さんの体重」

「えっ、どうして?　ふたりともむしろ痩せてるよね」

言った直後「兄さん」という言葉が圧《お》し掛かって来た。

「もういいよ、この話は」

朋温が素っ気なく言って顔を背けた。駅が見えてくる。さすがにこれ以上遅くなったら電話がかかってくるだろう。バイバイと言って定期券を取り出し、視線を上げたら朋温の顔から色が消えていた。

「もうやめない?」ひんやりした声で朋温は言った。

「えっ」

「今日でおしまい」

背筋が凍りついた。おしまい。今日で最後。

「バイバイってさ」

「え？」

「バイバイって、もう完璧にさよならって感じで嫌だから。バイバイじゃなくて、『またね』にしよう」

「なにそれ。びっくりしたよ。心臓に悪いよ。やめて」

「なんだと思ったの」

「もういい、知らない。またね！」

安堵のあまり大笑いしながら朋温の腕を軽くぶって、改札をくぐった。ホームへの階段を上る直前、振り返ると彼はまだそこに立っていた。まぶしそうな目でこちらを見ている。ハードル走のように改札を飛び越え走っていますぐ彼に抱きつきたい。そうする代わりに私はその場でジャンプして大きく手を振った。もういい、わかったよ、といなすように彼が大きな掌を挙げる。そして口の動きで、またね、と言った。

彼の唇の動かし方も手も匂いもぜんぶ、ひと欠片《かけら》もこぼさずかき集めるように、私は鞄を胸に抱いた。
朋温の「またね」が唯一の希望だった。

6

玄関ドアを開ける直前、スマホの通知ランプが光った。

——漣の声が聴きたい

またすぐにポンとメッセージが浮かび上がる。

——でも無理はしないで

痛みと悦びが同時に胸に生まれ、悦びは痛みを簡単に凌駕《りょうが》する。ゆるむ口元を左手の甲で押さえながら、返信の文章を打ち込んでいると、何の前触れもなくドアがひらいた。

「ずいぶん遅かったね」

姉は私と目を合わせるより先にスマホに視線を落とした。

「歩きスマホしてたの？　あぶないよ」

「ごめんごめん。部活のあと話し合いがあって。でもスマホは家に着いてからひらいたよ」

「中に入ってしたらいいのに」

「そうだよね。今度からはそうする」

画面をすばやく暗転させスカートのポケットに落とす。

「ちょっと漣」

姉が険のある声を出した。背中を粘ついた汗が流れ落ちる。

「なにそれ、見せて」

「なにって……なにが」

「漣のスマホカバー、すごく汚れてた」

「えー、そう？」

スニーカーを脱ぐ。キッチンで父が何か言い、母が笑った。食器棚からお皿を出す音に、姉の尖った声が被さる。

「買ったときは透明だったのに」

「大したことないよ」

眼前に、姉の掌が差し出された。

「貸して。洗っておいてあげる」

「いいよ、大丈夫」

「大丈夫じゃないって。教室の埃とか校庭の砂とか詰まっちゃってるんじゃない？　そのままじゃ壊れるよ。それに漣、知ってる？　スマホってトイレの便器より雑菌が多いんだって。そんな汚いスマホ操作した手でおでこやほっぺに触ったらまたにきびができるよ。はい早く。出して。このまま洗面所に持ってくから、カバー外して」

諦めるしかない。姉の目の前でスマホに触るなんていちばん嫌だが、ここでかたくなに断ったら、余計不審に思われるだろう。

観念してスマホからカバーを外そうとした。焦って、手がすべる。

光りませんように。光りませんように。光りませんように。

強く念じながら、ようやく外れたカバーを差し出す。姉が、カバーではなく私の手のなかのスマホを覗き込んだ、その瞬間、人工的な光が姉の顔を照らした。

——さっき、なんて思ったの？

「これ、だれ？」

姉が画面を指差した。

「米陀さん」

答えて自分でうなずく。声は上ずっていないだろうか。朋温の登録名を、ひらがなからタイ文字に変えておいてよかった。朋温が、もっと際どい内容を送ってこなくてよかった。

「ふーん……。なんて書いてあるの？」

「ヨネダ、だよ」

私の心の動きを見透かすような、姉の冷えた視線。

「米陀さんといっしょだったの？　米陀さんは何部？　さっきってなんの話？」

「もう、まどか」

苦笑雑《ま》じりに間に入ってくれたのは母だった。

「漣だって疲れてるんだから、とりあえずごはん食べよ、ね？」

ふーっと細い息を鼻から吐いて、姉がこちらを向いていない隙にカバーを靴箱の上に置き、階段を駆け上がった。

――おしまいって、もう会わないって意味かと思ったの

――想像力が逞《たくま》しいな。無事家に着いた?

――うん、いまからごはん。ごめんね、たぶん電話は無理だと思う

また、スマホが震える。

この震動を待ち望む人と、不快に思う人がいる。

この震動を、待ち望む私の気持ちと、悲しむ姉の気持ちは、どちらが大きいだろう。

いただきますの直後、姉の手が静止していることに気づいた。ひとりだけ、箸を持とうとしない。さりげなく様子を窺おうと視線を上げて、鳥肌が立った。

姉は私を睨むように見ていた。じっと、何かを探るみたいに。

一文字にきゅっと結ばれていた唇が、ひらいた。

「スマホはリビングで使う約束じゃなかった?」

「それは中学までの話でしょ」

努めて明るく、笑顔を心がけた。姉を刺激しないように。

姉の傍らにはスマホがあった。姉の方こそ、最近やけに熱心にスマホをいじっている。以前は食卓に持ち込むことすらなかったのに。

「誰が決めたの？　中学までって」刺々《とげとげ》しい声で姉は詰問を重ねる。

「誰って……、高校生にもなってリビングでしか使えないって、ありえないでしょ」

「どうして？　お金払ってるのはお母さんたちなのに？」

お姉ちゃんでもないよね、という言葉をのみ込む。

確かに通信料を払っているのは私じゃない。でもだからってぜんぶ親の言うとおりにしなきゃいけないはずがない。

「部屋に持ってっちゃったら勉強中は禁止って約束が守られてるかどうかもわからないし、何時までやってるかもわからない。それに夜道で操作してたらあぶないよ。防犯ブザーも押せないでしょ」

「道ではやってない。お父さんと約束したし」

「それがほんとうだって、どうやったらわかるの？」

父と母がそっと目配せをする。姉の表情がさらに険しさを増した。

「漣、何か隠してるよね」

「ないよ、なにも」

「じゃあスマホ見せて」

声も出せない。どうして、そんなことを言われなくてはならないのか。

「やましいことがなかったら見せられるでしょ。それとも知られたくない秘密でもある？」

「ないけど」

「ないならどうして友だちの名前をタイ語で登録したりするの？」

空気が動いて、母がこちらを見たのがわかった。

「最近の漣は、スマホ以外すべてのことに無関心だよね。頼んだこともなにひとつやってくれない」

「頼んだことって」

「ほら、そうやって頼まれたことすら忘れてるんだよ。洗濯物とか、郵便を取ってくるとか。どうしてそんなに上の空なの」

「それは悪かったと思うけど、スマホとは関係ないよ」

「そうかな。じゃあスマホを操作してるときに私が来ると、残念そうな顔をするのはないで」


なんで」

「そんな風に感じさせちゃったならごめん。でもほんとうに、何か隠してるとかじゃないから」

「それなら」姉は息を吸い、ぴしゃりと言った。「もうスマホを部屋には持っていかないで」

カーテンを開けると、太陽が鋭く私の目を射た。早く制服に着替えて朝ごはんを食べなきゃ。そう思うのに、身体が重くてまたベッドの縁に腰かけてしまう。枕を抱いてため息をついた。まとわりつく湿気が息苦しい。

「猫の餌みたいな飯出しやがってって怒鳴られたんだよ」

部屋を出たら、階下から姉の声が聴こえた。

「それっていつ頃の話?」母が尋ねる。

「まだあれがはじまる前、初期の初期。朝食にチーズトーストと牛乳って、変じゃないよね?」

「変なわけないでしょう」

「夜ごはんに塩鮭《しおじゃけ》とお味噌汁とひじき煮を出したときは、貧乏な朝飯みたいって言われた。『こんなもんしか作れないなんて、昼間いったい何やってんの？　子どももいないのに』って」

「そんなこと言われたら悲しいよね」

母は根気強く姉の話を聴き続ける。踊り場に落ちる朝日を見つめながら、私はこの話を聴きたいけれど聴きたくない、と思う。

「親もやばかったもん。あれの相談をしたときも、反抗期すらなかったあの子がそんなことするわけないって笑い飛ばされて。ひとっつも信じてもらえなかった。大袈裟だって、まるでおかしいのは私みたいな目で見られて。そもそも初対面から質問攻めだったもんね。うちの家族構成からおじいちゃんおばあちゃんの病歴まで確認されて、妹さんの誕生日は、付き合い始めた記念日はって。銀行の暗証番号まで訊かれそうな勢いだったよ。結婚式だって私には何ひとつ決める自由がなかった。日取りも料理も引き出物もウエディングドレスも招待客もぜんぶあの人たちが決めた。ちょっとでも意見言うと百倍の強さで潰されて、『どうして普通の人ができることがあなたにはできないの』って呆れられて。あのときすでに片鱗《へんりん》はあったのに、なんで気づけなかったんだろう。このままじゃ人生めちゃくちゃにされるって」

ドアを開けて入っていくと、ダイニングにいた母と姉が同時にこちらを向いた。

コポコポとコーヒーの落ちる音。クーラーの風に吹かれて、レースのカーテンが揺れている。

「カフェオレのむ?」キッチンから父が顔を見せた。

うん、と口角を上げる。

いま話してたのって修一さんの家族のこと?

訊きたいことはそれだけ。なのに、どうしても口から出てこない。

母の隣に腰かけ、テーブルの上のかごからバナナを取った。母の正面に座る姉の強い視線を感じる。顔を上げることができない。バナナは見た目より柔らかかった。かごに戻すと同時に姉のスマホがぽん、と鳴った。さりげなく視線を遣る。色や形でなんとなく写真共有アプリのアイコンだとわかるが、内容までは見えない。

テーブルにマグカップを優しく置く音がした。

「はちみつも入れたよ」

ありがとうと言ってマグカップを両手で包む。ぽん、ぽん、と連続して通知音が鳴る。密に連絡を取り合う人がいるのだろうか。それとも何かフォローしているのか。

マグカップを持ち上げる流れで一瞬、姉の顔を見た。

姉が見ているのはスマホではなく私だった。恐怖、疑念、怒り。姉の目にはそれらが混ざり、不安定に揺れていた。

唐突に姉が立ち上がる。私の後ろを通り、キッチンの戸棚から薬袋を取り出す。何錠か口に入れ、水で流し込んで姉は、「もう一回寝る」とつぶやいて出て行った。案じるように、父がそっとついていく。

リビングの扉が閉まると、一気に息がしやすくなった。父が何か尋ね、姉が短く答える。姉が階段を上る音。父が洗面所に入る音。姉の足音が完全に聴こえなくなるのを待って、母の方を見た。母はすでに私を見ていて、弱々しくほほ笑んだ。

「このところ、調子が悪いんだって」

「なんでかな」

「何か引っかかることがあるって言ってた」

「何かって?」

尋ねた私に母は首を傾げた。

「さっきの話って、前の人のことでしょ?」

囁《ささや》き声で尋ねると、母は珍しく躊躇せずうなずいた。

「そう、修一さんの話」

それから母は立ち上がってキッチンに入り、サンドイッチの盛られたお皿を手に戻って来た。ひと切れ手に取って、尋ねた。

「そのことについて、私がちゃんと教えてもらえるのはいつなの?」

「じゃあ、いま言うね」

変だ。何か変だ。いつもならこの話題は、いつか話すとはぐらかされるのに。

「待って」

頭の中でサイレンが鳴った。聴かない方がいい。聴いてしまったら、私にとって朋温は単なる「むかしの親戚」ではなくなってしまう。「むかしの親戚」というだけでもややこしいのに、別れた理由まで知ってしまったら。

待ってと言ったのに母は待たなかった。

「修一さんはまどかに暴力をふるってたの。だからまどかはあの家から逃げたの」

あの家。磨き上げられたキッチン。つるつるの床。ケーキの箱を持つ血管の浮いた大きな手が、自転車のグリップを握る朋温の手と重なった。

違う。朋温はお兄さんとは違う。頭を振って私は尋ねる。

「暴力ってどんな? 冗談で軽くぶつとかじゃなくて?」

「軽くでもだめだと思うけど、修一さんの暴力は、もう何もかもどうでもいいって思ってしまうほどめちゃくちゃだったって」

煌《きら》びやかな結婚式場で、スポットライトを浴びていた二人。顔合わせの日の朝、広い公園で笑い合っていた二人。修一さんが姉を心の底から愛しく思っていることは、眼差しや並んで歩くときのちょっとした仕草で、幼かった私にも手に取るようにわかった。

「修一さん、お姉ちゃんのこと好きでたまらないって目で見てたよ」

「好きは、好きだったと思う」母は確かめるように言った。「でも、人は変わるから」

「そういうことなの？　はじめは優しかったけど、変わっちゃったの？」

「漣は修一さんのどんな優しい部分を知ってるの」

「え？」

「具体的に何かあって、そう思うの？」

目を見て尋ねられ、喉の奥がぐっと詰まった。サンドイッチをお皿に戻す。母はもしかして、あのことを知らないのだろうか。

壁時計に視線を遣って、母はコーヒーを一口のんだ。

「一時帰国中、漣とおばあちゃんと三人でまどかの家に行ったけど、入れてもらえなかったことがあったの、憶えてる？」

問われて記憶を辿《たど》る。まず蘇ったのは匂いだった。真新しいマンションのエントランスに漂っていた、アロマか何かの高貴な香り。

「エントランスで呼び鈴を鳴らしたけど、体調が悪いからって断られて、それでも何度も鳴らして『顔が見たい、顔だけ見たら帰るから』って食い下がったら」

「……思い出した」

観念したようにロックが解除され、扉がひらき、私たち三人はロビーに足を踏み入れた。エレベーターホールへ向かう廊下からは、中庭の豊かな緑が見えた。歩きながら母はふくらみかけた桜の蕾《つぼみ》にじっと見入っていた。普段の母なら「この時季の日本は最高ね」と声を弾ませる。けれどそのときは違った。硬い頬で黙り込んでいた。上昇するエレベーターの中でも母は無言だった。

姉の家の前に立ち、チャイムを鳴らすと、ドアが少しずつひらいた。

私の背後で、祖母と母が息をのんだ。

チェーンがかかったままのドアの向こうに、前髪を垂らし、巨大なマスクをした姉が下を向いて立っていた。

あれ、と思った。前髪をおろしている姉を見たのは、私の記憶にある限り、その日がはじめてだった。それにずいぶんほっそりしたこともあって、別人かと見紛《みまが》うほどだった。

そこで記憶はぷっつり途切れている。

そうだ。あの日から、前髪をおろした姉しか見ていないのだ。

「きっかけは信じられないような些細《ささい》なことだったんだって。外出中にまどかが携帯をぜんぜん見なくて、気づいたときには着信履歴が全部修一さんで埋まってたって」

「なにか緊急の用事があったの?」

「そう思ってかけなおしたけど繋がらなくて、あわてて帰ったら修一さんはいなくて」

帰宅した修一さんを姉は玄関で迎えた。どうしたの、あんなに何度もかけてきて。びっくりしたよ。スリッパをそろえて姉が笑いかけた瞬間、修一さんは無言で片脚を高く上げた。姉のみぞおちに大きなかかとがめり込んだ。

信じられないと思うのに、その光景は私の眼前にくっきりと広がった。崩れ落ちる姉。息ができない。わけがわからない。いったい何が起きたのか。

「混乱するまどかの、次は背中を蹴って、修一さんは怒鳴ったの。わざと俺の電話を無視しただろうって。トイレに立ったときにチェックくらいするはずだ、先輩とランチなんて嘘で、男と会ってたに決まってるって」

怖ろしい夢を思い出すように、母は言葉を紡いだ。

母の話によると、その日、姉はデパートで短大時代の先輩に偶然再会した。彼女は姉をランチに誘った。一瞬迷ったが、修一さんはゴルフだったし、そんなに早く帰ってくることもないだろうと判断して、メッセージを一通送り、ふたりでパスタを食べた。久しぶりに修一さん以外の人とする食事はとても楽しく、時間があっという間に過ぎた。いっぱい笑って修一さんに感謝して、帰ったらあの人の好物を作ってあげようとわくわくしていた。

修一さんが帰宅したとき、室内にはビーフシチューの匂いが満ちていた。なのに修一さんは、そんな姉を力の限り踏んだ。勢いをつけて何度も踏みつけた。あの大きな身体で。もし俺が危篤だっていう連絡だったらどうするんだ。一生悔やむぞ。まくし立てるように罵倒し続けた。

それから修一さんは、うずくまっている姉の髪の毛を掴み、顔を引き上げた。そして、

「『煙草の臭いがする、やっぱりな』って言って、顔を、床に」

嵐の最後。姉は修一さんに命じられた通り、携帯を見せた。パスワードを目の前で解除し、渡した。修一さんは着信履歴もメールも、画像まですべてチェックした。俺以外の男の連絡先は消去しろと命令され、従った。

顔面を何度もフローリングに打ち付けられた姉は、額から流血していた。

数時間後、その傷を泣きながら消毒していたのも修一さんだった。

ごめん。もうしない。俺だってほんとうはしたくなかったんだ。たのむから、二度と同じことは言わせないでくれ。俺もあんなこともう絶対やらない。約束する。

額の傷が治るまでと思い姉は前髪を作った。その傷が治る前にまた、新たな傷ができた。

「それで離婚になったの?」

「そこからだいぶかかったけどね」

「どうしてすぐ逃げなかったの?」

母は黙っている。

「私ならそんなひどいことされたらさっさと離れる。暴力なんて一発レッドでしょ」

どんなに謝罪されても、大好きでも、その日を境に完全に冷める。だって幼稚じゃないか。感情をコントロールできなくて、手が出てしまうなんて。そもそも、そういう人だとどうして結婚前に気づかなかったのだろう。不思議で堪《たま》らない。

「漣の言うことは正しいと思うよ。お母さんだってもし漣が誰かにそんなことされたら、すぐ離れてほしいと思う。でも、正しいことが常に正しいとは限らないんだよ」

よくわからない。不思議はもうひとつあった。私にも姉にも優しかった修一さん。確かに少し、個性的な人ではあった。でもいくらなんでもそこまでひどいことをするようには見えなかった。いったい何があってそんなふうになってしまったんだろう。私の中には、姉の話を百パーセント全部は信じられないという気持ちがあった。

「証拠ってなんの？」

「証拠はあるの？」

「修一さんがお姉ちゃんに暴力を振るってたっていう」

母は驚いたように目をみひらいた。

「あのね、漣。自分が見たもの以外信じないのは悪いことじゃない。ほんとうかなって思ってしまうのも仕方ない。感情、というか反応だから。でもそれを言葉にする前に、すこし用心した方がいいかもしれない。誰かの気力を奪う可能性があるよ」

私はいったい何を知っていたんだろう。

私はいったい何を知っていると思って生きてきたんだろう。

教室に入り、あんパンを食べながらぼんやりノートをめくった拍子に、指先がすーっと切れた。

「いたっ」

声を上げてしまった私を、曜子が心配そうに見る。

「血が出てる。ちょっと待って」

曜子が巻いてくれた絆創膏《ばんそうこう》は、陽気な柄だった。赤地に白い太字で『ええやん』と書いてある。

「なにこれ」

「関西弁の絆創膏。さっき大原《おおはら》先生がくれたんだ。予備にって二枚」

よく見ると、曜子の親指の付け根にも同じものが貼ってある。

「大原先生こないだ関西の山に登ったんだって。趣味と実益を兼ねて」

そういえば少し前、地学の授業中に山の話をしていたような気がする。詳細はまったく憶えていない。地学室は朋温の教室のとなりにあるから、集中するのが他教科よりさらに困難なのだ。

「曜子、そこどうしたの」

「包丁で切った」

「朝から何かお手伝いしたの?」

「手伝いっていうか……。作ったって言ってもお味噌汁だけだよ」

「だけってことない。曜子どこまで完璧なの」

ええやん。

つぶやいたら、曜子が笑った。つられて私も笑う。

単純な話だ。修一さんと姉は愛し合っていた。でも別れた。ただそれだけの話。確かに姉はつらい思いをした。だからといって私は朋温といっしょにいることを諦めたくない。

そして姉と私の気持ちを両方とも満足させる方法が、たったひとつだけある。

「漣、ふられにきび?」

「ふられにきびできてる」

曜子は手を、額、あご、左頬、右頬、の順に動かしてニッと笑った。

「おもいおもわれ、ふりふられ」

「じゃあ曜子はおもわれにきび?」

「そう、いいでしょう」

私が、隠し通せばいい。

何があっても私たちの関係は、誰にも知られてはいけない。

「面白い手の洗い方するんだね」

ラーメン店の洗面台で、背後に立った朋温が肩をゆらした。

「え、そう?」

鏡に映る朋温は、見慣れた彼の顔と少し違う。そのかすかな歪みがまた色っぽい。

だって石鹸《せっけん》、朋温が言い、頬骨が上がる。

「俺は手を濡らしてから液体石鹸を垂らした。けど漣は、乾いた手に石鹸を落とした」

ああ、と笑いがもれる。

「タイではそういう人が多かったから。ペーパータオル付近にある液体石鹸をまず掌に落としてから、洗面台に向かうの」

「それでちゃんと泡立つの?」

「意外と泡立つよ。朋温もやってみたら」

手を洗う。当たり前の行動が、朋温といっしょだとこんなに楽しい。

彼の指の間で、泡が膨らんでいく。

ラーメン店を出て何気なくビルを見上げたら、薄暗い非常階段の四階にパイプ椅子が二脚置いてあった。

「あそこから見える景色はどんなかな」
「のぼってみようか」
朋温が私の手を取った。その手があまりに硬くて驚いた。
踊り場部分の下にあるスペースで、若い男性がスマホを眺めながら煙草を喫《す》ってい
る。朋温が顔を近づけてきて「ちょっと見てくる。漣はスカートだからここで待って
て」と耳元でささやいた。
駆け上がった朋温が時折こちらの様子を確認しながら下りてくる頃には、男性は煙
草を喫い終わってどこかへ行ってしまっていた。
赤く錆《さび》の浮いた鉄骨の階段を二人でのぼる。私が先で、朋温が後。階段でもエスカ
レーターでも、朋温は必ず私を守るような位置に立ってくれる。のぼるときは私が先、
降りるときは朋温が先。
階下から吹いてくる風がスカートを揺らし、私の膝裏をくすぐる。
「もしかして、何か怒ってる?」
パイプ椅子に座るなり朋温は私の顔を覗き込んできた。彼が両脚のあいだに垂らし
た手の、浮き出た血管にどきっとする。
どうしてどきっとしたのだろう。

単に、恰好いいから。

それとも、修一さんにそっくりだから。

朋温といっしょにいられる貴重な時間。いま目の前にいる朋温のことだけを考えていたい。そう思うのに、今朝聴いてしまった修一さんと姉の話が、見たわけでもない暴力の場面が、頭に侵入してきて苦しい。

「怒ってないよ、ぜんぜん」

「それならいいけど、今日の漣は、別のことを考えている時間が多いような気がする」

「ごめん」

「謝らないで。悩むようなことがあったら話してほしい。何も言ってくれなかったら、俺が漣に何かしてしまったかなって思うから」

「うん」

「家の人に、何か言われたりした?」

無言で首を振る。朋温は私から目を逸らさない。

「ほんとうに?」

「うん。でも、家にいるときはあんまり連絡できないかもしれない」

そっか、そうだよな、と朋温は納得した口調で言いながらも、身体のどこかが痛むような顔をした。

「話してくれてありがとう。そうやって少しでも話してほしいんだ。漣が何を悩んでるかわからないままだと心配になるから」

どうして母と同じことを言うのだろう。悲しさが込み上げてくる。

朋温といると家族のことを思う。家族といると朋温のことを思う。

ばれなければいい。そう開き直った次の瞬間、罪悪感でくらくらする。

これはきっと正しいことじゃない。

「ところで、何その絆創膏」

朋温が私の指を見て笑った。罪悪感など一瞬で吹き飛ばしてしまう笑顔。感情がめまぐるしく振り回されて、苦しい。

今日も。明日も。

ふたりでいたらきっとずっと苦しい。

絆創膏から関西の話題になり、朋温は中学の修学旅行で奈良・京都に行った話をしてくれた。私は一時帰国のとき旅行で大阪に行ったときの話をした。

これまでに旅した場所、そこで食べたもの、驚いたこと、笑える失敗、いろんな話をした。ある一点について、慎重に避けながら。いま、話題にのぼっているその場に、きっと互いの家族もいっしょにいた。

「漣の写真が欲しい」

朋温が唐突に言った。

「撮っていい？」

「えっやだ。加工してくれないでしょ」

「そりゃ、しないけど……。じゃあ、手は？」

朋温が左手を広げた。

「手なら」と、差し出す。

長い指に包み込まれる。朋温は片手で器用に撮影した。

「西校舎で連絡先交換してくださいってお願いしたときは、こんなふうになるなんて想像もしなかったな」

「あのとき俺、漣が俺の名前とか、知ってて言ってるんだと思った」

「だから自分が何言ってるかわかってるって訊いたの？」

「よく憶えてるな」

あの場でもしも朋温が、自分は政野家の次男だと話してくれていたら。

もしくは、修一さんが姉にしたことを、私がすでに知っていたら。

朋温に惹かれる気持ちを消すことができただろうか。好きになってしまう前に、自分の人生には関係のない人だと思えただろうか。

沈黙がおりた。朋温のローファーの爪先と、私のスニーカーの先端が接している。

「漣のメッセージは、ひらくのが時々怖いよ」

「どうして」

「もう会えないって書いてありそうで」

考えるより先に手が動いて、私は朋温を抱き寄せた。

背中を撫でる。皮膚のすぐ下に太い背骨がある。撫で続けていたら、私の指と彼の背中の境目があやふやになって、溶けて混じり合いそうだ。ずっとふれたかった彼の髪は柔らかく、たくさんの空気を含んでいた。朋温の腕がそっと私の背中に回された。

好きな人と抱きしめ合うのはなんて心地好いんだろう。大切にされている。必要とされている。私じゃなきゃだめだと強く訴えかけてくる。でも私たちのやり方はまだぎこちなくて、二人の間に空気がすーすー通る。

「誰かとこういうふうにしたことある？」

くぐもった声で尋ねられる。

「ないよ」即答して不安になる。「朋温はあるの?」

「ない」

両肩を摑まれた。身体が離れる。

私の両目を見つめて朋温は、「ないよ」ともう一度言った。

朋温の顔が、ゆっくり近づいてくる。甘い息がかかって、鼻先がこすれたその瞬間、誰かが非常階段を上ってくる足音がした。

ぱっと離れて立ち上がる。朋温が二人の鞄を持ち、階段を降りていく。耳の裏を流れる血管が激しく波打っている。

手すりを摑みながら降りた。脚ががくがくしていたから。

「米陀さん、バイト先のお金を盗んで捕まったらしいよ」

隣のクラスの相良《さがら》さんが興奮した様子で言ったのは、体育の授業が始まる前の女子更衣室だった。曜子から高跳びのコツを伝授してもらっていた私は、ややもやした気持ちで相良さんの方を向いた。相良さんは小鼻を膨らませて続けた。

「ほら、米陀さん東口のコンビニでバイトしてるじゃない? 私昨日、店長っぽいおじさんが米陀さんの肘を摑んで、交番に連れて行くところを見たんだよ」

「それだけじゃわからないよね、お金盗んだかどうか」すかさず曜子が言った。

曜子と同じ中学出身の相良さんはこちらを見て、いやいや、と半笑いで手を振った。

「防犯カメラがどうとか、気の毒に思って雇ってやったのに盗むなんてとか、大声で怒鳴られてたから。米陀さんも濡《ぬ》れ衣《ぎぬ》着せられたって感じじゃなくて、まさかばれるなんてって顔つきだったし」

「そんなの憶測でしょう」より強い口調で曜子が言った。「心読めるの？　表情や仕草で？」

「なら曜子は、米陀さんがあのとき何考えてたかわかるわけ？」

「わからないよ。決めつけるのはよくないって言ってるだけ」

「私は現場を目撃したんだよ。ほかのバイトの人も出てきてた。でも、誰も止めたり庇《かば》ったりしてなかった。だから間違いない」

更衣室は騒然となった。

「あの子んちって色々問題あるんだよね」

「父子家庭なんでしょ？　お父さん、家にほとんど帰ってこなくて、お金を置いていってくれないから食べ物もろくに買えないって」

「私、奨学金の書類渡されてるの見た」

「米陀さんと同じ小学校だった子から聴いたんだけど、米陀さん、ノート一冊使い終わったらぜんぶ消しゴムで消して、また最初から使ってたんだって」

あちこちで悲鳴が沸き起こった。

「ノートなんてたったの百円だよ」

「きれいに消すなんて不可能じゃん。赤ペンとかどうすんの?」

喧噪《けんそう》のなか曜子が相良さんのところへまっすぐ歩いていく。私も慌てて追いかけた。

「恥ずかしくないの? そんな不確かで悪意に満ちた情報を、みんなの前で得意げに披露して。こっちには単なる世間話でも、米陀さんから見たら地獄だよ」

強い口調に相良さんは怯《ひる》むどころか「曜子、あのときのことまだ根に持ってるんだ」とにやついた。近くにいた子が相良さんと目配せを交わし、なるほどねと笑った。

「そもそもうちの学校ってバイト禁止じゃなかった?」

「申請だして許可がでたらオッケーみたいよ。貧乏だと通りやすいみたい」

「貧乏ってどのレベル?」

「そっか、それで米陀さん、消費期限の切れたお弁当とかパンをもらえるコンビニでバイトしてたんだ」

「たぶんね。言っちゃ悪いけど、時々臭うよね」

「お風呂に入れない日があったりするのかも」

「もうやめようよ」

視線が私に集中した。曜子が手をぎゅっと握ってくれた。その温もりに励まされるように私は言った。

「みんな、言い過ぎだよ」

更衣室が静まり返ると同時にチャイムが鳴った。着替えを終えた人からばたばたと校庭へ出ていく。

「私お手洗いに寄ってから行く。漣、先に校庭出てて」

「待ってるよ。いっしょに行こう」

「いいの。万が一遅刻になったらいやでしょ」

「わかった。じゃあ行ってるね」

一人でトイレに寄りたい事情があるのかもと思い、引きさがった。ほんとうは、曜子といたかった。

「ああやって無責任に勝手な憶測をまき散らすことが、誰かの精神を粉々にするかもしれないって、ちらっとでも想像しないのかね」

忌々しそうに曜子は言った。

恨めしい思いで、充電器にささったままのスマホを見つめる。両親と姉が、三人ともリビングを離れることは真夜中以外ない。特に姉はずっとリビングにいる。いまお風呂に入っているのは父だ。母はすでに入った。次に姉が入ってくれたらいいのに。三人で旅行でもしてくれないかな。せめて姉がどこかへ泊まりに行ってくれたら。

そんなことを思いついてしまった自分に驚く。

朋温との時間を作るためなら、どんな嘘だってつけるような気がした。

私は、こんなにも性格の悪い人間だった。

今朝、相良さんのことをなんて意地の悪い人だろうと思った。でも私だって十分意地悪だ。いや、それどころか醜い。今までは想像すらしなかったようなひどいことを、気づくと考えている。両親や姉を邪魔だとすら感じる。ひとりきりだったらいつでも電話できるし、もっと遅くまで朋温といっしょにいられる。いつもじゃなくていい、たまにでいいから、思う存分朋温と過ごしたい。

どうしてこんなことになってしまったんだろう。

私はたぶん、もっといい子だった。家族が知ったら確実に悲しむことを毎日している私は、いずれ地獄に落ちるに違いない。

スマホが光る。姉がさっと視線を走らせる。

朋温ではないだろう。私が家にいるあいだは、よっぽど緊急の用事でもない限り彼の方からはもう連絡してこない。

洗面所の扉がひらく音がした。父の足音。

「まだ寝ないの」

リビングに顔を出して父がほほ笑む。姉がそちらを向いた。いまだ。言葉を返す姉の後頭部を見ながらスマホを後ろ手につかんだ。

「お父さんは先に寝るから。まどかも漣もあまり遅くならないように」

「うん。おやすみ」姉が言った。

「今日もありがとう。いい夢みてね」と私も言った。

父が階段を上り始める。入れ替わりに母がやってくる。

「まどか、お風呂入ったら？」

うん。姉がそう答えて立ち上がりますように。どうかいますぐ入浴してくれますように。スマホを強く握りしめて祈る。リビングにいるのが母なら、通話は無理でも、メッセージのやりとりができる。嘘をもう一つつかずに済む。しかし姉は首を横に振った。

「私、あとでいい」

スマホをショートパンツのポケットに押し込んで立ち上がる。姉がこちらを見た。なんでもないと伝えるように唇の両端を上げ、リビングを出る。二階へ駆け上がり、ノートを数冊トートバッグに押し込んで肩にかけた。忍び足で階段を降り、息をひそめてサンダルに足を入れる。ズッと擦れる音。心臓が跳ね、髪の毛の根本がぎゅっと熱くなった。そろそろとチェーンを外してドアを引き、隙間に身体をねじ込ませ生ぬるい夜気に飛び込んだ。

ドアを閉めた瞬間走り出す。仕事や呑み会や塾帰りの人々に逆行するように、全速力で走った。

――明日までにコピーしなきゃいけない用事忘れてた。コンビニ行ってくるね。すぐ帰る

コンビニの駐車場の隅で、母あてのメッセージを作成した。

自分でもわかっている。これは娘の不在に気づいて心配する母のために送信したも

のではない。あとで何か注意されたとき、ちゃんと連絡したよと主張するための言い逃れだ。

コール音二回目で電話は繋がった。朋温はむせるような咳をした。

「漣、いま話せるの？」

「うん、コンビニにいる」

「あぶなくない？」

「大丈夫。明るいし、人も多いよ」

「家から近いの？」

「走って二分くらい」

プップッという音がした。画面を見る。姉からのキャッチだった。気づかなかったで通そう。高揚と焦りがこめかみで渦巻く。

「今日、手を繋いでくれてうれしかった」

いちばん言いたかったことを口にしたら、朋温は再びむせた。

「俺もうれしかったよ。びっくりしたけど」

「何が？」

「漣の手がやわらかくて」

出てきてよかった。たとえ帰宅後姉が不機嫌だろうと、心配したと父が眉を下げようと、どうでもよかった。だってこんな幸せを、ほかの誰からももらえない。

「朋温、和英辞典って持ってる？」

「ロッカーに置いてある」

「明日の二時間目、借りてもいい？」

「いいよ。漣のクラスに持って行く」

「来てくれなくて大丈夫。私一時間目地学だから。でも朋温の教室に行くのは、ちょっと緊張するな」

「じゃあ、渡り廊下で」

うん、と答えながら胸の真ん中が温かくなる。朋温もあそこを大切な場所だと思ってくれているのだろうか。

「朋温、いま何してた？」

「ん、床屋から帰ってきて、カップラーメン食べてた」

「食堂で？」

「自分の部屋」

「何味？」

何気なく尋ねたら、朋温は黙り込んだ。

「なんで無言」

「いや、べつに」

「で、何味？」

「ふつうのだよ」

「醤油？　カレー？　シーフード？」

「もういいでしょう、この話は」

「だめ。教えてくれるまでずっとこの話」

「トムヤムクン味」

吹き出してしまう。ふてくされたように朋温が説明する。

「さっきコンビニで、『タイ』って文字が目に入ったからつい買っちゃったんだよ」

「だから最初むせてたの？」

「そう言われると思ったから、言いたくなかったんだ。めちゃくちゃ辛いよ、これ」

可愛い。口に出してしまいそうになったが、既《すんで》のところでこらえた。

「それなら、ヤムママーなんて絶対食べられないね」

「それはどんなの？」

「ゆでたインスタントラーメンを、パクチーや玉ねぎと和えた料理。唐辛子とかナンプラー、マナオで味付けするんだけど、酸っぱ辛くて、すごくおいしいの。私はタイ料理の中でいちばんヤムママーが好き」

「マナオって？」

「レモン、いやライムかな。ちっちゃくて緑色の柑橘」

香りがいいんだよ、と付け加えたところでコンビニの敷地に入ってくる母の姿が見えた。

「ごめんまた連絡する」

返事も聴かず切ボタンを押してスマホをポケットに滑り込ませた。母は安堵と不安の入り混じった複雑な表情を浮かべている。

「牛乳買いにきたの。いっしょに中に入ろう」

背中に温かな手が置かれた。

その手よりポケットの中のスマホが熱くて、何も考えられなくなる。

コンビニ袋を提げて、母と夜道を歩く。母は無断外出やスマホについて触れない。

誰と話してたの、見せて。

もしそう言われたら、あっさりばれるだろう。タイ文字で、ともはる、と登録してあるのだから。それですぐ政野家に結びつく可能性は低いと思う。けれど少なくとも男の子と長電話するために断りもなく外出したということは咎《とが》められる。

もしも、相手が朋温だとばれたらどうなるのか。

母は何をいちばん心配するだろう。

姉の心が乱れること。姉を苦しめた一家とまたかかわりを持つはめになること。それとも。

「コピー、何に使うの？」

「米陀さんに渡すの。ここ何日か学校休んでるんだけど、もうすぐ試験だし」

「じゃあ、電話は米陀さん？」

「ううん、つっか。もう二年も会ってないなんて信じられないねって」

「そう」

他に何を話したのと質問されたときの準備をしたが、母は何も尋ねなかった。

「お姉ちゃんはスマホはリビングで使いなって言ってたけど、お母さんもそう思ってる？」

「確かに、いまの漣はスマホがそばにあったら、ほかのことはほとんど集中できないんじゃないかなあって思うことはあるよ」

いまの漣は、という言葉にどきっとした。

「だからって見張るわけにもいかないもんね」

「ごめんお母さん、私嘘ついた」

反射的に言っていた。母がびっくりした顔でこちらを向いた。

「私、好きな人がいるの。だからコピーだけじゃなくて、その人に電話がしたかったの」

言ってしまったことでこの先不利な事態が発生するとしても、ここまで信じてくれている母に嘘ばかりつくことに耐えきれなかった。

いや違う。即座にもうひとつの理由に思い至る。心のどこかに、母なら協力してくれるかもしれないという打算があった。相手が誰か、言いさえしなければ。

「その人と、どこで知り合ったの」

「学校で私がひとめ惚れして、それで」

「どんな性格の人?」

「落ち着いてる……かな」

「もしかして年上?」

「うん」

「おつきあいしてるの?」

「つきあうっていう言葉は、まだ出たことがないんだけど」

「そういう感じってことね」

「たぶん。でもわからない」

好きな人がいるのは事実。でもその相手が誰か、言えば母の感情が乱れることを知っていて言わないのは嘘。結局私は嘘をついている。それどころか、自分に都合のいい部分だけ事実を告げたことで、嘘は膨らんだ。

「いつか家に連れておいで」

うん、と感情を麻痺させて答える。そんな日は来ない。


——おはよう。昨日はごめん。またあとでね

それだけ送ってスマホの電源を切り、リビングを出る。玄関で、すでに革靴を履いた父が待っている。

駅までの道のり、父と他愛《たわい》もない話をしながら歩く。部活のこと。クラスのこと。誰に聴かれても差し障りのない話。

もうすぐ朋温と会える。

「今夜、なにが食べたい？」

うーんと考えながら父の顔を見上げ、はっとして視線を少し下にずらす。目の高さを朋温の身長に合わせる癖がついてしまっている。

「にきびが治るごはんがいいな」

「漣くらいの年頃は新陳代謝がいいから、にきびができてもすぐ治るよ」

「それがなかなか治らないの」

私の指差した右頰を見て、父は言った。

「よく寝るのが一番だと思うよ」

「高校生にしては早く寝てる方だと思うんだけどなあ」

「学校帰りの寄り道で、脂っぽいもの食べてるとか」

どきっとした。ラーメンやハンバーガーを、朋温と食べていることを父が知るはずはないのに。

改札をくぐり、電車に乗り込む。

「そういえば、お母さんがタイの方っていうクラスメイトはどうしてる？」

周囲の乗客の迷惑にならないボリュームで父が尋ねてくる。母から何か聴いたのだろうか。

「学校休んでるんだよ。バイト先でお金を盗んで捕まったっていう噂《うわさ》があって」

「見た人がいるの？」

女子更衣室で聴いた話を伝えると、父はいつになく厳しい顔つきになった。

「人が大勢いる前で、怒鳴りながらその子をどこかへ連れて行った？」

「そうみたい」

「ひどいね。それは、学校に来たくなくなるのも当然だよ」

電車が隣の駅に到着し、ドアが開いた。一度ホームに降りて、また乗り込む。

「でもお父さんも、あんまり偉そうなことは言えないんだ」

「え、どうして」

「タイに暮らしはじめて最初の頃は、現地のスタッフがミスをしたとき、そばにほかの社員がいても注意してしまってた。もちろん大声で怒鳴ったりはしなかったし、その人のプライドを傷つけるような言い方はしなかったつもり。だけど、人前で叱る行為そのものが問題だという意識がなかったんだよね」

小声で話す父にうなずき返す。父が私に仕事の具体的な話をするのは珍しいことだった。

「そしたらあるとき、お父さんの話を最後まで聴き終えたスタッフが言ったんだよ。『話の内容はわかりました。でも、どうしてそんな言い方をするんですか』って。こういう場所でこんな風に話せばいい、っていう提案までしてくれて。お父さんは注意をしたつもりだった。でもそのスタッフにとっては罵倒されて恥をかかされてるのと同じだった。確かに、たくさんの人がいるところで言う必要なんかないんだよ。それを考えると、漣のお友だちが受けた仕打ちなんて、どれだけ耐え難いことだったかと思うよ。力になれそうなことがないか、その子に訊いてみたらどうかな。気にかけてる人がいるってことが伝わるだけでも違うと思う」

噴水前で朋温は、背中をベンチにゆったりと預けて本を読んでいた。後ろからそっと近づき、おはようと肩に手を載せた。父にいってきますと振った手で、朋温に触れた。

本を閉じ、彼が振り向く。

朝が一段階、明るくなる。

「みんなで花火大会行かない？」

二時間目終了のチャイムが鳴ると同時に、曜子が言った。

「その前にテストがさあー」

印丸が悲痛な声を出し、いつものメンバーにどっと笑いが起きる。

「ふだんからこつこつやっとかないから」

「これでもやってるんだよ、オレなりに。曜子さんとは頭の出来が違うんだよー」

曜子はついに苦手だった地学すら得意科目にした。理科だけはどうしてもと言っていたのに。

「漣も行くでしょ？」

夏休みに隣の市で開かれる、大きな花火大会。それぞれアプリや手帳を開いて予定を確認し始める。

「この丸印は何？」

私の手帳に曜子が指を差し込んできた。

「九月九日、何があるの？」

どう答えようか迷っていると、曜子の手の中でスマホが光った。

「またこの人か」

「どうしたの」

「漣は知らない人にフォローされたらフォロー返す?」

「知り合いの知り合いとか、女の人だったら」

まあ、気持ち悪いDM送ってくるわけじゃないからいいか。つぶやいて曜子は顔を上げた。

「花火大会、楽しみだね」

「うーん、私、まだ行けるかわからない」

朋温に借りたばかりの和英辞典に手を載せて、そう答えた。

「旅行でもいくの? もしかしてタイ?」

「タイには十月に行こうと思ってる。連休があるでしょ」

曜子がスマホのカレンダーをチェックする。

「開校記念日と日曜参観の振替休日ね」

「そう、それでお母さんと二人旅」

「えっなにれんれん、タイ行くの?」

いいなあと声が上がった。お土産買ってきてね、十月でも泳げるの? また日焼けするよ。みんな口々に勝手なことを言う。

タイ行きは昨夜決まったことだった。

コンビニから帰宅した母と私を、姉が玄関で待ち構えていた。なんで黙って出て行ったのと詰問する隙を姉に与えず母は、『つっかと話してたわよ』と言った。

もちろん、そんな話を信じるような姉ではない。

『何を、話してたわけ?』

『えーと、つっかの通ってるインター校の話とか』

『たとえばどんな?』

『いちばんびっくりしたのは、つっかは学校の宿題でスマホを使うことがあるんだって』

その話を聴いたのは、ほんとうはずいぶん前だ。つっかごめん、お母さんごめん、と心の中で詫びながら付け足した。

『英語を吹き込んで送信したり。あとパソコンもほぼ毎日使うから、学校で自分のパソコンを登録するんだって』

へえ、と姉の緊張がかすかにゆるむ気配がした。その流れで、つっかに会いたいな、じゃあ十月に空いてるチケットあるか探してみようか、という話になったのだった。

「十月にタイへ行くなら、夏休みに遠出はないんじゃない?」

印丸が私の肩をぽん、と叩く。私にとっては印丸の手は、どきどきしないという点で曜子の手と同じだ。でも朋温が見たらいい気はしないだろうな、と思う。

「今日、試験勉強しながらその話もしない?」

曜子がファミレスの名前を口にすると、「オレ今日、二百円しかない」と印丸がぼやいた。「誰かの家とかどう? 曜子さんちは?」

「うちは無理」曜子が即答した。

「オレんちでもいいけど、超狭いんだよな。れんれんちは?」

「うちは遠いよ。あとごめん、私今日、米陀さんの家に行ってみようと思って。印丸、場所教えてくれない?」

オケ、と親指を立てて、印丸が地図を描きはじめる。東西南北の表示が書き込んであるが、私には、今いる場所から見てどちらが北かもわからない。

「ひとりで行けんの? オレ案内するけど」

「いい。そんな難しそうな場所でもないし」

「もしかして、あの先輩と行くとか?」ひそひそ声で印丸が訊いてきた。「ほら、ともし……なんだっけ、名前忘れちゃったけど、2Cの。大丈夫? あの人なんか怖くない?」

「そんなことないよ。とりあえず花火大会は私抜きで話進めておいて。今週末までに決める」

ブーイングの陰で私は、朋温から借りた和英辞典を手に取り、そっと胸に抱いた。

一時間前。渡り廊下に先に着いたのは私だった。真ん中辺りまで歩いたところで、手すりにもたれて西校舎の方角を眺めた。

最初に目に入ったのは上履きだ。先端の色は緑。上履きが渡り廊下の板に降りる重たげな音と呼応するように、私の心臓が高く鳴った。

学校の中で会うのは外で会うより何倍も恥ずかしい。それは朋温も同じようで、かすかに顎を上げて見くだすような眼差しをしたかと思うと、目が合った瞬間、ふっと照れくさそうに横を向いた。

「やっぱり髪、ずいぶん短くなったよね」

「その話はしないで。絶望してるから」

朋温が真顔で言うので笑ってしまった。

「朝、何の本読んでたの?」

朋温が口にした小説のタイトルも著者も、私は知らなかった。その作家の本を、朋温はその人が亡くなってから読むようになったのだという。

「今朝読んでたのは最後から三冊目の本なんだけど、それだけ、ほかのどの作品とも全然違うんだよ」

「どんなふうに？」

「普段の作者ならこの状態では出さなかったはず、というような」

「つまらないってこと？」

「ひとつ確実に言えるのは、好きに変わりはないってこと」

「大ファンなんだね」

「挑戦しようとしていることを摑み取ろうとするのも喜びのひとつっていうか。あとは俗だけど、納期までの時間が極端に少なかったのかなあとか、モチベーションの浮き沈みとか、そういうことを想像するのも結構楽しい」

別の星にいる人の話を聴いているみたいだった。私は読書が苦手だ。書店も図書館も、この前行ったのがいつか思い出せないくらい行っていない。

「前に漣、広い場所に出ると走りたがる習性があったって話してたよね」

「ああ、ちっちゃいときね」

「ある場所を見て、走りたいと思う人がいれば、絵を描きたいと思う人も、メロディが浮かぶ人もいる。漣の走りは、俺の好きな本と同じで、特別な感じがする」

言葉の意味はわかるが、理解できない。きっと混乱の表情を浮かべていたのだろう。朋温は私に笑いかけ、「唯一無二ってこと」と言った。

「放課後、どっか行きたいところある？」

「友だちの家に寄りたい。そのあと、行けたらO公園に行ってみたいな」

「わかった。そうしよう」

朋温が肩を軽くすくめて笑った。

「なに？」

「いや、漣、なんか機嫌好くて可愛いなと思って」

そういうことをさらりと言わないでほしいと思いつつ、しっかり脳に刻み込む。

「さっき地学の小テストが返されたんだけど、点数が思ったより良かったの」

大原先生が一枚ずつ生徒の机に載せていったその用紙を、恐る恐る裏返した。自分の顔がぱっと輝くのがわかった。私にしては上出来の点数だ。もしかして地学は私の得意科目なのではないか。教室を見渡すと、大原先生が曜子の席をとんとんと指で叩いているところだった。何か褒めるようなことを言ったのだと思う。曜子の頬が紅く染まった。

「そのとき、なんとなく教室の時計を見たら九時九分で、やっぱり縁起いいなってさらにテンションが上がったんだよ」

「九時九分？」朋温が不思議そうに首を傾げた。「九って、苦しいを連想させてむしろ縁起悪い感じだけど」

そうか、と思う。私のなかで九はもう最高のイメージだ。

「タイ語で九は、ガーオっていうの。同じ音で『進む』っていう意味の言葉があって、人気のある数字なんだよ。車のナンバープレートも九九九が一番高額で、何かのセレモニーとかお店のオープンとか、九月九日九時九分に行われることも多いの」

「国が変わるとラッキーナンバーも変わるのか」

朋温はしみじみ言って、廊下から校門の方へ視線を遣った。

しばらくのあいだ、朋温は何か考えるように黙っていた。

「九月九日に、ここで会おうか」

朋温が私の目を見て言った。

「え？」

「ずっといっしょに進んでいけるように。九時九分、は授業中か」

「授業中でもいいよ」

「さぼるの？　漣、そんな余裕あるの」

「ない」

「休日だったら？」

「そのときは渡り廊下じゃなくて校門で」

笑い合いながら、幸せすぎて泣いてしまいそうだった。

「また放課後」

「うん、またね」

笑みを交わして、来た道を戻る。笑顔が消えない。廊下にずらりと並んだ窓から、太陽の光が溢《あふ》れんばかりに射《さ》し込んでいる。

席に着くと手帳を取り出し、九月九日の日付をピンク色のペンで丸く囲んだ。それから、朋温に借りた和英辞典をぱらぱらとめくった。鳴り始めた始業のチャイムに、薄い紙音が心地好く混ざる。

ふいに、手が止まった。

最初の方のページ、〔愛〕の項目に、蛍光イエローのマーカーで下線が引いてある。定規を使って、ていねいに引かれた線。

今日も暑いなあ。英語の先生がプリントを抱えて入ってくる。ぎりぎりセーフ！

笑いながら飛び込んできた印丸が騒々しく席に着く。彼らのたてる音に紛れさせるように「affection」とつぶやいてみる。

意味は、「温和で永続的な愛情」だった。

「曜子って空気読めないところあるよね」

相良さんの声が聴こえてきたのは、放課後、昇降口脇のトイレの個室に入っているときだった。

「曜子、ほんとはC高校が第一志望だったんだけど落ちちゃって、ここに入ったんだよ。だから心のなかではこんな馬鹿高校って思ってるはず」

「あー、確かに。時々めっちゃ見下されてる感じする」

「でしょ？　知ったかぶりも多いし」

「プライドが高いんだろうね」

「そうそれ。実は曜子、中二のとき不登校だったんだよ。謎の大ケガして。でもその理由を誰が訊いても話さないの。噂ではね」

水洗レバーを思い切り押し下げた。ポーチの中身を探る音やスプレーの音が止まる。

個室を出たときにはもう彼女たちの姿はなかった。

確かに曜子は空気を読まない。でもそれは友だちに対する配慮がないとか、寄り添う力が不足しているというのとは、全然違う。簡単にその場の雰囲気に流されてしまわないだけだ。曜子のそういうところに、私は憧れる。相良さんは何もわかっていない。

髪を梳《と》かし、薄くリップを塗って、朋温との待ち合わせ場所へ急いだ。

米陀さんの家は年代を感じさせる団地の一階にあった。

「俺はいま通ってきた道にあったベンチで待ってるよ」

「ベンチなんて通った?」

「ここから西に百メートルくらい歩いて、右折してすぐのところ」

西、とつぶやく。

「太陽の沈む方角が西だよ」

「それはさすがに知ってる。じゃあ夜になったら?」

「月や星も目印にできる」

「月も星も出てない夜は? 何を目印にすればいいの?」

確かに、と朋温が頰を緩めた。

「漣がセピア色の紫陽花をきれいだねって言ったところだよ。背もたれの板が二枚外れてた」

朋温が角を曲がるのを見送って、呼び鈴を押した。応答なし。地図に記された部屋番号をもう一度確認して鳴らすと、重い音を立てて鉄のドアがひらいた。隙間から、生ごみと湿った灰の混ざったような臭いが這《は》い出てくる。

「なんの用」

かすれ声で米陀さんは言った。目が前回会ったときより大きく見える。首のよれたTシャツに学校のジャージ。髪はばらばらに伸びてうねっていた。

「ノートのコピー持ってきたの。急にごめん」

「ほんと最悪」

そう言いながらも受け取ってくれたのでほっとする。

「テストの時間割も書いてあるから。もし読みにくいところあったら」

そこまで言って私は口を閉じた。くっきりと浮き出た鎖骨に目が吸い寄せられる。

「米陀さん、痩せたね。大丈夫？　何か困ってることとかあったら」

「例えば」

問われてしどろもどろになった。

「いや、米陀さん、奨学金もらってるでしょ。バイトもして。だから、なんていうか、そういうの偉いなって思って」

米陀さんが深く息を吐いた。

「あんたってさあ、おめでたいっていうか、だいぶ鈍いよね。デリカシーってものがない」

「ごめん、不愉快な思いをさせて。これから気をつけるね」

「うっすーい」

米陀さんは鼻で嗤《わら》った。

「あんたはいっつも、言葉が薄い。どうやって気をつけんの？　気をつけようがないじゃん。『私は広い心であなたのすべてを包み込みます』みたいな顔してるけどさ、傲慢なんだよ。上っ面の言葉ばっかりうまくなってどうすんの？　そういう意味のない言葉を、よく考えもせず反射的に返さないでほしいんだよね。この世はあんたみたいにぬくぬく生きてる人間ばかりじゃないんだよ。あー、あんたと理解し合える日なんて一生来ない気がする」

勢いよくドアが閉められ、髪が舞い上がった。

うっすーい。米陀さんの声が、プールの中で聴こえる音のようにくぐもって脳に反響する。

紫陽花のベンチに戻り朋温と合流して、大通りを歩く。

私はいままで米陀さんに、どんな言葉を口にしてきただろう。どんな薄い言葉を。

私は米陀さんと仲良くなりたいと思っていた。けれど彼女は仲良くなんかなれないと思っていた。しかも一生。鈍い、めでたいと思われていることすら、気づいていなかった。確かに鈍いし、めでたい。

自己嫌悪が圧し掛かってきて項垂れてしまう。

不用意な発言で誰かを不快にしないで済むなら、そうしたい。

そういう能力って、どうやったら身につくものなんだろう。

「難しい顔して、何を考えてる?」

朋温が顔を覗き込んできた。

「私、これまで自分なりにいろいろ乗り越えてきたつもりでいたけど、他人から見たら私なんかぜんぜんぬるくて、ぬくぬく生きてきて、そのせいできっと無意識のうちに人をたくさん傷つけてしまってた」

「ぬくぬく生きてきたのは漣のせいじゃない。漣のお父さんとお母さんが、漣につらい思いをさせないように、精一杯愛情を注いで育ててきた証拠だと思うよ」

「どうしてそんな苦しそうな顔で言うの」

「苦しそうな顔をしてるのは漣の方だよ」

通りがかったショーウィンドウを同時に見る。吹き出してしまうほど、私たちは同じ表情を浮かべていた。

「感情って伝染《うつ》るよな」

「うん。目の前にいる人が苦しそうだったら、自分も苦しくなる。映画とかで息を止めて海に潜るシーンがあったら、いっしょに息止めちゃわない？　それと似た感じ。ねえ、どうして笑うの」

「ごめん、想像したら可笑しくて」

O公園の大きな正門が見えてくる。

駐輪スペースに自転車を停《と》める朋温の顔が、かすかに歪んだ。

「どうしたの」

影を指差して、朋温は首を振った。

「いや、なんでもない」

「あの和英辞典、欲しい。交換してくれない？」

石畳を歩きながらそう言ったら、彼の頬がさっと赤みを帯びた。横顔に見惚れていると指が伸びてきて、顔を正面に向けさせられた。

「見すぎ」

「じゃあ答えて」

「いいよ」

「私の和英辞典を、朋温にあげていい？」

「だからいいよって言ってる」

好きな人に言われていちばんうれしい言葉は「いいよ」かもしれない。

「漣、和英辞典持ってないのかと思った」

「持ってるよ。家に置いてある」

「重いから持ってくるの面倒だった？」

「んー、それは一割くらい」

「残りの九割は？」

「秘密」

考えればわかるだろう。それとも言わせたいのか。

どの単語にマーカーを引こう。そのことを考えると心が弾んだ。私が朋温を思うと
き浮かぶ言葉。それは感情かもしれないし、場所やものの名前かもしれない。ゆっく

り探そう。ぴったりの日本語や英語があるだろうか。

茶室を右手に眺めながら日本庭園を抜けると、とつぜん視界がひらけた。池の向こう側に、屋根付きの休憩スペースがある。周囲には緑が生い茂り、日陰になって涼しそうだ。私たちは池を迂回《うかい》するように歩き、その場所を目指した。

「ああいうところって、なんて言うんだっけ。タイ語だとサーラーなんだけど」

「東屋、じゃないかな」

「あずまや？　はじめて聴いた。そんな日本語ほんとうにあるの？」

ばかにしてるだろ、と笑って朋温が私の首のうしろをつまんだ。

首をすくめながら、彼を見上げる。うつくしさのなかに儚《はかな》さがある、朋温の笑顔。

「花火大会、いっしょに行かない？」

東屋の椅子に腰を下ろすなり、朋温が言った。咄嗟《とっさ》に言葉が出なかった。同じことを、私も言おうと思っていたから。

「もう誰かと約束した？　クラスの、ほら、漣をれんれんって呼ぶ変な奴とか」

「してない。朋温と行きたい」

「それはよかった」

お、と言いかけて口をつぐんだ。

お母さんにだけは、好きな人がいるって、話したの。

そんなことをわざわざ報告するのは無粋だ。深く考えるのはやめよう。いまこの瞬間を愉しもう。決めた瞬間、楽になった。そして、もう一人の自分がささやく。考えるのをやめると楽だけど、あとでツケが回ってくるよ。

足許の池で、魚の跳ねる音がした。

「私たちってつきあってる?」

朋温がふっと表情を緩めた。

「俺はそう思ってたけど。漣は違うの?」

「違わない。けど、言葉で言ってくれないとわからない」

「言う、というのは」

「私をどう思ってるとか、これからどうしたい、とか」

「どこまで言っていいの」

「え?」

「どこまで俺の正直な気持ちを喋っていいの」

「どこまでって、どこが果てなの」

「いまのところの果ては」

言いかけて朋温は唇を結んだ。木のてっぺんを越えた空の高いところで、鳥が大きく啼いた。人の声はしない。真夏の日中、こんな屋外で過ごそうとする物好きは私たち以外にいなかった。

「また今度にする」

「どうして」

「こういうことを考えてるのは、俺だけかもしれないから」

「こういうことって?」

朋温が自分のこめかみに長い指を当てた。

「きれいなことも汚いことも、ここに百個くらい詰まってる」

「汚いことって、たとえば」

「待って。漣に言えるやつ探す」

眼差しが茶室の方に飛んで、また私を捉える。

「なかった」彼はあっさり言った。「ともかく、つきあってるということで」

「ともかくって言わないで。ということで、もやめて」

「つきあってる。漣は俺の彼女。俺は漣の彼氏」

「無理やり言わせたみたい」

朋温の笑う息が降ってくる。

「いろいろ言うね」

「だって」

「あのねえ、俺は」

木々の緑が夏風に吹かれ、いっせいに大きな音を立てた。

「俺は、気持ち悪がられる自信があるくらい、漣のことが好きだよ」

木漏れ日が朋温の上で揺れる。きらめきのひとつひとつが、太陽の丸い形をしている。

「どんな？　私が気持ち悪いと思うようなことって」

「……たとえば、さっき、ここの入口で自転車を停めるとき」

「うん」

「漣が俺じゃない奴と歩いてるみたいって思って、嫌な気分になった」

「えっ、なんで？」

「俺の影が、というか髪型が、昨日までとあまりにも違うから」

「朋温の方がよっぽど想像力豊かだよ」

私は空を向いて笑った。

「でも好きって、そんな簡単に言える言葉じゃないと思うんだよね」

「どうして俺が簡単に言ったと思うの」

「さらっと口にしたからだよ。もしかして言い慣れてる?」

「やっぱり漣の方が想像力豊かだ」

くくっと笑う横顔は、心臓が飛び出しそうな私とは違い、余裕に見える。

「今日だって渡り廊下で漣を見つけた瞬間、あー好きって思ったよ」

「なんで?」

「なんで?　なんで好きかなんてわかんないよ。前から見ても横から見ても好きだし、いつもなんかいい匂いするし、走ってる姿はもちろん、俺を見つけてうれしそうに跳ねるのも」

「私、跳ねてる?」

「時々」

朋温が手を伸ばしてくる。両肩を摑まれる。指が肩に食い込み熱を帯びる。

「汚いこと、ひとつだけ言っていい?」

足許でまた魚が跳ねた。

「別々の場所で幸せになるくらいなら、同じ場所で不幸になりたい」

うんと応えた自分の声が耳にこもった熱と混ざり、こめかみに響いてくらくらする。肩も頬も熱くてでも脳のどこかが冷え冷えとして、混乱の渦に飲み込まれそうになる。

悦びが全身を取り巻いている。

陸上部の夏合宿のあいだも、それは変わらなかった。

九月に開催される新人戦に向けて朝から晩まで走り込んだ。どんなにきつい日差しも、坂道ダッシュも神社の階段上り下りも、何一つ苦にならなかった。早朝、涼しい風の吹く川沿いを曜子や印丸とジョギングしながら、ここに朋温がいたらどんなに素敵だろうと思った。朋温とメッセージを交わす。必要とされて、求められて、ずっといっしょにいたいと言われる。幸福を実感するほどに、この悦びをうしなうのが怖くなった。幸せにしがみつきたい私は、走りながら、直視しなければならない現実や罪の意識を脳内からことごとく蹴落としていった。

消灯前には毎晩、同じ部屋の女子四人でお絵描きゲームをした。お題から最も遠い絵を描いた人が、告白するのだ。これまでの人生でいちばん恥ずかしかった出来事。怖かったこと。秘密。絵の苦手な私は何度も告白するはめになった。どの罰も「いちばん」は言えなかった。

姉から電話がかかってくるのは、決まってその時間帯だった。出なければ出るまで鳴らし続けるのはわかっていたから、すぐ取るようにした。出ると必ず、はじめの数秒は無言だった。曜子たちの声が聴こえてやっと、安心したように話し始めるのだった。

「じゃあね、おやすみ。いい夢見てね」

そう言って電話を切る私を、曜子が宇宙人でも見るような目で見ていた。

「そういうこと家族に言う人、現実の世界にいるんだ」

大袈裟だなあと笑って私はまた下手な絵を描いた。

最終日の夜、大浴場へ向かう途中わすれものに気づいて部屋へ戻った。ひとり残った曜子が、髪をほどいたところだった。曜子は一度も大浴場を利用しなかった。そのことについて誰も何も言わなかった。自分がそうだった可能性もあるな、と思っただけだ。

曜子はTシャツにジャージ姿で、テレビを眺めながらゆっくり髪の毛を梳かしていた。ノックの音が聴こえなかったのか、私の姿を見て小さく悲鳴を上げた。つられて驚いてしまったけど、どうしてそんなに恐怖に満ちた目で見られるのかわからなかった。不思議に思いながら、洗顔フォームを取って再び出て行こうとドアノブを摑んだとき、曜子が私を呼び止めた。

「見た？」

振り返って、見たよと答えたら曜子の顔がさらに青ざめた。

「髪、おろしてるのも可愛いね」

曜子はじっと私の目を見た。そして、ありがとうとぎこちなく口角を上げた。ねたましいくらいすべすべの肌。私も笑顔を見せて、部屋を出た。ヘアブラシを持つ曜子の手が小刻みに震えていたのを訝《いぶか》りながら。

花火大会に行くことは、母だけに伝えた。

「じゃあ浴衣、新調しなきゃね」

母の笑顔に、胸がちくりと痛んだ。

でも、もう深く考えるのはやめた。

だって悪いことをしているとはどうしても思えなかった。姉が離婚したのは私のせいじゃない。姉の元夫の弟と会っちゃいけないなんて法律もない。

修一さんが姉に暴力をふるったのも、もちろん私のせいじゃない。

印丸や曜子たちが待ち合わせている対岸で、朋温と会った。黒Tシャツにジーパンの彼は、私の浴衣姿を見て褒めるどころか、むしろ少し怒っているような顔になった。やはりパイナップル柄は幼かっただろうか。

「行こうか」

それだけ言って歩き出す。いつもより歩むスピードが速い。こちらを見ようともしない。

「ねえ」

「ん？」

「彼女が浴衣を着てきたら、可愛いよとか言うもんでしょ」

「可愛いよ」

「ただ繰り返してどうするのよ」

「直視できないくらい可愛いよ」

朋温が私の手をとった。

それからはずっと手を繋いで歩いた。出店の賑やかさが、湧き立つ気持ちをさらに盛り上げる。ヨーヨーを提げて歩く子どもたち。甚平を着た男性。お面を付けた人もいる。

時折、すれ違う人が姉に見えてひやっとした。こんな人混みに姉がいるはずないのに。

「その髪、自分でやったの?」

「ううん、結い上げてもらった」

お母さんに、という言葉はのみ込む。話さなきゃいけないことでもないし、と私はまた考えることを放棄する。

傾斜にレジャーシートを敷いて座った。

川のほとりが徐々に夜の濃度を増していく。朋温は身体の後方に両手をついて、空を見上げていた。そうすると鼻すじや、顎の尖り具合が際立った。

突き上げてくるような悦びは、恐怖とよく似ていると思った。

「そうだ、同じクラスの写真部の人が俺たちの写真を撮りたいって言ってた」

「なんのために?」

「確か文化祭の企画がどうとか。あ、ちょっと待ってて。すぐ戻る」

ジーパンの後ろポケットを確認するように叩きながら、朋温はどこかへ行ってしまった。

急に心細くなる。ほんとうに、すぐ戻ってくるのだろうか。

レジャーシートの上でスマホが光った。着信時のふるえ方だ。家族ではありません
ように。目を閉じて祈り、薄目を開ける。表示された変顔のアイコンに力が抜けた。

「タイで何してあそぶー？」

　つっかは開口一番、陽気な声でそう言った。

「なんでもいい、なんでも楽しいよ」

　答えながら、そういえばタイ行きの話はまだ朋温にしてないなと思い出す。

「ごめん、ちょっと声が聴こえづらい、いま外？」

「うん、花火大会。まだ始まってないけど」

「いいなあ、日本の花火。風情がありそう」

　言われてみればタイの花火は激しかった。中国の正月や、何かのオープン記念、誰かが勝手にあげる大掛かりな花火。

　一度つっかの家にお泊まりに行ったとき、リビングの窓ガラスの前にとつぜん大きな花火が広がって、声も出ないほど驚いたことがある。つっかの家は閑静な住宅街の七階にあった。となりの建物に住んでいるインド人が打ち上げた花火だと知って絶句した。

「あれは物凄く怖かったよね」

思い出してげらげら笑っていると、朋温が戻ってきた。両手に、串に刺さったパイナップルを持っている。

「ごめん、またかけるね」

「あの先輩といっしょにいるの？」

「うん。でもこのことは誰にも言わないでほしいの」

「誰に言うのよ。あっねえ、ホテルはどこに泊まるの？」

「まだ決めてない」

「ソンクランのとき泊まったチャオプラヤー川沿いのホテルがすごくよかったんだ。ビュッフェもおいしくて、プールに孔雀《くじゃく》がいるの。パパに聴いて明日詳細送るね」

「ありがとう。じゃあまたね」

隣に腰を下ろした朋温に、私は笑顔を向けた。

「バンコクでいちばん仲良かった子」

「男、だったりする？」

笑った顔のまま首を振り、スマホの画面を見せた。朋温はうれしそうにうなずいた。

冷やしパインは甘酸っぱくておいしかった。

「思ったより酸味が強いな。舌がピリピリする」

「酸っぱいのも、辛いのも、苦手なの？」

「舌がお子様だって言いたいんだろう」

朋温のぬくもりを右側に好ましく感じる一方で、肚の底からとてつもなく大きな不安の塊がせり上がってくる。

なぜ、私は朋温に、スマホを見せたのだろう。

余計な心配をかけさせないため？　彼に信用してほしいから？

それとも。

「この人も、お兄さんと同じことをするかもしれない」

彼を疑う気持ちが、私のなかにほんのひと欠片もないと言えるだろうか。

パイナップルの汁が、親指と人差し指の付け根に垂れた。窪みに唇をつけて吸う。冷やしパインを持つ手も体育座りした脚も下駄を履いた爪先も、闇に溶けている。その先の草や土も。地面がどこまでも続いているかのように、真っ黒だ。

すべてを覆いつくす闇。

でも、どの暗闇よりも、私の胸のなかにある闇がいちばんどす黒くて汚い。

どよめきとともに人々が空に顔を向けた。水面に鮮やかな色が散らばった。どーんと激しい爆音が胸を叩く。あの黒色は地面ではなく川だったんだ、と当たり前のことを思う。もしも地面だと思い込んで一歩踏み出していたら。

想像したら怖くなって、すがるように朋温の横顔をぬすみ見た。暗闇になる直前で

また、辺りがぱっと明るくなる。彼の顔が照らされ、耳をつんざく破裂音が空に鳴り響く。

「きれいだね」

朋温がこちらを向いた。声ひとつ、唇の動かし方ひとつで、朋温は私の胸の黒色をなかったことにしてくれる。

暗闇なんかどうでもいい。嘘も汚い心もどうでもいい。彼とここに、居られさえすれば。

握られた手を強く握り返した。薄茶色の瞳がせつなそうに歪む。長い指が私の指の谷間で動き始める。指と指のあいだの空気を押し潰すように。互いの鼓動が指の付け根から伝わってくるくらい深く。

まるで真空状態みたいに密着すると、朋温は満足そうにほほ笑んで、また空を見上げた。

川面《かわも》に落ちて混ざる花火は、色とりどりの苔《こけ》みたいだ。

はじめくっきりしていた苔たちはぼやけて、瞬く間に消えてしまう。網膜に焼きつ

いた鮮やかな色も煙も、火薬の匂いすら残さずに。

「朋温くん？」

顔の横で声がした。

「朋温くんじゃない？」

私の側から彼の顔を覗き込むようにしていたのは、五十歳くらいの髪の短い女性だった。手にたこ焼きを持っている。

こんばんは、と朋温は気まずそうに会釈しながら、手をするりと引いた。

「こんなところで会うなんて」驚きながらも彼女は私に顔を向け、その視線は頭のてっぺんから爪先までねっとりと何往復かした。むかし誰かにこんな目で見られたことがあると思った。

母の妹、と朋温がつぶやいた。

「まあ、可愛い彼女」

「こんばんは」とお辞儀した。俯くようにして。

「パイナップル柄の浴衣、よくお似合いよ。はじめまして、何さんかしら」

きっとはじめましてじゃない。叔母さんなら、結婚式で顔を合わせているはずだ。

でも、あの頃八歳だった私といまの私をすぐに結び付けることはできないだろう。

「いいでしょう、そんなことは」

「照れなくてもいいじゃない。ねえ、ちょっと向こうに顔を見せに行きましょう」

彼女は朋温の肘を取った。

「ほら、彼女もいっしょに」

朋温の表情を窺う。視線がぶつかる。

その目は明らかに、やめておいたほうがいいと言っていた。

「いえ、私は」

「そう？　遠慮しないで」

「すみません、ちょっとお手洗いに行ってきます」

逃げるようにその場を離れた。

「悪いことしちゃったかしら。それにしても奇遇ね。もっとうちにも遊びにいらっしゃいよ」

子どものはしゃぎ声や屋台の呼び込みに紛れて、背中で叔母さんの声が遠ざかっていく。

隠されている恋人、という言葉が頭に浮かんだ。

私は朋温の人生の、表には決して出ていけない存在。これから朋温の知り合いに会う機会があったら、どんな私でいればいいのだろう。毎回こうして逃げ去らなければならないのだろうか。いつまで？

私たちは、共通の知り合いを持つことすらできない。

ベビーカステラの甘い香りが、射的を挟んで、焼きとうもろこしの匂いに変わる。公衆トイレは長蛇の列だった。人目を避けるように、トイレの裏手にある林に足を踏み入れた。さっきまでいたところより幾分ひんやりとして、過ごしやすい。

樹木にもたれ、手持無沙汰になってスマホをひらく。朋温からの連絡はない。あのおしゃべりな叔母さんは簡単には解放してくれないだろう。つっかから画像が届いていた。ひらくと私の好きなタイのたべものがずらりと並んでいる。いますぐ行きたくなっちゃうじゃん、と返信する。すぐにまた別の画像が送られてくる。つっかと軽口をたたき合っていると、ほんとうに考えなければならないことを考えずにすんだ。不安を追いやるように私は夢中で文字を打ち込み続けた。

漣、と呼ばれたような気がした。空耳かと思った。指先がすっと冷えた。

この声は。でも、まさか。

顔を向けると、暗がりに姉が立っている。顔の下半分を覆う大きなマスクをして、前髪を重く垂らし、目だけが異様に光っている。

「お姉ちゃん、どうしたの」

「迎えに来たんだよ」

スマホを握りしめ、姉はふるえる声で言った。

「大丈夫？　よく来られたね」

さっきまでいた場所に意識が向かう。どうか、朋温が現れませんように。私を探して名前を呼びませんように。

この場で発するのに最も自然な言葉は何だろう。考えながら声を絞り出す。

「友だちといっしょだし、迎えに来てくれなくても大丈夫なのに」

「だって漣が嘘をつくから」覆いかぶさるように姉は言った。

高い所から落ちて背中を思い切り打ったときみたいに、息ができなくなった。

「嘘って、なんの」

「米陀さん、携帯持ってないよね？」

なんの話だろう。

「なのになんで米陀さんと連絡を取り合ってるなんて言ったの？」

あれはね、と言いながら記憶を呼び起こす。頭の中で必死に言葉を探す。

ついた嘘が多すぎて辻褄《つじつま》を合わせられない。嘘に嘘を重ねて、自分のついた嘘も忘れて。私はいったいどうしたいのだろう。

「最近買ったって言ってたよ、米陀さん」

「そう。なら見せて」

「えっ」

「スマホ見せてよ。連絡先に米陀さんが入ってるかどうか。いまここから電話をかけてみてよ」

「いいけど」

一歩姉に近づく度、下駄が土にめり込んでいくような心地がした。

スマホを差し出したが姉は受け取らなかった。

「帰る」

「どうやって？」

「漣に関係ない」

「お姉ちゃん、顔色悪いよ」

「吐き気がする」

「大丈夫？　いっしょに帰ろうか」

「いい。いっしょなんでしょ、お友だちと」

私をひと睨みして、姉はよろめきながら人混みに紛れていった。

このまま姉と帰った方がいい。

それがまっとうな考えだとわかっているのに、足は朋温といた場所へ向かっていた。ふたりの体温が染みたレジャーシートをひとりで畳んで帰る朋温の姿を想像しただけで、胸が張り裂けそうだった。


ラストは特別高い場所で大輪の花がひらいた。雷鳴に似た音とともに、いくつもいくつも、連続で。ゴールデンシャワーの黄色、ブーゲンビリアのピンク、蓮《はす》の紫。それからバタフライピーの濃紺。あらゆる色が続けざまに弾けて、消える。あれは月曜の色、あれは火曜の色。笑い合いながら空を見上げた。

「火曜のピンクっていちばんいい色なんだって。タイの人が言ってた」

「それ言った人も火曜生まれなんじゃないの？」

「なんでわかったの」

必要以上に笑った。笑えば不安を消せる気がしたから。

私たちはもうレジャーシートに座ってはいない。川辺を出て、住宅街の塀にもたれて夜空を見上げていた。ひと気の少ない路地裏。最後の火薬が空から消えた。

絡まり合った朋温の視線が、私の目から唇へ、ゆっくり落ちる。ふっと甘い匂いがして、朋温の顔が近づいてきた。その一点に意識が集中する。胸がどくん、と撥ね上がる。

「パイナップルの味がする」

やわらかい感触のあと、朋温が低く笑った。鼻先をくっつけたまま。笑った息がまたパイナップルの匂いで笑ってしまう。

「漣に一個お願いがあるんだよ」

「なに?」

「言いたいことを言ってくれるのはいい。けど、あんまりたくさん質問されると、なんて答えたらいいか、時々わからなくなる」

「私、たくさん質問なんてする?」

「すごくする。なんで? どうして? って漣はいつも訊いてくる。パイナップルのことくらいならいいんだけど」

朋温の挙げた具体例を聴いて、私は言った。

「私の『なんで?』『どうして?』は『大好き』って意味だと思って」

朋温の目尻がすっと流れて伸びた。

くすくす笑いながら、私たちは何度も唇を合わせた。塀の向こう側にある民家から、テレビの音が聴こえてくる。

私の背後で靴音がした。恥ずかしくなってぱっと離れる。

足許に伸びてくる影に、異様な気配を感じた。心臓が速く細かく波打ち始める。どうして通り過ぎていかないの。首を巡らせ、振り返った。

全身の温度が一気に下がり、頭がぐらぐら揺れた。眠ってしまえばこの悪夢が消えるなら、今すぐベッドにもぐりこみたかった。

そこに立っていたのは、とっくに帰ったはずの姉だった。

「お姉ちゃん、どうして」

やっぱりあのときいっしょに帰ればよかった。そうすべきだと、頭ではわかっていたのに。

姉が、朋温を見た。その目が極限まで見ひらかれる。

顔面蒼白《そうはく》になって、姉はその場に崩れ落ちた。

「家の人に連絡した方がいいと思う」

頭を打つ直前で姉を抱き留めた朋温が言った。あまりの現実味のなさに頭の後ろが痺れる。うまくものを考えられない。家に連絡を入れる？　それで、どうなるのだろう。

漣、と朋温が言った。私の目を覚ますような、強く冷静な声で。

「早い方がいい。この状況でどう対処するのがベストか俺たちにはわからないから。病院に連れて行くにしてもこんな日だし、きっとタクシーもつかまらない」

電話をかけると、母は硬い声で言った。

「すぐ行く」

「お母さんが来るまでのあいだ、なにかできることある？」

呼吸や脈の確認の仕方を母は教えてくれた。

「脚をなるべく高くしておいて」

「わかった」

「そこにいるのは漣とまどかだけ？」

答えられずにいると、車のキーを摑む音がして、すぐ行くからねと電話は切れた。

折り畳んだレジャーシートを姉の頭の下に敷いて、かかとを私の膝に載せる。遠くでバイクの音がした。さらに遠くで、かすかに消防車のサイレンが聴こえた。

「まどかさん、ずっと具合悪いの？」

ずっと、ってどういうことだろう。朋温は姉の状態を知っているのだろうか。

具合。そうだ、薬を持ってるかもしれない。

パーカーのポケットに小銭入れとスマホがあった。開けてみると、いつも食器棚から取り出して飲んでいる錠剤がお守りのように入っていた。飲ませていいか母にメッセージを送り、朋温がコンビニへミネラルウォーターを買いに行ってくれているあいだに、念のため薬の用法用量を調べた。

浴衣に土がついて汚れてしまった。買ってもらったばかりの浴衣なのに。ごめんね、お母さん。ごめんなさい。

いや、私が母に謝らなければならないのはそんなことより、もっと。

頭に薄い膜がかかったみたいに、思考がまとまらない。半錠だけ飲ませてと母から返信が来た直後、姉のスマホがぽんと鳴った。

浮かび上がった通知は、曜子のSNSのアカウントだった。

朋温が走ってくる。自分が着ている浴衣のパイナップル柄の陽気さがとてつもなく場違いに思えた。

「お姉ちゃん」

姉の目がうっすらひらいた。マスクをずらして錠剤をのませると、姉はふたたび瞼を閉じた。

「帰っていいよ」姉の顔を見つめたまま、私は言った。

「いや、俺からもちゃんと事情を話す」

「いいから」

「こんな人通りのないところに女の子二人置いていけないよ」

「もうお母さん来るから。帰って、お願い」

悲鳴のような消防車のサイレンがすぐそこまで近づき、また遠ざかっていった。

わかった、と朋温はしずかに言った。

「連絡待ってる」

大通りの方へ歩いていく彼の背中を見つめ続けた。黒い大きなTシャツが暗がりにとけるように消えて、見えなくなってしまうまで。


ある日とつぜん告げられる。

「もうあの人と、あの家族と、今後一切関わってはいけません」

そんな変なことってあるだろうか。

もう何度も思いを巡らせたことを、車のなかでまた考える。姉は私の隣で眠っていた。母はまっすぐ前を見て、ハンドルを握っている。

私の場合小学生だったから、何も知らないうちに姉夫婦の関係は終了しており、あとになって念押しするように、いかにあちら側がひどかったか伝えられた。関わらないなんてことは当然だと誰もが思い込んでいる。何が真実か私には知る術《すべ》もないのに。どうして自分で選べないんだろう。

子どもだから？　判断力がないから？　それとも、あんなひどいことをした人の家族は、悪い人間に決まっているから？

それを、誰が決めるのだろう。誰に、決める権利があるのだろう。

「よく平然と嘘ばっかりつき続けられたよね！」

金切り声をあげる姉の手には、ピンクのハチマキがあった。

私の宝物を、指でつまんで、まるで汚いもののように。姉はヒステリックに響く声で笑った。

「友だちと交換したなんて大嘘じゃん！　彼氏だったたんじゃん！　しかもあんな最低な奴の弟！」

姉は暴言を、私の顔にまるで濡れ雑巾でも叩きつけるようにぶつけ、リビングのソファにどすんと腰を下ろした。

「あのときは……、お姉ちゃんがどんなひどい目に遭ったか知らなかったから」

「あっそう！　じゃあもういまは知ったから、会うのやめられるよね！」

まどか。姉の隣に母が座り、姉を抱きしめようとした。姉は身をよじって振り払った。

「私あの顔見るだけで死ぬかと思った。蓋してた記憶がぜんぶ噴き出して頭がおかしくなりそうだった。死ぬよりはましと思って脳みそが私を気絶させてくれたんだろうね。あいつは最悪の男だよ。私の頭を思い切り殴って左に飛んだら、今度は右へ飛ぶように叩く男だよ。何度も何度も叩いて、私は打たれた震動が骨の髄まで響いて恐怖で固まってるのに、あいつは愉快そうに、罵声を上げながら私を殴り続けて」

唇が青ざめ震えている。涙も鼻水もだらだら流しながら、姉は叫び続ける。

「毎日毎日暴力を振るわれる、その絶望が漣にわかる？　顔が腫れて目もほとんど開けられない妻の顔面を、さらに拳で殴りつけてきて、首絞めて顔踏んづけるような男だよ、そんな男の弟なんてろくなもんじゃないに決まってる！」

「そんなひどいこと、ほんとうにしたかどうか、私にはわからないじゃない！」

咄嗟に口から出た言葉は、完全に制御を失っていた。

「私はお姉ちゃんの意見しか知ることができないんだよ。確かに威圧感のある人だった。けど優しいところもあったじゃん。お姉ちゃんがつらかったのはわかるよ。私にできることなら力になりたい。でもいつまで気を遣えばいいの？　私は一生、お姉ちゃんの機嫌を損ねないように、お姉ちゃんの心が平和であることを最優先に、生きていかなきゃならないの？　家族だから？」

姉の動きが止まった。目が半開きになり、表情が消えた。

姉にこんなことを言う日が来るなんて。この世でいちばん裏切ってはいけない人。そう思っていた筈《はず》なのに。

一点を見つめていた姉の目が、激しくまばたきを始めた。そして呪詛《じゅそ》の言葉をつぶやくように、何か言った。

「え？」

「気持ち悪い。よく身内とあんなことできるね。気持ち悪くて吐き気がする」

「もう身内じゃないでしょ？　朋温と付き合うってそんなにいけないこと？　修一さんの弟だから朋温もひどいことをするとは限らないでしょ？」

「名前なんか出さないでっ！」

血が逆流しそうな勢いで姉は叫んだ。

「同じ親に育てられたんだから、同じだよ！」

姉は髪を振り乱し、耳をふさいだ。激しくかぶりをふった拍子に前髪が流れ、汗ではりついた。額の傷が、露《あら》わになった。

三日月の形をしたそれは、想像していたより深く、長かった。

「ごめんね、漣」

蜂蜜入りのカモミールティーをひとくち飲んで、母は私に頭を下げた。

鼻の奥がつんとする。なんでお母さんが謝るの。謝るのは私の方なのに。

浴衣を汚してしまったことも、嘘をたくさんついていたことも、ぜんぶぜんぶ、謝らなきゃいけないのは私なのに。口をひらいたら涙がこぼれてしまいそうで、何も言えない。床に落ちていたハチマキを拾い、ぎゅっと握りしめた。

「まどかが気づきかけてるってこと、漣に話すべきだった。こんなことになる前に、きちんと話し合っていれば」

曜子のアカウントだけではなかった。姉は、私のクラスメイトも、陸上部の友だちも、先輩も、大勢フォローしていた。彼らは体育祭の写真をアップしていた。見間違うはずもない、修一さんとそっくりの朋温。彼が私と同じ高校のジャージを着て、ピンク色のハチマキを巻いて、けだるく体育祭に参加している、その姿を、姉は見てしまったのだ。

何か妙だと感じていた悪い予感がすべて一本の線に繋がった。それで姉は、ふだんであればまず行こうという発想すらないはずの人混みに足を踏み入れた。恐怖を抱え、さらに巨大な恐怖に突っ込んでいった。

どうして確信を持った時点で私に詰め寄らなかったのだろう。決定的な場面を押さえたかったのか。それとも。

私を信じたかったのか。

テーブルの上のウエットティッシュが目に入った。一枚引き出して浴衣に当てる。汚れは広がるばかりで消えない。

浴衣を脱いで、早く横になりたい。そう思うのに立ち上がる気力がわかない。

さっき見た、姉の傷が蘇る。

怖かった。でも姉はもっと怖かったのだ。どうして姉の言葉を疑ったりしたんだろう。今夜目にした光景のせいで、姉が取り返しのつかない行動に出てしまったら。それはきっと、命とか尊厳にかかわる。

朋温と別れたって私は死なない。でも別れなければ、姉は死んでしまうかもしれない。

選択肢はひとつだった。

——もう会えない

朋温にメッセージを送るとスマホの電源を切ってリビングの引き出しに仕舞った。マグカップを洗い、食器かごに伏せて、洗面所へ向かう。気遣うような母の視線が頬に痛い。夕方といまとでは重力まで変わってしまったかのように脚が重かった。脚だけじゃない。全身の骨も血液も、吐いた息すら重かった。脚を持ち上げる力がない。引きずるようにしてしか歩けず、前に進んでいる実感が持てない。

浴衣を脱いで、ハンガーに掛けた。髪の毛のピンを一本一本外していく。シャワーの栓を回したら、ハッと短い息がもれた。私は声にならない声を水音に紛れさせた。

髪を洗うときも、乾かすときも、指先にまで神経が通っていないような気がした。

歯を磨いたら、かすかに残っていたパイナップルの苦みがぜんぶ消えてしまった。

部屋の窓から、薄く、ひんやりとした月が見えた。

ベッドに入り、目を閉じる。今日の出来事、今日までの出来事がくるくる映った。

繋いだ手や唇の感触も、パイナップルの味と同じように、いつか消えてしまう日が来るのだろうか。

瞼の裏で盛り上がってきた涙を眼球に染み込ませるように、私は悲しみにも蓋をして眠る努力をした。

寝返りを打つたびに目を覚ました。夢か現《うつつ》かわからない群青色の部屋のなかで、瞼を覆う熱が頭の芯までぼうっとさせていた。

空が白み始めるのを待って部屋を出た。階段を降りているとき、不思議な浮遊感があった。昨夜はあんなに重く感じた身体が、今度はとてつもなく軽い。表面だけになって、中身をごっそり抜き取られてしまったみたいだ。

キッチンに入り、コップに水を注いでのんだ。

引き出しのなかのスマホ。無視しようとすればするほど、そこに意識がいってしまう。

姉は朝食に降りてこなかった。三人だけの食卓に、会話はなかった。

「お父さん、どこか出かけるの」

洗面台で歯磨きを終えた父に声をかけると、「床屋」と返ってきた。思いがけず硬い声だった。

「私、昨夜お姉ちゃんの傷を見て、ほんとうにショックだった。なんてひどいことをしてしまったんだろうって……。もう彼と会うつもりはないよ。でも」

「でも、何？」

「修一さんの全部が、何から何までだめってことはないよね？　暴力があって離婚して、そしたら、大切に思い合っていたこともすべて消えてしまうの？」

「漣は思い込みたいんじゃないかな、修一くんはそこまでひどい人間ではなかったって」

鏡越しに私をじっと見て、父は付け加えた。

「まどかのためじゃなく、自分のために」

「修一さんって、そんなにすくいようもない悪人だった？」

「悪人かどうかって話じゃなくて、人としてやっちゃいけないことってあるんだよ。それに一度やってしまったことは、そんなに簡単には消えない。うしなった信用を取り戻すのはとっても難しいことなんだ」

「そこまでひどいことをされて、お姉ちゃんはなんですぐ逃げなかったのかな」

父は何も答えない。

「確かに私たちはそばにいなかったけど、おばあちゃんだって、友だちだっていたでしょ。ホテルに泊まったりすることだってできたよね。なのに、どうして修一さんから離れなかったの？」

「漣にはわからないだろうね」

つぶやいて、父は玄関へ歩いて行った。

父を見送ると、リビングのソファに身体を沈めた。目に映るものすべて、自分にとって何の意味も持たないような気がする。

ふいに、昨夜つっかがホテルの情報を送ると言っていたことを思い出した。

「お母さん、バンコクでどこに泊まる予定？」

ダイニングで本を読んでいた母は、そうねえ、と窓の向こうに目をやった。

「スクンビットも懐かしくていいし、でもやっぱりタイならリバーサイドって気もする」

「つっかがチャオプラヤー川沿いのいいホテルを知ってるんだって」

「どこ？」

「スマホの電源、入れてもいい？」

「いいに決まってるでしょう」

引き出しをあけ、奥の方にあったスマホをつかんだ。電源ボタンを長押しすると、低く唸《うな》るように震え、直後、暗い画面に文字が浮かび上がった。

反射的にスマホを裏返す。

私にとって、ほかのどの言葉とも違う重みを持つ、彼の名前。

返事は、たった一行だった。

——サーラーで待ってる

つっかが送ってくれた画像やホテルのサイトを母と見ながら、私の意識はもうここにはなかった。朋温からそのメッセージが届いたのは、今朝私がキッチンで水を飲んでいる時間だった。壁時計に目をやる。いったい何時まで待つつもりだろう。

昼食のときも姉は降りてこなかった。父が作った冷やし中華を、母が姉の部屋まで運んだ。スマホは再び電源を切って引き出しに入れてある。返信はもちろんしていない。

「まどか、ぐっすり眠ってる」

三時ごろ姉の様子を見に行った母が、リビングに降りてきて言った。

「あの子から連絡来てた?」

「うん」

「なんて？」

「O公園で待ってるって」

「いま？」

うなずくと母は、私の目を見て尋ねた。

「漣はどうしたい？」

「彼と、ちゃんと会って話をしたい」

母はそれ以上何も訊かずにうなずいた。


O公園の入口に到着すると母は、駅前のカフェでコーヒーをのんでいると言って、来た道を戻っていった。

背の高い木々が両側に並ぶ石畳を、東屋へ向かって歩いていく。

朋温と会って話すという自分の決断に自信が持てなかった。このまっすぐの一本道を、進んでいいのだろうか。会ってあの顔を見たら、何も言えなくなってしまうかもしれない。

朋温は何を話すつもりだろう。どんな言葉を返せばいいのだろう。

頭上で枝葉がさわさわと鳴った。見上げると、夏風に翻った葉っぱの裏側が白く輝いていた。揺れる枝葉のあいだを切り裂くような、一条の光。

私は、光を自ら手放そうとしている。私にとって彼のいない人生は、ほんとうの意味で「生きている」と言えるだろうか。

生きていけるだろうか。

いっそ東屋に朋温がいなければいいとすら思った。もうすぐ十六時。こんなに長い時間待っているとは限らない。どうせ終わりなのだから、顔など合わせない方がよいのではないか。

しずかだった。澄んだ空気のなかを私は、ほんとうの気持ちと向き合うように歩いていった。

目に、ひときわ強い光がまぶしく差した。

並んで座った私に膝を向けて、朋温は言った。

「漣のお父さんやお母さん、それから」

手に、大きな掌が重ねられた。

「まどかさんにも、会って、俺からきちんと話をさせてもらいたい」

厚みがあって、温かな手。今日で最後の、大好きな手。

私はその手をそっと摑んで、彼の膝に戻した。

「そんなこと、ありえない。だいたい会って何を話すの。無駄だよ」

「無駄なんて決めつけないでほしい」

「朋温だって、修一さんがお姉ちゃんにしたことを知ってるんでしょ。それとも、もしかして政野家ではお姉ちゃんが悪者にされてる？」

「そんなわけない。俺は」

「もう終わったことだから」

朋温が、切れ長の目を私にじっと注いだ。

「俺の話を聴いてくれる気がないなら、どうしてここへ来たの」

「会って話もせずに終わりにするなんて卑怯《ひきょう》だと思ったからだよ」

「卑怯なことがしたくないから来たの？　それだけ？」

それだけのはずがない。でも本心を、彼に告げる意味があるだろうか。いまここで彼に、ずっといっしょにいたいと告げる意味が、あるだろうか。

言わない方がいい。これ以上の絶望に、私は耐えられない。

「どうしてぜんぶ一人で決めるんだよ。二人のことなのに」

身体を折って、肺にある息を残らず吐き出すように、朋温は言った。

どうして私たちはこんな風にしか出会えなかったのだろう。はじめて人をこんなに好きになった。それは、好きになってはいけない人だった。

立ち上がった私の手首を、朋温が摑んだ。

「こういうことが起こり得るって、漣は想定してなかった？」

「考えないようにしてた。ばれないように気をつければいいって」

「ばれたら終わり？」

「終わりだよ。当たり前でしょ」

「漣は、そんな程度の覚悟ではじめたの？」

強い力だった。ハチマキを手首に巻きつけてほしいと願った体育祭の夜がよみがえる。

この場面を憶えていよう。彼は私の人生のきらめきで、宝だった。彼のすべてが大好きでぜんぶ受け入れたくて、大切でたまらなかった。

だけど、もう会えない。

白い指を一本ずつ剝がす。彼をみおろして私は言った。

「覚悟なんてあるわけないでしょ」

彼の目に炎が宿った。その炎が私を包み込む前にバイバイ、と歩き出した。視界がぼやける。泣いたら負けだ。一歩ごとに、悲しみが突き上げてくる。

朋温が何か言った。

耳朶が引っ張られる。全力で走ってサーラーに戻りたい衝動にかられる。でも私は振り返らず、耳の奥に居座ろうとする彼の声を追い出すように歩いた。夏風に翻った葉っぱの裏側は、もう白くない。

吐息さえ漏らさないよう唇を噛んで私は、家族のいる場所へ帰った。

秋の長雨が降りやんだ瞬間、静寂で目を覚ました。

夢といっしょに朋温がそっと消えたのがわかった。

夢から醒《さ》めたくなかった。夢のなかでなら、朋温と会える。誰からも咎められない。思う存分、喋って笑って抱きしめ合える。

現実をはじめる決意をして、瞼をひらく。次に眠るまでの時間が、果てしなく遠く感じる。

毎日、夢と落胆の連続だった。

朋温と別れてから、感じる心が消えてしまった。地面から一センチの高さをふわふわ歩いているような毎日。「生きている」ではなく、ただ「死んでない」という暮らし。

朝起きて家族とごはんを食べる。学校に行ってクラスメイトと話す。笑う。部活で全力疾走する。友だちや先輩と話す。笑う。帰ってきて家族とごはんを食べる。笑う。

そして部屋に入るとアメーバになった。

朋温と会えず言葉も交わせず、私はアメーバになってただ夜を待った。

朋温と別れたと、つっかにメッセージを送った。理由を訊かれ、実は彼は姉の元夫の弟なのだと告白した。つっかは怒った。呆れ、悲しんだ。どうしてそんな大事なことをずっと教えてくれなかったの。そんなに私って信用できない？

付き合っているときに言えたらどんなに良かっただろうと思いながら、メッセージを返した。万が一つっかの家族に見られても、もうやましいことはなかった。それでいいの？ いい。ほんとうにいいの？ いい。同じやりとりを、何度も繰り返した。もうこの話は終わりにして、と私が送るまで。

九月九日は金曜日だった。その日は一日、渡り廊下を視界に入れないようにした。別れたんだ。終わったんだ。昼も夜中も明け方も、自分に言い聞かせた。

「お前の言っていることは要領を得ない！」

とつぜん背後で男性の怒鳴り声がして、わっと声が漏れてしまった。母と顔を見合わせる。さりげなく振り返ると、缶詰コーナーの棚の前に、妻らしき女性を罵倒する中年男性がいた。

「わかるように説明もできないのか、ばかが！」

日曜日の昼下がり、スーパーには小さい子どもを含め大勢の客がいる。罵りながら男性は彼女に付いて回っていた。女性は苦笑いしながらも男性から離れない。

「あんなふうに言うくらいなら来なければいいのにね」

そっと耳打ちすると、ほんとに、と母はうなずいた。

「あのご夫婦、さっきエレベーターでいっしょになった人よね」

扉脇に立った私の目の前にぬっと腕を伸ばしてきた男性だった。ボタンを押そうとした彼の手が私の肩にどんとぶつかり、聴こえよがしの舌打ちをされた。そんなところに突っ立っていたら邪魔だと言わんばかりに。

何階ですか、と私が尋ねればよかったのかもしれない。手が伸びてくることを予測して、あと一歩下がればよかったのかもしれない。でも、なにもあんなに不快をあらわにしなくたって。

母と私は今夜の献立を相談しながら、肉の鮮度や果物の甘さについて話し、商品をかごに入れていった。

嘘をつく必要のない日々は平和だった。

波風が立たず、なんのやましいこともない。ちゃんと家族の目を見て笑える。

こんな日々を、私はこれから一日ずつ重ねていくのだと思った。

「なに、もう現金ないのか」

さっきの男性が、また連れの女性を怒鳴っている。私たちの並ぶレジの前方で、彼女はクレジットカードを店員さんに渡そうとしていた。

「何に使ったんだ。ほんとうにお前は何やらせてもだめだな。恥ずかしい」

恥ずかしいのはあなたです、心の中でつぶやく。

「まどかと修一さんが買い物してるときも、あんなふうだったんだって」

「誰から聴いたの？」

「サチさん。ターミナル駅のデパ地下で、偶然見かけたんだって」

棚の陰からこっそり二人の様子を窺ったサチさんは、それでも、危機的状況とまでは思わなかったのだという。姉が、笑っていたから。

「修一さんて意外と細かいことにうるさいんだなあと思いはしたけど、まどかのことは大事にしているように見えたって。重そうなカゴを持っているのは修一さんで、まどかには届かない棚にある商品を取ってあげたりもしてたから。程度の差こそあれこれくらいの諍《いさか》いは日常の範囲内かも、こんな場面見られて話しかけられたらまどかも気まずいだろうって、その場を離れてしまったんだって」

「その話を、お母さんはどこでサチさんに訊いたの？」

列の隙間を埋めるように数歩進んで、母は答えた。

「調停をしたときにね、どういうことをされたか細かく書かなきゃいけなくて」

「消耗しそうな作業だね」

「うん。相手がどれだけひどい人間かってことを文章にするのは、しんどかった」

証拠はあるのかなどと訊いてしまったことを思い出した。証拠は、裁判所に提出しただろう。きっといくつも。

「それでサチさんに電話したのよ。サチさんなら何か知ってるんじゃないかと思って。そうしたら、まどかが結婚してからほとんど会ってないって言うからびっくりして」

「あんなに仲良かったのに」

「一回だけ、まどかとサチさんで遊園地に行ったそうなんだけど」

姉の携帯は常に鳴りっぱなしだった。着信にはすぐ出たし、メールにも即返事を送った。

「『電源切っちゃえ』ってサチさんが冗談で言ったら、とんでもないって感じで首を振ってたって」

鳴りやまない電話のせいでサチさんと姉の会話は途切れがちだった。それでも姉は必死にサチさんと喋り、笑っていたのだという。

何度目かの着信に出たとき、姉がサチさんに携帯を差し出してきた。

『主人が替わってだって』

戸惑いながら出ると、いつもまどかがお世話になっています、とハキハキした声が聴こえてきた。

『あいつ今日出がけに腹痛いって言ってたんで心配になって。どうですか、サチさんから見てまどか、顔色とか悪くないですか？』

「堂々として社交性にあふれた、白い歯まで見えるような声だったたってサチさん言ってた。大丈夫ですよって答えたちょうどそのとき、二人のそばを男子高校生の集団が笑いながら通り過ぎたの。その直後、まどかに替わって下さいって言った修一さんの声は、数秒前と同じ人とは思えないくらい冷ややかだったたって」

そこから一時間以上、姉は修一さんと話し続けた。

『違うって。ただ高校生が通り過ぎただけ』

その一点を姉は延々主張し続けた。角度を変えて、謝り、宥《なだ》め、必死で話し続けた。

サチさんはいたたまれなくなって、トイレに立ったり少し離れた場所で携帯を眺めたり、缶入りのあたたかいミルクティーを買ってきて開けて姉に渡したりした。姉の笑顔はどんどん硬くなり、涙袋が痙攣し始めた。大丈夫？　と尋ねると、大丈夫、と口の動きで伝えてきた。そして最終的に姉は通話しながらサチさんに頭を下げて、帰っていった。その夜サチさんが送ったメールにも返信はなかった。


「米陀さんに届けてるコピーって、ポストに入れてるの？」

男子のリレー練習を見ていると、曜子が声をかけてきた。

「うん。一応毎回ベルは鳴らしてるけど、会えたのは最初の一回だけ」

「毎日？」

「何日かまとめてのときもある」

「大変じゃない？　今週は私が届けようか」

「そしたらもう、ずっと曜子のノートがいいってなると思うよ」

「今日、部活終わったらいっしょに行かない？」

新人戦は散々な結果に終わった。一年生のなかで私だけが、地区予選落ちした。あんなに期待してもらっていたのに。百メートルも、二百メートルもだめだった。応援に行くと言う母に『もう少し速くなってから』と言っておいてよかったと思った。

そんな私とは対照的に好成績を残したのが印丸だ。彼のチームは四百メートルリレー地区予選の決勝で、ぶっちぎりの一位だった。その先は力みが出てしまい揮《ふる》わなかったが、次はもっといいタイムを出すと張り切っている。苦手だった朝練にも、印丸は誰より早く顔を出すようになった。部活が休みの日には自主トレに精を出しているらしい。

私も印丸を見習って、しっかり身体を作らなきゃ。もっと強くならなきゃ。

そう思うのに、身が入らない。

「はいっ!」

二年生でいちばんいいタイムを持つ先輩が、手を前へまっすぐ伸ばす。印丸の掌にバトンが吸い込まれる。印丸は風を切り裂いて走り、校庭の向こう側へどんどん小さくなっていった。

曜子は団地のなかにある公民館のような場所で待つと言った。その建物には出し物か何かの準備をする人たちが集まっていて、声も灯《あか》りも賑やかだ。こんな場所があるとは知らなかった。

「ここは米陀さんちからだと、東の方角だからね」曜子が念押しする。

空は真っ暗だ。しかも曇っている。方位磁石でも持って来ればよかった。

「もし会えたら、ゆっくりしてきて」曜子は鞄から大きな本を取り出し、胸に抱いた。

「それなんの本?」

「山の写真集」

モノクロがうつくしく、でもなんとなく怖そうな本だ。

「いっしょに行こうって言ったのに」

「いきなり家に二人も来たら嫌でしょ」

そんなものだろうか。私なら、一人より二人来てくれた方がうれしい。でも米陀さんは私じゃない。

右折、直進、右折。ということは戻るときは、左折、直進、左折。呪文のように唱えながら米陀さんの家を目指した。

呼び鈴を鳴らしたが、やはり応答はなかった。五段ほどのコンクリートの階段を降りて、コピーをポストに投函する。

あれ? 左ではなく右? 右から来たような気がする。

まんまと方向感覚がうしなわれた。

「どうしよう」

つぶやくと背後の窓に気配を感じた。振り返ると同時にしゃっとカーテンが閉まった。

棟のまわりを歩いてみることにした。耳を澄ませ、さきほどの建物の灯りを探す。どこにもそれらしき気配はない。一周したが、すれ違う人もいなかった。よく見ると、カーテンの掛かっていない部屋も多い。怖くなって早々に諦め、再び米陀さんの家の呼び鈴を鳴らした。

ため息とともに扉が開く。米陀さんは、前回会ったときよりひと回り小さく見えた。

「なに？」

「あの、この辺に公民館みたいなところある？　曜子が待ってくれてるんだけど、場所がわからなくなっちゃって」

米陀さんは細い腕を伸ばして早口に言った。

「こっちに進んで三棟目を右」

「三つ目ね。わかった、ありがとう。あと、すごく言いにくいんだけど」

「まだなんかあんの」

「公衆トイレの場所も教えてくれない？」

米陀さんは少し考えて、うちの使えばと言った。

「散らかってるけど」

「いいの？」

「だってあんた場所二つも覚えらんないでしょ」

それにあそこ暗いしと付け加えながら米陀さんは室内へ歩いて行く。閉まりかけた鉄の扉を慌てて押さえ、重さによろめきながら中に身体をすべりこませた。

散らかっている、という言葉から想像する程度の散らかり具合ではなかった。物であふれ、床が見えない。

トイレはそっち、と示して米陀さんは敷きっぱなしの布団をずかずか踏んで窓際へ歩いた。カーテンはすけすけで、色の剝げた洗濯機がベランダに置いてある。

トイレのドアの手前に、名刺大のカードが落ちていた。端が焦げたそれには、左半分に東南アジア人らしき女性の顔写真が印刷されており、右半分に丸っこい小さなひらがなで、『だいすき。またきてね』と書いてある。

洗面台には短い毛が散らばっていた。黒ずんだタオルで手を拭こうかどうか迷っていると、室内でバチッという激しい音がした。

「あいたっ」

米陀さんの声に慌てて駆け寄る。

「どうしたの！　大丈夫？」

「そんな大声出さなくても。軽く感電しただけだよ」

「それは大丈夫じゃないでしょ」

だいたい家のなかで感電ってどういうことだろう。窓際のコンセントを見ると、配線が動物に齧《かじ》られたみたいにボロボロになっていた。

米陀さんの家には、私の見たことのないものがいっぱいあった。積み重なったカップ麺の空き容器、値引きシールの貼られた食パン。窓の溝に挟まっている口紅。テレビはなかった。本棚もパソコンも見当たらない。

「そこまでじろじろ見る？」

呆れながら米陀さんは、曇ったコップの匂いを嗅いだ。蛇口をひねって水を注ぎ、喉を鳴らして飲んだ。飲むかどうか、私は訊かれない。

窓の向こう、洗濯機の周囲におびただしい数の酎ハイの空き缶と吸い殻が散乱している。

米陀さんは水道水を飲み、安売りの食パンを食べている。

なのにこの家には、煙草やお酒のゴミが山盛りになっている。

「私、バイト先のお金盗んだと思われてるんでしょ？」

「私は思ってないよ。曜子も」

「ああ、曜子さんのおかげで給料天引きは免れたんだよ。お礼言っといて」

「曜子がどうかしたの？」

「聴いてない？」

「うん」

そうか、と米陀さんは空っぽのコップに視線を落とした。

「私がバイトしてたコンビニ、二時間に一度、万札だけを封筒に入れてカウンターの内側に仕舞うことになってるんだよ。客からは見えない収納スペースがあって、そこに私はちゃんと入れたんだ。でも、どういうわけだか消えてた」

「いくら？」

「三万円。私じゃないって何度言っても信じてもらえなくて、防犯カメラの映像見てもその付近で不審な動きをしてたのはおまえだけだったって交番に連れて行かれて。結局証拠もないし、もちろんやってないし、罰は受けなかったんだけど、バイトは続けられなくて。私、しみじみ思った。たとえばもし、あの店で働いてたのがあんただったら、そんな決めつけされないんだろうなって」

なんと声をかけたら良いかわからなかった。決めつけられるのって嫌だよね。その気持ちわかるよと、ひなあられの話をする？　それとも、ひどすぎるって怒る？　何を言っても、「薄い」「表層的」と言われそうな気がした。

「ねえ」と米陀さんがこちらをじっと見た。「私の言ってること、信じられる？」

「信じられるよ」

即答した。本心だった。

「私は米陀さんを信じる」

米陀さんの視線が遠くへ行って、また戻ってきた。その瞳は、ひやっとするような昏い光を放っている。

「偽物の笑顔は信じない」と米陀さんは言った。

偽物、という言葉が胸に突き刺さった。

私は米陀さんを信じている。でもそれを信じてもらえないのは、私の言葉が薄いから。どんな言葉だったら米陀さんに伝わるんだろう。どうやったら、私はその言葉に辿り着けるんだろう。

「あんた、さっきここぐるぐる回ってたでしょ」

さっきまでよりほんの少し険のとれた声で、米陀さんは言った。

「もう何年も前だけど、この辺にうちと同じ、母親が外国人の男の子が住んでたんだよ」

詳しく尋ねていいのかどうかもわからず、私は黙ってうなずいた。

「その母親に言われたことがあったんだ。『いま担任あの先生なんだって？　気をつけて。信用しちゃいけないよ。あの先生の笑顔は偽物だから』って」

「いつの先生？」

「小四の三学期と、小五」

小五も。印丸はその先生が次の年度も米陀さんを担任したことを忘れていたのだろうか。

「あのしゃべくり男から何か聴いた？」

「……少し」

「まあいいけど。先生の笑顔が偽物もなにも、あいつがろくでもないってことはとっくに知ってた。でも、その母親が言った『あの先生は海外ルーツの子を特に酷く叱る』っていうのは目からうろこだったな。親に告げ口しないと思うのか、もしくは告げ口されても言語的な不利を利用して行き違いですって弁解できるからか、わかんないけど、言われてみれば、確かにそうだったんだよ。『物凄く困ったことがあっても、あの先生にだけは相談するな。意味がない。もっと厄介なことになるだけ』ってアドバイスもらって。その通り、信じるだけ無駄だって思った」

「他の先生や、保健室の先生に話したりはしなかったの？」

「したよ。五年のとき一度だけ、となりのクラスの担任に。プールの見学届出すとき、用紙の端っこに書いたんだ。『ちゃんと朝ごはん食べてこいって先生に叱られました。でも昨日もお父さんが帰ってこなかったから、何も食べられませんでした。お腹がすいて死にそうです。たすけてください』って」

「そしたら？」

「完全スルー。まったく、なんの反応もなかった」

もし小学生のとき、夜になっても親が帰ってこなかったら。家に食べるものがなくて死にそうだったら。私ならどうするだろう。

バンコクに暮らしていたときなら、ひとりでコンビニへ行くということもできないから、友だちや同じコンドミニアムの知り合いに事情を話してたすけてもらっただろう。日本人でも、タイ人でも、きっと親身になってくれたはずだ。

でもその前に、夜遅くまで親が帰ってこなかったら。心配で不安で泣いてしまうと思う。

米陀さんも泣いただろうか。ひとり、この部屋で。

「中学時代の先生も最初は心配するふりしてたけど、母親はいなくて父親もほぼ不在ってわかったらいい人装うのやめたみたい。徐々に私とは目も合わせなくなっていった」

「そんな先生ばかりじゃないと思うよ。信用できる人も、きっといるよ」

「信用なんかできるわけない。そんな大人いない」

「これまでそうでも、この先もそうとは限らないでしょ」

「この先を信じられるのは、あんたがこれまで大事にされてきたからだよ。親からも、教師からも。私は高校を卒業したら、もう一生、教師という人種とは関わらないで生きていこうと思ってる」

曜子と歩きながら、私はバンコクでの暮らしを思い返していた。

あの頃は、友だちの家を訪れて自分の家との違いを強烈に感じるようなことはなかった。ジェイボードができるほど広いリビング。たくさんのおもちゃと、大きなテレビ。太陽がたっぷり差し込むダイニングテーブルに、花と果物。鳥のさえずり。タイの柔軟剤の匂い。だいたいどこもみな、似たような生活をしていた。

いや、していると思っていた。

私は何も知らなかったんだ。家族のことだけじゃなく、世間というもの、これまで接する機会のなかった人のこと、私は何も知らない。

こういう環境で育つとこうなると決めつけられたら、どんなに息が詰まるだろう。私は、姉に対して決めつけていなかっただろうか。

姉の涙が蘇り、不安がこみあげてくる。もし、このままずっと姉とぎくしゃくしたままだったら。

これまでの自分なら、そんなことはあり得ないと思っただろう。姉妹なんだから、きっといつかは仲直りできる。疑うことなくそう思ったはずだし、誰かに悩みを相談されてもそんな風に励ましたと思う。でももういまの私は知っている。親子だから、家族だから、そんなことなんの理由にもならない。

ああ、と曜子がうんざりしたような声を漏らした。

「どうしたの」

「ごめん。ちょっと自分が嫌になって」

「なんで?」

「道のこと。もっと漣にわかりやすく伝えてたらよかったなって」

なんとなく、はぐらかされたような気がする。

「漣もない？　自分の失敗思い出して、自己嫌悪で呻き声が漏れちゃうようなこと」

「あるよ、超ある。そればっかりだよ」

「どんな？」

街灯に照らされほほ笑む曜子は知的で妖艶だった。きっと曜子なら、私のような失敗はしないだろう。嘘に嘘を重ねて、想像力の欠片もない言葉をぶつけて、たくさんの人を振り回してしまうようなこと。曜子は、その場や相手に、最も相応《ふさわ》しい言葉を選ぶことができる人だから。

「バチが当たったんだ」

「バチって」曜子が目を細めた。

「人に言えないような悪いことしたから」

「バチが当たるって言い方、私、好きじゃない。恐怖心を植え付けて、人を操るために使う言葉だと思う」

そうなのだろうか。私は、どう考えたって自業自得と言われるようなことをしてしまった。これまで築き上げてきたものがすべて無になった。恥ずかしくて、自分に腹が立って、情けない。

「漣、大丈夫？　私で良かったらいつでも話聴くからね」
大丈夫と答えたけど、私の感情は分厚いすりガラスが一枚はさまったようで、自分でも大丈夫かどうかわからなかった。そもそも大丈夫とはどういう状態だっただろう。姉もこんな気分でサチさんに大丈夫と答えたのだろうか。

父が料理をする。母がそれをつまみ食いしながら、ビールを呑む。両親の会話やまな板の音をBGMに、私はダイニングで試験勉強をする。姉が降りてきて、皿や箸を並べる。麦茶を注ぎ、料理を運ぶ。

朋温に出会う前の、平穏な日常。姉がマスクをしている以外は。

私は、ほんとうにしたいことではなく、正しいことを選んだのだ。

風が吹いてカーテンがふくらむ。網戸から、金木犀《きんもくせい》が香ってくる。何かが動く度、見える景色が変わる度、朋温の面影や、声や匂いが現れた。心の中から朋温が消えることはなかった。その影はむしろ大きくなって私の世界を覆った。

鼓膜の底を彼の声がさらう。漣、と呼ぶ太い声。瞳の昏い光。いま、同じ空間にいるのが朋温だったらどんなにいいだろう。そんなふうに考えることを、いつまで経ってもやめられない。

ほんとうは朋温がいなくたって、私は困らないはず。だってほんの五か月前までは、私の日常に朋温の存在などなかったのだ。なくても不都合はなかったし、不幸せでもなかった。だから、元の状態に戻っただけ。ある日とつぜん現れたバンコクの夜市が、ふたたび消えてしまったように。

トンカツ、エビフライ、ポテトサラダ、豚汁、山盛りの白ごはん。痩せた私を案じてか、カロリーの高そうな食べ物が並ぶ。私はぜんぶ平らげる。それがノルマであるかのように。

味もしないのに、おいしいおいしいと笑いながら。

る

うっすらと開いた瞼の隙間から、海が見えた。

海？

瞬《まばた》きをして、さっきよりクリアになった視界でもう一度見てみる。

海ではなく、空だった。緑色のライトが点滅する翼の下に、凪《な》いだ雲がどこまでも続いている。

花火大会の夜、川が地面の続きに見えたことを思い出した。

瞬きひとつ、打ち上げ花火ひとつで、世界はがらりと変わる。

窓に額を押し当てた。二重構造になっているこの窓が開くわけはないのに、海だと勘違いして飛び込み、どこまでも真っ逆さまに落ちていく自分が見えた。

その光景を遮断するように目を閉じる。

薄暗い機内のどこかで、赤ん坊がぐずっていた。甘えるような泣き声に交じって聴こえてくる、女性のやわらかい声。

ふたりの声が近づいてきたのは、うとうととして再び眠りに落ちる寸前だった。横を通りすぎる、その弾むような足取りに何気なく瞼を開き、笑ってしまった。

「どうしたの」

衣擦《きぬず》れの音がして、ブランケットを顎まで上げて眠っていた母が私の方に顔を向ける。

「見て、赤ちゃんを抱っこしてる人」

機内後方を振り返って、母は目を丸くした。赤ん坊をあやしているのは乗客ではなく、タイ人のCAさんだった。彼女はほほ笑みながらゆったり歩いて、時々縦に揺れ、何かを指差して見せ、赤ん坊の気をひいていた。

「タイの人はほんとうに子どもに優しいね。お母さんだったら、そんなことまでは自分の仕事じゃないとか、もし何かあったときに責任がとか考えちゃうかも」

十月の平日ということもあって、機内はさほど混んでいなかった。私たちの座席も三人並びのシートだが、ひとつは空席だ。

そろそろ歯を磨きに行こうと思い通路の向こう側に目を向けて、心臓が跳ねた。

朋温。

前の座席の画面にふれる、ていねいな手つき。ほっそりとした横顔は、隣に座る女性の陰になって見えたり見えなかったりする。その人が、こちらを向いた。

男性は、朋温とは似ても似つかない別人だった。幻覚でも会えたらうれしいような気がした自分は、本格的にどうかなっているのかもしれない。

「ご搭乗のお客様にお知らせします」アナウンスが流れはじめる。「当機はあと四十分ほどで着陸態勢に入ります。お化粧室のご利用はお早目にお済ませください」

行ってくるねと断って席を立つ。

眠る前に食べた機内食のフルーツは、よりによってパイナップルだった。視覚も嗅覚も味覚も、いまだに私を苦しめる。朋温を思わない日を待っている。

その日はいったいいつになったら訪れるんだろう。

トイレに入り、ポーチをひらく。歯ブラシセットを取り出そうとした拍子に、手前のポケットに入れていたハチマキが引っかかって飛び出した。慌てて手を伸ばす。端が床につきそうになる既のところでつかみ、すくいあげた。

朋温からもらったピンク色のハチマキ。

私はこれを、タイで捨てるつもりで持ってきた。いい加減、きっぱり断ち切らなければならない。日本で捨てたら、その場所を通る度に思い出して未練が募るだろう。タイでさよならすれば、簡単には戻って来られない。

歯を磨き、顔に日焼け止めを塗って席へ戻った。シートベルトを締め、窓の外に顔を向ける。赤ん坊はいつの間にか泣き止《や》んでいる。

もう夜明けだった。

陸地が近づいてくる。

赤い屋根、連なる車の灯り。濁った川、田んぼ。日焼け止めを首や腕に伸ばしながら、私はすでにタイの空気を胸いっぱい吸い込んだような気持ちになっていた。

現在の時刻についてアナウンスが流れた。腕時計を外し、時計の針を二時間戻す。

この針を、逆さに回して回して、どこまでも戻せたらいいのに。

でも、どこに戻せばいいだろう。

花火大会の夜？渡り廊下ではじめて目が合った瞬間？それよりもっと前、姉と修一さんが出会っていなければいいのか。でも朋温がいまの高校に入ったのは、姉たちの離婚トラブルで家族がぐちゃぐちゃになったせいだとしたら。姉と修一さんが出会っていなければ、私たちも出会っていないことになる。どこまで戻れたとしても、うまくいかない。

どうやったってだめだったんだ。私たちの関係は。

スーツケースをひいてガラス扉の向こう側に出ると、もわりと湿った熱風が私たちを包み込んだ。どこからかココナッツミルクとレモングラスの香りが漂ってくる。二年ぶりのタイは、匂いも湿気も涙ぐむほど懐かしかった。

陽気な運転手さんは、私たちがタイ語を理解できるとわかるとうれしそうに、好きなタイ料理はなんだとか、日本ではいま雪が降っているかなどと尋ねてきた。ゆっくり大きな声で喋ってくれるから、とても聴き取りやすかった。リハビリするように、この旅の予習をするように、私はタイ語を吸収し、発音を真似した。そうだ、こんなふうに鼻から抜けていく音を出す言語だった。

ミラーに掛けられたお守りがカチャカチャと左右に揺れている。その音は車内に流れるタイ歌謡の合いの手のようだ。運転手さんは時々左手でお守りを押さえながら、鼻歌雑じりに運転した。

車窓を高層ビルや屋台、花輪を売る人たちが流れていく。そして数限りない、王様の大きな写真。私の身体はあっさりタイに溶け込んで、朋温との日々が遠い夢のように思えてくる。ここに朋温はいない。日本にもいない。そう思って生きていくのだ。

チャオプラヤー川沿いのホテルにチェックインしたあと、駅構内にある両替所に寄った。パスポートと紙幣を窓口から差し入れる母の背中越し、黄金色に輝く王様のカレンダーが見えた。署名して母は、茶色や紫の紙幣を受け取った。円をバーツに替えるみたいに、恋人を無関係の人に切り替えられたらいいのに。アナウンスもなしに、青い炎のようなBTSがホームに入ってくる。気づいたらすぐそこに迫っていて、ひやっとした。まもなく電車が参ります、白線の内側までお下がりください、駆け込み乗車はおやめください。ていねいに注意してもらう暮らしに慣れてしまったのだと思った。

扉が閉まり電車が動き出した途端、音があふれ出す。座席の上の小型画面から、CMが流れている。目鼻立ちのはっきりした女性が、BGMに合わせて軽快に日焼け止めクリームを腕に塗る。早口のタイ語はところどころしか聴き取れない。白くきれいになりますよ、というようなことを最後に言って彼女は輝く歯を見せた。

つっかと待ち合わせしたデパートからは、緑豊かな都会の公園が見えた。入口に王様の巨大な写真が飾ってある。広い敷地をジョギングする人や、子どもを遊ばせているシッターさんをぼんやり眺めていると、背後から勢いよく抱きつかれた。

「漣！」

ふわっと甘い花の香りに包まれた。

黒縁眼鏡と、丸く人懐っこい目。胸がいっぱいになる。二年ぶりのつっかは、確かにつっかだが、雰囲気が違っていた。スマホではわからない変化。どこがどう変わったか知りたくて、じっと見つめる。とにかく、全体がきらきらしている。

先にコンドミニアムに帰っていると言う母親たちに生返事をして、つっかは私の腕を取り、一秒も無駄にしないという勢いでエレベーターに乗り込んだ。

「つっか、肌がすっごくきれいだね。明るくなった」

「そう？　焼けないように毎日必死だよ」

扉がひらき、年輩の男性が乗り込んできた。

「G階をお願いできるかな？」

男性は英語で感じ好く言った。もちろんと応えてボタンを押すと、「サンキュープリンセス」と笑顔を向けられた。

待ち合わせ場所から見えた公園に入り、中心にある大きな池に向かって、芝生を突っ切るように歩いた。久しぶりに履いたサンダルの足の甲に草がふれてくすぐったい。

池のほとりでは、制服を着た大学生カップルが亀に餌をあげたり、三十代とおぼしき男性ふたりが寝そべってひとつのイヤフォンで音楽を聴いたり、ゆったりとした時間が流れていた。

「あれ以来、先輩とは会ってないの？」

ベンチに座るなりつっかは訊いてきた。

「会ってない」

「それでいいの？」

「うん」

「まだ好きなのに？」

好きじゃない、と言う私の声をかき消すように野太い歓声が上がった。

運動器具の奥にあるコートで、上半身裸の男の人たちがセパタクローに興じている。

ねえ、とつっかが私の手を引っ張った。

「私にくらい、正直に話してよ」

「話してるよ。もう好きじゃないし、会わない」

「それは漣のほんとうの気持ちなの？」

「ほんとうの気持ちとかそういう問題じゃないんだよ。諦めるって決めた。諦めるって毎日自分に言い聞かせてる。そしたらそのうち完璧に断ち切れそうな気がするから」

「漣の人生なのに。そんなの生きてるって言える？」

池にさざ波が立った。亀の横にナマズが顔を出す。長い髭《ひげ》が左右に揺れている。

「確かに、生きてるっていう感じはあんまりしない。だけど私が彼との関係を続けていたら、お姉ちゃんは、生きてる感じがしないどころか、消えたいって思うかもしれない」

「それが漣のせいだってどうして言えるの？」

「だって、お姉ちゃんがいちばんしてほしくないことが、私と彼が親しくすることだから」

「でも漣のいちばんしたいことは彼と親しくすることなんでしょ？　漣のお姉さんに起きたことは気の毒だと思うよ。ほんとうに、心からそう思う。大事な漣の大事なお姉さんなんだから、私もお姉さんに元気になってほしい。でも、もっと自分を大事にしてもいいんじゃない？」

つっかが私の手を強く握った。私は力が入らない。もう遅いんだよ。どうにもならないんだよ。

ちいさな子どもが駆けてきて、植え込みからピンク色のひらひらした花を千切った。

母親らしき女性に何か言われながら、また駆けていく。かわいそうな花。間もなく萎《しお》れてあの鮮やかな色はうしなわれてしまう。私みたい。

黙り込む私をじっと見つめていたつっかが、ふいに立ち上がった。驚いたようにナマズが顔を引っ込める。

「ねえ、漣。シール買いに行こ！」

「シール？　なんで？」

「いいから」

つっかが私の手首を摑んで引っ張り上げた。

公園を出て、大通り沿いの文具店に入る。歴史を感じさせる、埃っぽいこぢんまりした店だ。シールコーナーは入ってすぐの場所にあった。一枚一枚手にとってぼんやり眺める。なかなか決められない私の代わりにつっかが選んでくれた。

店を出るとつっかは路地裏へ歩き、買ったばかりのシールを袋から出した。

「手帳出して」

「手帳？　なんで？」

「いいから。ほら早く」

リュックから手帳を取り出し、十月のページをひらいて差し出す。つっかはそこからさらにパラパラッとめくり、十二月をひらいた。そして、十二日を指差し「ここにいちばん好きなシールを貼って」と言う。

意図がわからない。じっとつっかの目を見つめる。はあと息を吐いてつっかは、あのね、とちいさい子に遊びのルールを説明するように言った。

「いま漣は、もうこの先楽しいことなんかないって思ってるでしょ?」

「なんでわかったの?」びっくりして尋ねる。

「わかるわ! 顔に書いてあるわ!」

つっかは笑った。そしてすぐ真面目な顔になった。

「でもね、とりあえず二か月生きてみて」

六十日。六十日も。

いや違う。たった六十日。二か月ぽっちで何か変わるだろうか。笑えるようなことが、待っているだろうか。

「ほら、どれにする?」

生きる目印のシールを、私は選んだ。

「九月九日に何があったの?」

歩道橋を越え、日系スーパーに向かいながらつっかが訊いてきた。

「なんで」

「さっき、手帳にピンク色の印が見えたから。たのしみな予定でもあったのかなと思って」

「なんだったかな。もう忘れちゃった」

コンビニの前に野良犬が寝そべっている。木の根っこによって盛り上がった道。軒下からつむじに垂れてくる水滴。何もかもが尊くて、空を見上げる。

悲しみを溶かし、苦しみを吸い込むタイの空。住んでいた頃はこんな気持ちで空を見たことなど一度もなかった。

スーパーに入るとまずお土産コーナーに行き、トムヤムクン味のポッキーやドリアンチップス、バナナでタマリンドジャムを挟んだお菓子などをかごに入れていった。その棚を越えた先、魚介類のコーナーにカタクチイワシを干したものが置いてあった。二年前とまったく同じ場所。私がまだなにも知らなかったあの頃。

『いりこだしって臭いよね！』

声を張り上げる修一さんが蘇る。委縮する姉。まだ、おでこを見せていた頃の姉。前髪が徐々に短くなって、揺れて、汗でサイドに張りつく。

三日月の形をした傷痕。

私の身体はバンコクのスーパーにあるのに、頭のなかは日本の我が家に飛んでいた。姉はいま、どうしているだろう。姉の言う通りにしてよかったと思う日が来るかもしれない。いや、きっと来る。そう思わなければ耐えられない。

いつの間にか果物コーナーに立っていた。隣でつっかが何か喋っている。

「今夜はママがタイ料理のデリバリー頼もうって言ってたから、食後のフルーツでも買っていく？」

「それならソムオーがいいな」

ふたパックかごに入れ、会計を済ませた。

店の前に停まっていたシーローに乗り込む。記憶していたより揺れて不安定で、ひやひやした。右手で手すりを強く握りながら、左手でリュックのジッパーを開ける。ポーチを取り出し、空いたスペースに買ったお土産を入れる。曜子や米陀さん、印丸たちに渡すところを想像する。そこに朋温はいないし、朋温といる私もいない。

道の脇に停めてある軽トラが目に入った。ランブータンを積んだ荷台にハンモックをかけて、細いジーンズを穿いた男性が気持ちよさそうに昼寝している。のどかで、平和で、「そのうちなんとかなるさ」と言われているような気がしてくる。

「ところで漣、どうしてずっと手すりを摑んでるの。まさか怖いの？」

「うーん、シートベルトがないって変な感じ」

笑っているうちにシーローがコンドミニアムに入って行く。先におりたつっかが助手席の窓から代金を払った。

「いくらだった？」

「大丈夫、ママにもらったから」つっかは笑って首を振った。

「そんなの私だって同じだよ。いくら？」

無理やり聴き出して、半額の二十バーツ紙幣を押しつけた。

「助手席に可愛い男の子が乗ってたんだよ」

「何歳くらいの子？」

「わかんないけど、二歳とか？　あ、チャイさん、こんにちは」

車体にコンドミニアムの名前が印字されたトゥクトゥクから、チャイさんと呼ばれた小太りの男性が手を振ってくる。彼も私と同じ、ピンク色のTシャツを着ている。

「男の子がいたなんて気づかなかったな。後ろからは全然見えなかったね」

「すごくちっちゃかったもん。スマホでゲームしてた。コップンカップってパパの真似して手を合わせる仕草が可愛すぎて、チップ十バーツあげちゃった」

「えっじゃあ、あと五バーツ払う」

「やめてよ」

笑いながらエレベーターに乗り込み、七階を押して、財布をリュックにしまった瞬間、全身の血液が足先に落ちた。

「シーローにわすれものって、なんなんだ？」チャイさんがトゥクトゥクのエンジンをかけながら訊いてくる。「財布か、携帯か」

「いえ、ポーチなの」

いっしょに乗り込んだ母が、私の肩を抱きながらチャイさんに説明する。

「車体の色は？」

つっかは青系、私は白色と言った。そのどちらであってもおかしくないし、まったく別の色であるような気もした。

「なかにどんなものが入ってるんだ？」

「日焼け止め、リップ、制汗シート、歯ブラシ。あとすごく大事なものが……」

「そう。制汗シートってタイ語でなんて言うか知らないな。なんだろう……汗をかいたら拭く、いい匂いのする湿ったティッシュでいいかな」

ぶつぶつ言いながら母はポーチの中身と、大きさや色を伝えた。それから最後にさっと何か付け加えた。そのひと言で、ミラー越しにこちらを見るチャイさんの目が鋭くなった。

「しっかり摑まっておけよ!」

身体がぐっと引っ張られ、ジェットコースターが落下するときのような負荷が掛かった。私は叫び声を飲み込み、手すりをさらに強く握りしめた。

トゥクトゥクでチャイさんはスクンビット通りをぶっ飛ばした。聴いたこともないようなエンジン音が響き渡る。チャイさんは車線変更を繰り返し、シーローを見つけると急停車した。

「ポーチのわすれものがあったって聴いてないか?」

どの運転手さんも首を横に振り、それから興味深そうに私たちの顔を見つめた。チャイさんが再び勢いよく車を出す。でこぼこの道を通過するたび、身体が跳ね上がった。シートベルトがなくて変な感じどころじゃないね、とつっかが笑った。

チャイさんはシーローだけでなく、バイクタクシーの運転手さんにも声をかけた。

「わすれものの話、聴いてないか? この子のものなんだ。大事なものが入ってるんだ」

オレンジ色のベストを着た彼らは一様に知らないと答える。チャイさんは諦めずに会話を続けた。だめでもまた、次の人に声をかけた。何度も何度もかけ続けた。何の関係もない私のためにどうしたらいいか親身になって考え、一生懸命探してくれた。ずっと神妙な顔つきをしていた母がスマホを取り出し、どこかに電話をかけ始めた。

「スーパーにポーチのわすれものは届いてないって」

母が肩を落とす。

「そのシーローに、ほかに何か特徴はなかったか?」

意識が悪い方へ悪い方へと広がっていく。目の前の現実が妄想と混ざり合ってぼやける。隆起する道で、シーローの車体が浮く。その拍子にポーチが落下する。会話に夢中で気づかない私たち。アスファルトに落ちたポーチは、後方から猛スピードでやってきた乗用車に踏み潰され、反動で道の端へ飛び、さらにバイクに踏まれバスに踏まれ、ついにぺしゃんこになる。道の清掃員が大きな竹ぼうきでそれを回収し、黒いごみ袋に押し込む。その上に大量の生ごみや枯葉が載っかる。袋は、どこか知らない遠くのごみ処理場へ運ばれていく。

すてる覚悟はできていた。でも、こんな形で別れることになるなんて。

悲しみはいつも二重だ。ある日とつぜん悲しい思いをする。避けようがなく、どうして自分がこんなひどい目に遭わないといけないのかと思う。同時に、それと似たことをかつて自分もしたことがあったと気づいて、また悲しくなる。

私だって、朋温に一方的な別れを告げた。

これできっぱりさよならできるでしょう。タイの仏さまがそう言っているのかもしれない。

いい加減、忘れなさい。ポーチも、朋温も、忘れなさい。

瞼を閉じかけたとき、つっかがあっと声を上げた。

「そうだ、助手席に二歳くらいの男の子が乗ってた！」

チャイさんの目に力がこもった。そしてまた、身体にGがぐんとかかった。

スーパーに到着するとチャイさんはトゥクトゥクから飛び降り、シーローの運転手さんたちがたむろしている場所に駆けて行った。迷わず緑色のシーローに近づいていく。運転席から男性が出てきた。ちいさな男の子を抱っこしながら。

「あっ、あの子！」

つっかの声が聴こえたのか、チャイさんがこちらを向いて、ニッと笑った。

「中身を確認してくれ」

ポーチを手に戻ってきたチャイさんが言った。お礼を言って受け取り、ジッパーを動かす。ピンク色が、何よりも先に目に飛び込んできた。ああ、と声がもれる。顔を両手で覆う。チャイさんの笑い声。つっかと母の温かい掌。

すてることなんてできなかった。断ち切るなんて無理だった。

「漣に見せたいものがあるの」

食事を終えて部屋に入るなり、つっかはひそひそ声で言ってベッドの下に手を伸ばした。引っ張り出したのは、フランス語の辞書だ。

「フランス語も喋れるの？」

「第二外国語でとってるだけ」

辞書をひらくとつっかは、そこに挟まれていた封筒をていねいな手つきで取り出した。

いったいなんの手紙だろう。隣に座って覗き込む。

数枚に亘《わた》って書かれた英文の便せんを手に、これね、とつっかは恥ずかしそうに言った。

「生まれてはじめてもらった、ラブレターなんだ」

「エッ！　ラブレター⁉」

「ちょっと漣」

慌てたつっかに口をふさがれ、もつれるように床に倒れ込む。

リビングに聴こえてしまっただろうか。寝転んだまま、ふたりで耳を澄ませる。グリーンカレーの香りに乗って、大人たちの笑い声が流れてくる。ほっとして起き上がり、額を突き合わせ、手紙に視線を落とす。

「ママには紹介したけど、パパにはまだ内緒なんだよ」

「どんなことが書いてあるの？」

「漣なら読んでいいよ」

「いや、いいよ。大切なものでしょ。それにちょっと長すぎる」

「長すぎはしないよ。もっと言葉が欲しいって思ったもん」

「この人とどこで知り合ったの？」

「オーストラリアに短期留学したとき、授業が一緒だったの」

「手紙もらう前からいいと思ってたの？」

「感じのいい子だとは思ってた。でもいまはちょっと好きかもしれない」

「ちょっと？」

「いや」つっかははにかみ、紅潮した頬を手で押さえる。「かなり」

「どの文章がいちばんうれしかった？」

ここ、と指差す。つっかはきれいな発音で読み上げた。

「Everything about you is so great.」

きみのすべてが素晴らしい。

「こんなこと、親以外に言われたことないじゃない？　なんていうか、物凄いパンチ力があって。この手紙をもらって以来、何事にもやる気がでるんだ。モチベーションがすごい」

そうか、きらきらの正体はこれだったのか。

親友が幸せであることがうれしかった。

うれしいのと同じくらい、羨ましかった。誰も不幸にしないつっかの恋が。

そっと息を吐いて、瞼を閉じた。待ち構えていたかのように闇が襲ってくる。

林の暗がりに立っている姉。重く垂らした前髪、大きなマスク。見えるのは、異様に光る目だけ。

その姿を追い払うように瞼をひらく。瞼がシャッターになったみたいに場面が切り替わる。

夜の住宅街。アスファルトに崩れ落ちる姉。

瞬き。

姉を殴る修一さん。罵声と呻き声。仄暗《ほのぐら》い目つき。恐怖で固まっている姉の頭を、何度も愉快そうに叩き続ける修一さん。

瞬き。

姉に発してしまった、取り返しのつかない言葉たち。

瞬き。

サーラーでの別れ際、朋温の目に宿った炎。

ふいに、どこかでトッケイが啼きはじめる。

いち、に、さん……。

五回で終わってしまう。トッケイが七回啼くと好いことがあると昔トゥクトゥクの運転手さんが教えてくれたけれど、そんな機会一生来ない気がする。

「オッケイ、オッケイって言ってるみたいだね」

辞書をベッドの下に戻しながらつっかが笑う。幸せな人は発想がポジティブだ。

「漣、諦めるのは、まだ早いんじゃない？　想像してみたけど、私が漣だったらもう少し方法を探すと思う」

「方法なんてないよ。それに、つっかに私の気持ちを想像するなんて無理」

「さっきつっか、好きな人をお母さんに紹介したって言ったよね。私はそんなことできないのに、さらっと言ったよね。そんなつっかに、私の気持ちがほんとうにわかる?」

「どういう意味?」

はっとして、でもつっかはすぐ強い顔に戻った。

「無神経なこと言ってごめん。わかってないかもしれないけど、わかりたい。漣はまだ、ほんとうの意味ではこのことに向き合ってないと思うんだよ」

「向き合うって何?」

「正直な気持ちを伝えて、それで」

「正直どころか私、お姉ちゃんに信じられないくらい酷いこと言っちゃったよ。感情に任せて本音をぶつけて、傷つけた。あんなに大事にしてくれたお姉ちゃんに。それで全部ぐちゃぐちゃになって」

「簡単な関係じゃないんだもん、いきなりなにもかもスムーズにいくわけないじゃん」

「裏切れない人は誰か、悲しませちゃいけない人は誰か、悩みに悩んで出した答えなんだよ。それをそんなふうに軽く言ってほしくない」

「軽く言ったように聴こえたならごめん。でも、やっぱり結論を出すのは、まだ早いと思う。漣と離れて二年も経ったけど、私、それまでの漣はよく知ってるつもりだよ。そんな顔、一度も見たことない」

私はいま、どんな顔をしているのだろう。朋温と出会う前はどんな顔をしていたのだろう。

「好きな人ができたって話してくれたとき、びっくりしたんだよ。漣の顔が輝いてたから。なんでもやれる！　ってパワーがスマホからビリビリ伝わってきて、すごくうれしかった。私あのとき決めたんだ。全力で漣を応援するって。まさか、あんな複雑な事情があるなんて、思いもよらなかったけど」

うつむいた私の手を、つっかが取った。

「諦めないでぶつかってみようよ。先輩だってそうしようとしてくれたんでしょ？　先輩は、漣のお姉ちゃんを傷つけた人の弟っていう立場で、物凄く悩んだと思うよ。吐きそうなくらい苦しかったと思うよ。それでも、傷つくことを怖れないで、向かってきてくれたじゃん。それがどれだけ勇気のいることか、考えてみてよ」

勉強机の上にあるボックスティッシュを摑んでつっかに差し出した。ありがとうと受け取って鼻を押さえる彼女に、私は言った。

「価値がないような気がするんだよ」

「なんの？」

「自分の。私は大切にしてもらえるような人間じゃない。考えが足りなくて友だちにもデリカシーのないこと言っちゃうし、家族を裏切った。お姉ちゃんの傷をえぐって、勝手なことばかり言った。自分を優先して、わがままで、汚くて」

「だから、価値がないと思うの？」

「うん」

「それは、漣が考える自分の価値でしょ。みんなが思う漣の価値は、もっと大きいんだよ」

「でも私、失敗しちゃったよ。いっぱい、いっぱい。取り返しのつかないことしちゃったんだよ。これ以上自分を嫌いになるのはいやだよ。失敗しないために、トラブルを避けて、正しさを求めるっていけないこと？」

「誰だって失敗するよ！」

つっかの出した大声が、私の鎖骨にぶつかった。

「なんであんなことしちゃったんだろう、なんであんな単純なことがわからなかったんだろうって、恥ずかしくて消えちゃいたいこと、あるよ。でもそこで投げやりになったり、諦めたりしたら、相手にも、自分にも失礼じゃん。悔しくても悲しくても、これかなって答えをひとつひとつ探しながら、少しでもよくなるようにやっていくしかないじゃん」

ウイーヨウイーヨと啼く鳥の声が、バスルームまで聴こえた。日焼け止めを塗って、大きな鏡を覗き込む。

昨夜のうちに瞼を蒸しタオルで温めておいてよかった。そうすれば腫れないよ、とつっかが教えてくれたのだ。

バスルームを出て窓辺へ歩いた。眼下に、濁った緑色のチャオプラヤー川が広がっている。

「ごめん漣、MBKまで一人で行ける?」

母がお腹をさすりながら、申し訳なさそうに言った。

「うん、行ける」

朝食はホテルで食べた。ビュッフェ形式で、目がくらむほどたくさんの料理が並んでいた。大盛りのフルーツに、生クリームとパッションフルーツジャムを載せたパンケーキ、てらてら光るカオマンガイ、オムレツ、タイのお粥まで、母はぜんぶきれいに平らげた。

そして今、お腹がいっぱいで動けないと横になっているのだった。

「ポケットＷｉ－Ｆｉ持った？」

「持った」

「充電、大丈夫？」

「うん」

「何が起こるかわからないから」

母の視線の先にあるテレビで、ニュース番組が放送されている。王様の肖像画を抱えた人々。彼らの黄色いＴシャツには、タイ文字で「お父さん」と書いてある。

「ミネラルウォーターも持って行って。熱中症にならないように」

「わかった」

部屋に備え付けのちいさなペットボトルをリュックに押し込む。

「帰りは二人なのよね？」

「うん。船に乗って帰ってくる」

「乗り降りするとき落ちないように用心してね。マメに連絡してよ。そこのカードキー持っていって。あ、ポケットに入れてたらなくしちゃいそうで怖いから、手帳に挟んでおいて」

いってきます、と母の目を見て言い、私は部屋を出た。

「また今日もピンク⁉」

ナショナルスタジアム駅の改札で、会うなりつっかはげらげら笑った。

「ピンクしか持ってきてないんだよ」

「どうせなら黄色い服も買う？」

MBKに向かって歩き出しながら、からかうようにつっかが言う。

『ピンクと黄色って無敵だ』

朋温の太い声が蘇る。その声を振り払うようにゲートをくぐってMBKに入る。

『肖像画は難しいよなあ』

振り払っても振り払っても、朋温の声がついてくる。

タピオカミルクティーを飲みながらスマホケースの店を見て歩き、タイ料理の可愛いマグネットやタイ文字のプリントされたTシャツを買い、フードコートに腰を下ろした。

パクチーを慎重によけて、つっかがバミーを食べはじめる。私と同じように、つっかも麺をすすれない。

「食べ終わったら、ホテルに戻る?」

ガパオライスの目玉焼きをスプーンでくずしながら、考える。尖ったタイ米に、ガパオの汁と半熟の黄身がとろりと染み込んでいく。

「アート&カルチャー・センターをぶらっと一周してから、BTSに乗るのはどう?」

駅の向こうの建物を指差すと、つっかは、いいね、と同意した。

「あそこ雑貨とか、お洒落で可愛いもんね」

駅改札と連結しているフロアから、アート&カルチャー・センターに入った。

一瞬、懐かしい匂いをかいだように思った。

展示されている作品を眺めながらぐるりと歩き、雑貨を手に取って見て、地下のカフェでマンゴージュースをのんだ。

スマホを取り出したつっかにつられ、私もスマホを手に取る。無事? と母からメッセージが届いていた。無事と返してすぐ仕舞う。

目の前に座るつっかは、込み上げてくる笑みをこらえ切れない表情で、メッセージを打ち込んでいる。きっとあのオーストラリアの男の子に言葉を紡いでいるのだろう。

私にもこんな風に、誰から見ても幸せそうな時期があったのだろうか。

ホテルに戻ったら何をするか話し合いながらカフェを出て、エスカレーターに乗った。

徐々に上がっていく視界に、大勢の人間の顔が入ってくる。白い紙に描かれた、老若男女の肖像画。鉛筆で描かれたその人たちはみな無表情で、少し怖い。

「お手洗いに行ってきていい？」

エスカレーターを上がり切ったところで尋ねると、つっかは私の荷物を持ち、「ここで待ってるね」と言った。

個室の扉を閉める直前、トイレットペーパーが備え付けられていないことに気づいた。手洗い場の横に、ティッシュの販売機がある。ポケットにはスマホしか入っていない。

さっきの場所に戻ると、つっかの姿が消えていた。歩きながら辺りを見回す。いた。エスカレーター脇の肖像画ブースで低い椅子に座り、絵描きの男性と何か話している。

「つっか」

「もう行ってきたの？」

「ううん、ティッシュがなくて。一バーツコインが必要だったの」

リュックを受け取って財布を取り出す。小銭をポケットに入れたところで絵描きの男性と目が合った。

「私、前にここで肖像画を描いてもらったことがあります」

「僕だったかな、それともお隣かな」男性は鉛筆を削っていた手を止め、にっこり笑った。

隣のブースに視線を遣る。そこまでは憶えていなかった。

「すみません。二年以上前のことで」

「君はバンコクに住んでるの?」

「そのときは住んでいたんですけど、今はもう日本にいて、今日は旅行で」

「よかったらいまから描こうか?」

「ごめんなさい、時間があまりないんです」

つっかがきれいな英語で言った。確かに母との約束の時間までに戻るためには、そろそろBTSに乗らなくてはならない。

「あ、そういえば私、ティッシュ持ってる」

つっかが上体を屈《かが》めて、自分の鞄に手を入れた。

そのとき私は、つっかの背後に信じられないものを見た。

呼吸が止まる。頭が働かない。いま私が見ているこれは、いったいなんだろう。

相づちのタイミングがずれた私に気づいて、つっかが顔を上げた。

「漣、どうしたの」

高い頬骨。悲しみと怒りを含んだ、幅の広い一重瞼。

リュックからペットボトルの水を取り出して飲んだ。驚きのあまりカラカラになった喉は、なかなか潤わない。さらに飲んで、私は声を絞り出した。

「あの、この人って」

「ああ、この男の子？」

男性がつっかの後ろの肖像画に軽く触れた。

「君たちと同じ年頃の日本人。ついさっき描いたばかりだよ。もしかして知り合い？」

漣、とつっかが私の腕を摑む。

「描いてくださいって言って、ちゃんと代金も払ってくれたのに絵を置いていくって、変わってるなあと思ったんだ」

つっかが私の腕を揺さぶる。

「先輩なの？」

「似てる。でもわからない」

日本でも、飛行機のなかですら、彼と似た人を見かけては落胆した。また人違いかもしれない。しかもここはタイで、私は朋温にタイに行くことを言ってない。朋温がいるとは到底思えない。

そうだ、と男性が思い出し笑いをした。

「その子も、君みたいにピンク色の服を着てたよ」

BTSの車内はクーラーが効きすぎていて、ドアが閉まるなり首すじが冷えた。アップテンポな音楽と、女性の高い声が響いている。賑やかで明るくて、派手な宣伝。どこかで見たことのある洗顔フォームだ。ぼんやり眺めるも、内容が頭に入ってこない。

声も映像もするりと私の輪郭をなぞるだけ。

「連絡してみたら?」

つっかが、私の顔をじっと見た。

「できない」

「どうして」

「しないって約束したから」

つっかの眉が吊り上がる。

「まだそんなこと言ってるの」

「それに本人かどうかもわからないのに連絡したら変に思われる」

「そっくりなんでしょ？」

「そうだけど、もし違ったら」

「違ったら、それはそれでもう口実にしちゃえばいいじゃん」

「できないよ、そんなこと」

つっかが大きなため息をついた。

BTSを降りて数分歩いただけで、Tシャツが背中にぴったり張りついた。汗が目にしみる。ピンク色を探してしまう。王様の健康を祈るピンクを身に纏《まと》う人はたくさんいる。でも朋温はどこにもいない。

サパーンタクシン駅の船着き場からホテル専用のシャトルボートに乗り込んだ。乗客たちの靴音が船底に反響する。つっかが非常用浮き輪と救命胴衣を指差した。

「あれを使うような事態がこれまでに起きたことってあるのかな」

「ありそう。エンジンの故障とか、天候不良とか」

「もしそうなったら漣、助けてね」

泳ぎの苦手なつっかは、私の二の腕をぎゅっとつかんだ。

どっどっどっとモーター音が鳴り、船が出発する。生ぬるい風に目を細めた。エンジンの震動が革張りのシート越しにお尻やふくらはぎに響く。

川の両岸にはホテルや高層マンションが立ち並び、極彩色の花が咲き乱れている。石に座って休憩する人。のんびり釣り糸を垂らす人。ホテルのテラスで優雅に食事する恋人たち。彼らは一点の曇りもなく幸せそうに見える。

きらきら反射する波に、プルメリアが浮いていた。白色の真ん中に滲《にじ》む、高貴な黄色。

波間に朋温の笑顔が浮かんでは消える。軽くめまいがした。自分が何をしたいのか、何をすべきなのか、まったくわからない。してはいけないことなら即答できるのに。

青と白の大きな船がすぐ横を通りすぎる。ホテルのロゴの入った旗が、川風になびいている。観光客らしき人々が手を振ってきた。私たちも笑って振り返す。あっという間に遠ざかる船を、追いかけるようにプルメリアが流れていく。

「漣、ホテルの鍵持ってる?」

「持ってるよ」

「よかった。鍵がないと上がれないエレベーターもあるもんね」

　そう言われると不安になって、リュックに手を入れた。手帳を取り出しカードキーを見せる。

「昨日、シール貼ろうって提案したでしょ。あれ実はね、安良田先生の受け売りなんだ。漣と離れ離れになってあまりにも落ち込んでる私に、先生が教えてくれたんだよ」

　中二の担任だった安良田先生。熱心で、きれいごとを言わない彼女が、私たちは大好きだった。

「『悲しい気持ちはよくわかる。気力が湧かなくて、何もする気にならないだろうけど、目の前のことをひとつひとつやっていこう。とりあえず目標六十日』って先生言ってた。『生きてたらいろんなことがある。ほんとうにつらいときは自分を六十日後まで冷凍保存するような心持ちで、寝て起きて食べて』って。あの言葉に励まされまくったって卒業式のときお礼を言いに行ったら、『実は先生も何かの本で読んだんだ』って笑ってたけど。あと、『食べられない眠れないが二週間続いたときはプロに頼って』とも言ってた。『家族や身近な人だけでは限界があるから』って。私、あのとき安良田先生に言われたこと、ちゃんと憶えておこうと思って憶えてるんだ。生きていく上で大切なことだっていう気がして」

「正直で、生徒の話をちゃんと聴こうとしてくれる、いい先生だったよね」

深くうなずいて、つっかはしみじみ言った。

「生きてみたら、いいことといっぱいあったよ」

ちゃぷちゃぷいう水音に交じって、遠くから低く呻るような音が聴こえてきた。私たちが乗っている船のそれとは違う、ちいさく尖ったモーター音。

舳先《へさき》にジャスミンの花飾りのついた、木製の小型ボートが迫ってくる。

白い水飛沫《みずしぶき》。光が目を射した。

「漣、どうしたの？」

気づいたら立ち上がっていた。膝の上の手帳がばさりと落ちた。

声がした。

私を呼ぶ声。

すれ違ったボートを振り返る。突風になびき髪が頬にぶつかった。払いのけながら声のした方を見遣る。

ボートの最後尾に立っていた、その人が大きな声で呼んだ。

「漣！」

太い声が、届いてすぐに霧消する。

手すりをつかんで身を乗り出した。

「朋温！」

「漣！」

「サパーンタクシン駅にいて！」

もうその先は、聴こえなかった。声が届いたかどうかもわからない。朋温があっという間にちいさくなっていく。

まぶしい。まぶしくて泣けてくる。朋温がいた。ほんとうにいた。

はっとした。私の服をつっかと近くにいたお客さんが摑んでいる。

ありがとうとすみませんを繰り返し、腰を下ろす。様々な国の乗客たちが興味津々の顔つきで私を見ていた。猛烈な恥ずかしさがこみあげてくる。

「二回目」

つっかが、にやりと笑った。

「また行動が言葉を裏切った。作戦、考えなきゃね」

「作戦って？」

「いま漣、サパーンタクシンで待っててって言ったでしょ。行くつもりなんだよね？でもお母さんには十四時に戻るって言ったんだから、どうするか考えなきゃ。ほら、着いちゃうよ」

船着き場はもうすぐそこだ。手帳を仕舞い、スマホを取り出す。

「罪悪感がどうとか考えてんでしょ」見透かしたようにつっかが言う。「秘密のひとつくらい持ったっていいんだよ。失敗したら、またやり直せばいいんだよ」

「でも」

「よし思いついた！　漣がお母さんにメッセージを送るの。『可愛い雑貨屋さんを見つけたからもうすこしかかります。十六時には戻ります』って。それまで漣は先輩といっしょにいて、十六時になったら私といっしょに部屋に戻る。それからまた何か理由を見つけて出る」

「何かって？」

「ああもう、それは十六時までに考えんのよ。漣が思いつかなかったときのために私も考えておくから」

「でも」

「『でも』はもう聴きたくない」

母にメッセージを送るとすぐに了解と返ってきた。胃がきりりと痛む。

スマホの画面をスクロールする。朋温の連絡先は、だいぶ下の方にあった。かけようかどうか迷っていると、横から手が伸びてきてつっかが通話ボタンを押してしまった。

呼び出し音は鳴るが繋がらない。

船がホテルに到着するなりつっかは駆け出した。追いかけ、並び、走る。全速力で。

「速い！」

つっかが息を切らして笑う。ラウンジの横を通るときはピアノの旋律をかき消してしまわぬよう、リュックを押さえながら走った。ロビーを突っ切ってエントランスの外に出た瞬間、背中をバンと押される。

「愉しんできて！　この近くで待ってるからね」

「ごめん、二時間は長いよね」

「大丈夫、ラブレターでも書いてるから。ほら、早く行きな！」

「ほんとうにありがとう」

「私のときも協力してよ！」

駅の方角に身体を向け、走り出そうとした瞬間、スマホが震えた。息を詰めたままひらく。

——会いたい以外のことが考えられなかった

このふた月、何をしてもだめだった。

淋しさに耐えなければならない。やり過ごすということを覚えなければならない。きっとそれは、大人になるために必要なことだから。

すべきことで、したいことに蓋をしようとした。したいことは簡単には収まってくれなかった。収まるどころか噴き出して私のすべきことをぐちゃぐちゃにした。笑っていても暑くても、胸の真ん中にいつもつめたい風が吹いていた。濃霧のような淋しさに覆われ、すべての五感が翳《かげ》っていた。たとえ世界遺産を前にしても、世界一おいしい果物を食べても、私はぼんやりしていたと思う。

朋温に会いたかった。

スマホをバトンのように握りしめ、私は走った。サパーンタクシン駅に近づくにつれ人が増え、スピードが落ちる。走っても走っても進めない悪夢みたいだ。気が急《せ》いて息が上がる。すみませんと繰り返しながら人混みをすり抜け、隙間ができると疾走する。

視界を埋め尽くす黄色とピンク。目の醒めるような色のなかを駆け抜ける。

「がんばれー」

振り返ると、タイ料理店の前で客引きをしていた男の子が笑顔でガッツポーズを作っていた。

車やバイクが激しく行き交う道路で、私は足を止めて左右を確認する。怖い。でも渡らなければならない。ここを渡らなければ、朋温に会えない。

車はなかなか途切れない。もどかしさがこみあげてくる。会いたい気持ちが喉から溢れてくる。

「朋温」

軽く、弾むようなクラクションが聴こえたのはそのときだった。

停車したタクシーのなかから運転手さんが、ほら行きな、と手で合図してくれている。頭を下げて真ん中まで行き、また立ち尽くす。

鼻先を、粉塵《ふんじん》を上げてトラックが通りすぎた。恐怖で脚がすくんだ。こんなところを母が見たら悲鳴を上げるだろう。そして、手を繋いで渡るタイミングを計ってくれる。

でも、もう一人じゃ渡れないなんて言っている場合じゃない。進まなきゃいけないんだ。

車やバイクを運転する人たちと視線を合わせる。渡らせてください。思いを込めて見つめる。バイタクのおじさんと目が合った。おじさんは右腕をすっと地面と水平に伸ばした。後続の車輛が一台、また一台、と停車する。口の動きでありがとうございますと何度も言い、お辞儀しながら走って渡った。

路地に出ると一気に加速した。屋台。青と黄色のトゥクトゥク。お洒落なコーヒースタンド。どれもがあっという間に通り過ぎる。

正面から、もわりと川の匂いが漂ってきた。

チャオプラヤー川へ向かうその路地には、清浄な空気が満ちていた。何かに守られているような、不思議で、崇高な気配。それは私の鎖骨やふくらはぎなど、肌の露出している部分をピリピリと刺すようだった。

屋台の袋を提げて歩く人。軒先でぼんやりしている人。彼らの着る黄色とピンクは、トゥクトゥクやタクシーの派手な色を容易《たやす》く凌駕する。

王様のことを、誰もが祈っていた。

争わない。伏し拝むような祈り、その前で、人々は争わない。

思い至って、私は泣きそうになる。

未来を作るのは、戦いではなく愛だ。

隠したり、嘘をついたり、争ったりするのではなく、愛で、朋温といっしょにいられる方法はないだろうか。どうすればもう一度、姉の笑顔を見られる？　そのために、私ができることは何？

街を染める色の一員となって走りながら、私は考え続けた。

ただいるだけで男の人、という佇《たたず》まい。朋温は改札へ続くエスカレーターの下に、船着き場の方を向いて立っていた。彼に会うために全速力で駆けてきたのに、急に勿《もっ》体《たい》ないような気がして速度を緩める。どうしてそんなふうに感じたのだろう。きっと、見られずに見つめられるひとときが貴重だから。向かいあったらきっと、こんなふうに見つめることはできない。

朋温がこちらを向いた。

きつく尖って、睨まれているのかと不安になる目。やっぱりオオトカゲに似ている。今にも魚を捕らえて丸呑みしそうな目だといったら、怒るだろうか。

その目尻がふっとゆるんだ。

「川の方から来ると思った」

朋温の声は、他の人とは違う角度から侵入してくる。この声を何度も思い出した。

「船を待つ時間が勿体なかったから」

息切れをこらえて言ったら、色素の薄い瞳にきゅっと力が入った。

「何時までにどこに行かなきゃいけない?」

屋台のプラスティック椅子に腰かけるなり朋温は、真面目な顔で尋ねてきた。

「十六時にホテル。あ、でもすぐそこなの。ここから走って十分もかからない」

ホテルの名前を告げると朋温は、「それは漣の脚で、でしょう」と言いながらスマホを取り出し地図を確認した。画面の上を滑る彼の指の動きに見惚れてしまっていることに気づいて、慌てて顔を上げる。屋台の人にヤムママーと豚ひき肉のオムレツを注文し、「辛さは控えめにしてください」と付け加えた。

「朋温、焼けたね」

「バイトを増やしたんだ」

大きく啼く鳥の声。道端でフライパンを振る豪快な音。それらに混ざって朋温の声が聴こえてくることが不思議でたまらない。

「それ、似合ってるね」

朋温が私のスカートを指差した。

「ありがとう。結構前に買ってたんだけど、少し派手だから日本では穿く勇気がなくて」

「タイでは穿けるのはどうしてだろうね」

「他人の顔色を気にしなくていいって思えるからかなあ。みんな好きな恰好してるし、気が楽っていうか」

人それぞれ。自分がいい気分になれる服を着るのがいちばん。その方がなんでも頑張れるよ。タイにいると背中を押してもらっているような気がするのだと、朋温に話しながら気づいた。

「あれはなんの音？」

チリリン、と愛らしい鈴の音が路地に響いている。

「朋温はなんだと思う？」

「お坊さんかな」

「違うよ。もうすぐそこを通るはず。見たらわかる」

「じゃあ、あそこに立ってる女の人が鼻に挿してる、リップクリームみたいなのは何？」

「ヤードム。スースーするんだって。眠気覚ましや気分転換にいいみたい」

「漣もやったことある?」

「ないよ」

核心に触れず会話を交わしていると、付き合っていた頃に戻ったような錯覚をおぼえる。

テーブルの上で触れそうな距離まで近づいていた手を、さりげなく離す。でもだめだ。私たちはこのままじゃ、だめなんだ。

鈴の音が近づいてきた。麦わら帽子をかぶった男性がゆっくり押しているのは、銀色の箱を積んだバイクだ。

「見てもわからないんだけど。パン屋さん?」

「アイス屋さんだよ。あのふかふかのパンにアイスを挟むの。カップも選べるけど。食べたい?」

「ほかのお店の商品を持ち込んだらだめなんじゃない?」

「大丈夫じゃないかな。店によるかもしれないけど、他の屋台で買ったものを食べて怒られるって、私は経験したことない」

念のため確認しようと言って朋温は、ヤムママーを作っている女性に声をかけた。

英語と身振り手振りで尋ねると、彼女は「いいに決まってるわよ」と笑った。

「それなら俺、実はあの店が気になってたんだ」

少し離れた屋台を、朋温が指差す。

「いいけど、私、あの屋台はまったく利用したことないから、何が何だかぜんぜんわかんないよ」

「じゃあ、いっしょに選ぼう」

甘そうな手作りお菓子が並んでいた。錦糸卵に似たもの、パステルカラーの蒸しパン、南瓜《かぼちゃ》にクリームが詰まったもの、たこ焼きに似た白いお菓子。色鮮やかだ。

お勧めを尋ねると、お店の人が指差したのは南瓜と、もうひとつ、緑色のういろうに似たものだった。よく見るとそのういろうは層になっていて、和風のミルフィーユのようだ。

「ここに並んでいるのはお祝いごとのときに食べる伝統菓子なのよ」とお店の人が教えてくれた。「結婚式や家を建てたときなんかにふるまわれるの。これ、あなたがいま買ったのはカノムチャンといって、特に縁起がいいのよ」

お菓子を買って席に戻ると、ヤムママーとオムレツが運ばれてきた。

「右手にスプーン、左手にフォークを持つんだよ」

こういう風に、とやってみせると朋温は感心したようにうなずいた。

「スプーンがナイフの役割もするってことか」

朋温はオムレツを器用に切った。添えられたチリソースには手を出さないのが甘党の彼らしい。

カノムチャンをじっくり味わう朋温に、私は言った。

「これ、とっても縁起のいいお菓子で、人にプレゼントすると『成功しますように』って意味になるんだって。しかもあのお店では『九』層にしてあるから特にいいみたい」

「そうだ、九」

朋温がほほ笑んだ。直後、なぜか少し淋しげな顔になった。朋温は九層のカノムチャンをゆっくり咀嚼した。

「漣もどうぞ」

一口サイズに切ったカノムチャンを近づけてくる。テーブルの下で、朋温の靴が私の爪先にぶつかった。身体を引くと、椅子がコンクリートの地面とこすれて高い音が立った。

私は口を開けず、そのフォークを自分の手で持って食べた。

屋台を離れるとき、朋温はタイ語で「ありがとうございました。とてもおいしかったです」と言った。朋温の口にするタイ語は、ほかの誰が話すタイ語より色っぽく響いた。

ホテルの方へ向かって歩きながら、朋温はどこに泊まるのと尋ねると、ゲストハウスという答えが返ってきた。

「ここからだと歩いて二十分弱かな」

言いながら朋温は鞄からガイドブックを取り出し、ホテル案内のページを開いた。ずいぶん読み込んだようでくたくたになっている。

「空港はどっち？」

「ドンムアン」

「私はスワンナプーム。ねえ、スワンナプームってどんな意味か知ってる？」

「黄金の土地」

即答した朋温を思わず見上げてしまう。視線がぶつかって、彼が優しく目を細めた。

「王様がつけたんでしょう」

「どうして知ってるの？」

朋温はガイドブックをノックするようにたたいた。

「じゃあ、バンコクの正式名称は？　これはさすがに無理でしょ」

「言える。ちょっと待って」

大きな掌が向けられる。道の先に目線を流し、少し考えてから、朋温は言った。

「クルンテープマハナコーン、アモーンラッタナコーシン、マヒンタラアユッタヤー、マハーディロッカポップ、ノッパ……この先は忘れた」

「信じられない。どうやったらそんなに暗記できるの？　というか、何のために？」

「考えたくないことを考えないために。できれば全部暗記したかったけど」

「そんなことできる人」

いないよ、と言おうとして口をつぐむ。朋温も黙る。

いる。もしかして、修一さんなら。

大通りから静かな路地に入り、しばらく歩くと、マンゴスチンの屋台があった。食べてみたいと朋温が言い、代金を支払った。一バーツや十バーツでぱんぱんに膨らんだ財布を、朋温はすぐポケットに仕舞った。

それから彼は、隣の露店のTシャツに目を留めた。果実の詰まったビニール袋を手首に提げ、しゃがんで一枚手に取って自分の肩に当てている。

朋温が選んだのは、背中に赤と青のトゥクトゥクの絵がプリントされたTシャツだった。

「自分用?」

「いや、お土産」

私が着たらワンピースになりそうなくらい大きい。修一さんにあげるのだろうか。

遠くから、箒《ほうき》売りの声が近づいてくる。音量が最大になり、また遠ざかっていく。

人通りがやけに少ない。ムエタイかサッカーでもテレビ放映しているのかもしれない。

「これは薬局?」と朋温が通り沿いの店を指差した。

「うん、そう」

「コンタクトレンズの洗浄液って売ってるかな」

たぶん、と答えて店に入る。

薬局にはニュースが流れていた。ほかにお客さんはおらず、レジに店員さんが一人いるだけだ。膝の上のスマホを眺めていた彼女は顔を上げ、目が合うとほほ笑んで、また顔を伏せた。

朋温は箱をひとつひとつ検品するように見た。

「ハードの洗浄液がないな」

レジの女性に声をかけ、どこにあるか尋ねると、彼女は困ったように首をかしげた。私の発音が悪いのかもしれない。朋温が英語で補足すると彼女は、ああ、と言った。

「ハードの洗浄液なんて見たことないわ」

「仕方ない。忘れた俺が悪い」

ミネラルウォーターと絆創膏を買い、店を出た。

しばらく歩くと川が見えてきた。

「これ、どうやって剝くの?」朋温がマンゴスチンの袋を掲げる。

「ナイフで横一直線に切るときれいだけど、爪でも剝けるよ。いま食べちゃわないと、ゲストハウスには持ち込めないかも」

「どうして? 持ち込めないのはドリアンじゃないの?」

「ドリアンもそうなんだけど」

だてにガイドブック読み込んでないなと感心しながら足を止め、低い石の壁に並んでもたれた。川を臨むその壁は、日中の熱を吸収して温かい。向こう岸に、白い仏塔が見えた。

袋からひとつ取り出し、緑色の帽子のような部分にアリが付いていないことをぐるりと確認して、濃い紫に親指の爪を突き立てた。ぐっぐっと縦に刺していき、ふたつに割る。

白い、ふんわりとした果肉が姿を現す。透明なものもある。いちばんおいしそうなところを食べてもらいたくて、一粒つまみかけて、やめた。丸ごと差し出し、朋温に自分で取ってもらった。

「めちゃくちゃおいしいな。みずみずしくて、甘くて。苦みも酸味もない」

あ、と朋温の視線が私の親指に降りた。暗い赤色に染まる爪。

「これがね、洗ってもなかなか落ちないの」

「だから持ち込めないのか」

「そう。シーツやタオルについたら大変でしょ」

それからしばらく朋温は硬い皮に爪を立てるのに悪戦苦闘した。この手は私と会わないあいだ、どんなものに触れたのだろう。

すぐそばを、黒い巨大なタンカーが通り過ぎた。大きな水音。肚の底から恐怖と焦りが湧きおこって、波がどきっとするほど高く揺れた。朋温に会えてうれしい。それは間違いない。嘘や争いなしに朋温といっしょにいたい。そのためにはこんな中途半端な状態じゃだめだ。わかっている。でも道は簡単には見つからないだろう。ならば、こうしてバンコクでデートできたことを思い出にして、日本に帰ったらまた会わない日々を重ねていった方がいい。後ろめたさに潰されそうになってスマホをタップした。

「そろそろ、つっかに連絡するね」

「待って、その前に」

手首を掴まれた。引こうとする。放してくれない。強い目に射竦《いすく》められ、顔を伏せた。

「ちゃんと話そう、漣。顔を上げて」

うつむいたまま頭を振る。

「俺の目を見て」

朋温の大きな爪の内側に、赤黒い汁が入り込んでいる。

「どうして俺を、漣の人生から消してもいいって思ったの？」

「そんなこと思ってない」

「俺にとってはそうなんだよ」

「違う」

「違うなら、ひとりで決めないでほしかった。もっと話す時間がほしかった。俺のことが嫌になったっていうんなら、それは仕方ない。きついけど、どちらかがそう思ったなら終わりにするしかないと思う」

どこからか、笛の音が聴こえてきた。故郷を想《おも》うような哀しい音色。

「でも、そうじゃないのに、ひとりで悩んでひとりで結論出されたら、俺、駄目になる。いきなり目隠しをされて道も言葉もわからない外国の路地に放り出されたみたいだった。漣は自分の決めた道を進めばいい。でも俺は、どっちに進めばいいのかわからない」

「私だって」

会いたい人に会えないでなんのための人生、と思った。でも、断ち切らなきゃいけない。がまんして、苦しくて。

「時間が経てばわすれられると思ったの」

朋温が私の顔を覗き込むように見た。

「わすれられた？」

首を横に振って、ごめんねと呟《つぶや》いた。ゆるさないと声が降ってきて、温かな胸に包まれた。

時間があっという間に過ぎた。

空から巨人が腕を伸ばしてきて、私たちの時間を奪い去ってしまったみたいだった。

歩道橋の下で盲目の男性が座って笛を吹いていた。さっきの音色はこの人が奏でていたらしい。紙幣一枚と硬貨数枚を缶に入れた。硬貨が底に当たる音に反応して、男性が顔を上げる。笛を吹きながら、彼はゆっくりとお辞儀をした。

つっかは、ホテルのはす向かいにある雑居ビルの入口に立っていた。歩いてきた私たちを見つけると、丸眼鏡の奥の目に力を込めて、じっと朋温を見た。見定める、という表現がぴったりだった。それぞれを紹介しながら、誰かに朋温を会わせるのはこれがはじめてだと気づく。大切な二人が向かい合って立っている。私はくすぐったく、うれしい。でもつっかと朋温はどうだろう。私がつっかの立場だったら。朋温の立場だったら。

「漣、時間やばい」つっかが私の手を取った。「とりあえずいったん部屋に戻ろう」

「うん」

「俺はここで待ってるから」

エントランスへ向かって歩き出してすぐ、つっかが足を止めた。

「ちょっと待ってて」

どうしてと尋ねる間もなく朋温のところへ駆けていく。二、三言会話を交わして戻ってきたつっかと、ロビーを突っ切ってエレベーターホールに立った。ポーンと音がして扉がひらく。

「なに話してたの」

「秘密」

エレベーターに乗り込み、カードキーを差し入れボタンを押した。

「さっき私が立ってたビルの裏側にカフェがあったから、次出たらそこで待ってるね」

「ごめんね、何度も」

「いいよ。二階にアートギャラリーがあって、気になる感じのお店だったし。レモンタルトもおいしそうだった。あのね、漣のこと大事にしてくださいって言ったんだよ」

驚いてつっかを見る。

「あとハチマキなくしたときのことも話しといた。漣めちゃくちゃ必死だったって」

肩をぶつけ合い笑っていると、エレベーターの扉がひらいた。

母が立っている。母は私の顔をじっと見つめたあとで、ああよかったと安堵の声を漏らした。

「電話に出ないから何かあったのかと思って。二人とも暑かったでしょう。ごはんの前に一回シャワー浴びようか」

ぐ、と喉のあたりが詰まる。

「すみません、遅くなって。可愛い服屋さんを見つけて、できたらいまからもう一度行きたいんですけど」

嘘をつく役割を、つっかが引き受けてくれた。

母は困ったように笑い、しばらく考えて、いいよと言った。

日が落ちてきた路地裏を歩き始めた途端、鼻がむずむずして咄嗟に息を止めた。ハーフパンツに半裸のおじさんが屋台で鉄なべを勢いよく振っている。胡椒《こしょう》の粒が見えそうだ。堪え切れず朋温がくしゃみをするのと同時に、バスが大きな音を立てて私たちのとなりに止まった。

「乗っちゃおうか」朋温が言い、

「うん。乗ろう」私はドア付近の手すりを摑んでぐっと引き寄せた。

慌てて朋温もステップを踏んで乗り込んでくる。身体が車内に完全に入りきらないうちにバスは発車した。

「漣、このバスがどこ行きかわかってるの？」

「わからないけど、こっちに進んでるんだからこっち行きでしょ」

とどまっていたくなかった。少しでも遠くへ、二人で遠くへ行きたかった。

「漣、もっとこっちにおいで。ドアが壊れてて危ないよ」

「壊れてるんじゃなくて、もともとないんだよ」

「そうなの？　あれ、窓もないな。それにしても漣、まさかほんとうに乗るなんて」

窓際に腰を下ろすと朋温は、ぽんぽんと隣の座席をたたいて私にも座らせた。破れたシートから飛び出した綿の感触にほっとする。

「野良犬がたくさんいるな」

「日本にはいないのってトゥクトゥクの運転手さんに訊かれたことあるよ。保健所の話したら絶句してた。かわいそうにって」

「タイではそういうことしないの」

「たぶん。お寺で飼ったり、近所の人が餌をあげたり」

見捨てない。みんなで面倒を見る。タイはそういう文化だ。

しゃりしゃりと大きな筒を振りながら、青い制服を着た女性が歩いてくる。あれはいったい何だろうという興味津々の顔つきで、朋温が筒を見つめている。二人分の運賃を確認して支払うと、彼女はそれを筒に入れ、薄い乗車券を筒に挟んで割き、私に差し出した。

朋温にとってあの料金筒が「何だかわからないもの」ではなくなった。

「漣は、ほんとうにタイ語が上手だ」

「朋温は本格的にタイ語を勉強したことがないからそう感じるだけだよ。タイの人や、タイ語の上手な外国人から見たら、どうしようもないくらいめちゃくちゃな発音だよ」

「いや、ちゃんと通じてるし。漣はタイの男の人とも付き合えるね」

「今のはうれしい2%、もやもやする50%、怖い48%」

すかさず言ったら朋温は、はっとしてごめんと謝った。

窓から吹き込む排気ガス雑じりの風に、朋温の髪が揺れる。

「前から気になってたんだけど、朋温の髪って染めてるの?」

「染めてない。塩素焼け。ずっとスイミングスクールに通ってたから」

「じゃあ水泳は得意?」

「水泳だけはね。よく兄さんが海やプールに連れてってくれたんだよ」

兄さん。その言葉を、朋温は慎重に発した。

幼い朋温に泳ぎを教える修一さんの姿が浮かび、胸が塞ぐような思いがした。

赤暗く染まった指先を絡め合い、屋根つきの巨大な市場に入った。

熟したバナナの濃密な香りが漂ってくる。チョンプーの滲んだ赤。グアバの爽やかな薄緑色。あらゆる色のフルーツが所狭しと並んでいる。さらに奥へ進むと、野菜売り場が広がっていた。ブロッコリー、にんじん、セロリ、パクチー、きのこ、パプリカ。唐辛子は赤と緑が山盛りになっている。

ござに座り大きな葉っぱを折りたたむ女性のとなりで、ぴちぴちのTシャツを着た髭の男性がマナオの選別をしていた。二の腕にカタカナでタトゥーが彫ってある。その文字を読もうと目を凝らしていると、朋温に手を引かれた。後方から来た自転車が、ベルを鳴らしながら通り過ぎていく。再び歩き出すと、次はリアカーがやってきた。濡れた地面を色褪《あ》せた長靴が踏んでいき、正面から氷嚢《ひょうのう》を積んだバイクがやってくる。すれ違えるほどの余裕がない。私たちは横道に逸れ、薄暗い路地に入った。

目の前を、尻尾をたてた黒猫が、ゆっくりと横切った。

南京錠《なんきんじょう》のかかったシャッターの前で何気なく二階を見上げると、タオルがはためいていた。市場の敷地内だが、シャッターの奥は住居のようだ。テレビが点いていて、かすかに人の声がする。巨大なクーラーボックス。枯葉の入った背の高いかご。壁に立てかけられた長い箒と塵取《ちりと》り。身を隠せそうな場所がそこかしこにある。隠れてしまえる。ここなら、誰にも見つからない。

思いついてすぐ、自分が嫌になる。また弱くてずるい私が顔を出した。サーラーで別れ話をした日だって、朋温はオープンに話し合おうと真正面からぶつかってきてくれたのに。

「私の家族と会ってきちんと話したいって、サーラーで言ったでしょ」

「ああ、言った」

「会って何を話すつもりだったの」

「兄さんがまどかさんにしたようなことを、俺は漣にしないって伝えたかった。もう隠れてこそこそ付き合うのは嫌だった」

「じゃあ、どうして顔を見せに行きましょうって叔母さんに言われたとき、やめたほうがいいって顔で私を見たの」

「え、花火大会の話？」

思いもよらないことを言われた、というように朋温は私の瞳を見つめた。

「怒ってるの？」

「怒ってない。紹介してほしかったわけじゃないし、あのときはいいタイミングとは言えなかったと思う。でも私は、一人であの場に取り残されて、淋しかった」

「そんな思いをさせて、ごめん。順番が違うっていうか、まずはちゃんと漣のお父さんとお母さんと、まどかさんに話すべきだと思ったんだよ」

「それはその通りだと思う、でも」

違う、私はこんなことが言いたいんじゃない。

「もし朋温が、暴力を振るわないって言っても、そうですかってうちの家族は納得しないよ」

「もちろんそうだと思う。それだけじゃなくて、兄さんが自分を改めようとしてることも話すつもりだった。そしたら不安や心配をほんの少しでも取り除けるんじゃないかって思った」

「改めるって？」

「DVの更正プログラムの話」

「それで私のお父さんやお母さん、安心するかな」

「わからないけど、少しは違うかもしれない。それは、まどかさんの望みでもあったから」

「どういうこと?」

「離婚の前にまず別居ってなったとき、そういう話が出たらしい。ちゃんとプログラムに足を運んで、自分の暴力に向き合ってって」

「知らなかった」

「まどかさんが調べてくれたのは、ここみたいなんだけど」

朋温がスマホを取り出し地図アプリをひらいた。その事務所と朋温の実家には約二十キロの距離があった。続いて事務所のサイトをひらくと、所長だという五十歳くらいの男性の顔写真が載っていた。体格が良く、髭が生えて、なんとなく怖そうな印象だ。私は手帳を取り出し、事務所の名前と場所をメモした。

「お姉ちゃんは、修一さんとやっていく道を考えたってことなのかな」

おそらく、と朋温はうなずいた。

「漣とサーラーで会った後、久しぶりに実家に帰ったんだ。とにかく兄さんと一度しっかり話をしなきゃいけないと思って」

サーラーで会った後、という言葉を聴いて思考のスピードが落ちた。別れた後、という言葉を朋温は選ばなかった。

「修一さんどうしてた?」

「会えなかった。部屋のドアすら開けてもらえなかった」

顔の周りを、蚊の舞う音がした。リュックから蚊よけスプレーを取り出す。

「修一さんの暴力について、朋温のお父さんやお母さんは何て？」

手足にスプレーを吹きつけながら訊くと、朋温は苦しそうな顔になった。

「母は兄さんを溺愛してたから。兄さんを傷つけるものは、たとえ蚊でも許さない勢いだった。離婚話が進んでいくときも、兄さんを守るために、なんとかしてまどかさんの弱みを握ろうと躍起になって」

そこで朋温は口をつぐんだ。

「なって？」

「……ブログを見つけたんだ」

「えっ、ブログって誰の？」

「まどかさんの、日記」

びっくりした。姉はブログをやっていたのか。

「どうやって見つけたの」

「アカウントの探偵みたいなの雇ったんだって」

「そんなのあるんだ」

「そうらしい。そんなことまでするって、うちの親、気持ち悪いだろ」

「お姉ちゃんはブログを見られたこと知ってるの？」

「当時は知らなかったはず。でもいまはもう知ってるかもしれない」

「修一さんはそれを読んで、なんて？」

「兄さんは読んでない。その存在すら知らないと思う」

「どうして？」

どう答えればいいかわからない、というように朋温は唇を結んだ。

「うちのお父さんとお母さんも、もちろん知らないんだよね」

予想に反し朋温は、ううん、とぎこちなく首を振った。

「プリントアウトしたものを送り付けたって聴いたような気がする」

「え、日記を全部？」

「わからない。これは俺の想像だけど、母の性格を考えると、おそらく兄さんに有利になる部分だけだと思う。でも詳しいことはわからないんだ。俺も読んでないから」

二人で話していてもわからないことだらけだ。母に尋ねたら、ブログの内容を教えてくれるだろうか。いやきっと、姉の許可なしにそんな話はしてくれないだろう。父はもっと無理だ。朋温の両親も難しいはず。姉と修一さんの間に起きたことを、話してくれる人は誰だろう。

はっと勢いよく顔を上げた私を、朋温が見た。

「ん？　どうした」

「ううん、いい」

薄暗い路地の終わりが見えてくる。

「そういうの、もうおしまいにしよう。俺は大丈夫だから。話して、漣」

「でも、いま私が思いついたことは正しくない」

「正しくなくていい。全部受け止める」

「ごめん言えない。口に出す前に気づいてよかったって思うくらい、我ながら浅はかな案だから。確実に嫌な思いをする人がいるし、きっとよくない方向に進む」

それでも、と朋温は言った。

「漣が話してくれたら、いっしょに考えることができる。よくない方向に進むかもしれないけど、そうじゃないかもしれない。それにこの状況を変えていくには、正しくて安全な道だけ選んでいたら無理だ」

路地を抜けた先には、極彩色が広がっていた。マリーゴールド、薔薇《ばら》、オーキッド。あらゆる花が並んでいる。世界中の色がすべてここにあるのではないか。そう思ってしまうほど、視界いっぱいまばゆい花たちで埋め尽くされていた。

ジャスミンと薔薇のマーライ店の前で、私たちは足を止めた。店の女性は心ここにあらずといった様子で、古いテレビに見入っている。息を吸って言った。

「修一さんに、電話してみるのはどうかと思ったの」

朋温は落ち着いた声で、私に確認した。

「いま、ここで」

「うん。私たちが二人だけで話しててもわからないことだらけだから。それに日本に帰ってからより、ここの方が勇気が出るような気がしたの。でも、やっぱり……」

そのとき、視界の右方向に強い光が射した。裸足でぺたぺた歩く音。

柿色の袈裟を着たお坊さんが近づいてくる。身体が触れてしまわないよう、あわてて背後にあった段差に上る。光を纏い、スローモーションのように、お坊さんは私たちの前を通り過ぎていった。

左方向に消えていくその背中をじっと見つめていた朋温が、大きく息を吐いた。

「よし、かけよう」

差し出されたイヤフォンの片方を受け取って耳に挿す。

「恰好悪いこと言っていいかな」

「もちろん」

「手を繋いだまま話していい？」

朋温の手が震えている。私はその手を包み、温めるように握った。

呼び出し音が鳴りはじめる。狭く暗いトンネルを進んでいくように。

「はい」

広がった空間の向こうから聴こえてきたのは、怖れと警戒の滲む声だった。

「兄さん。いま大丈夫？」

息を吐く気配があった。

「お前が事故にでも遭ったのかと思った。要件は何だ」

「兄さん、DV関係のプログラムか何かに通ってるんだよね」

プログラム、とつぶやいて修一さんはしばらく黙った。

「ああ、そういえば、例のごたごたの直後に一度だけ参加したことあったな。あいつに行けって命令された施設じゃなくて、もっと家から離れた、別のワークだったけど」

なぜわざわざ家から遠い方を選んだのだろう。不思議に思って朋温を見ると、納得したようにうなずいていた。

「それでどうだったの」

「なんでそんなこと急に訊くんだ」

「それはあとでちゃんと説明するから、とりあえずそのワークのこと、教えてほしいんだ」

「話になんなかったね。冗談じゃないと思った」

「どういうところが？」

「全部だよ。司会者が善悪を判断したり、プライベートを暴露されたり、最低最悪だった。胡散臭《うさんくさ》い感じもしたし。だから、あれ一度きり」

「そんなグループばかりじゃないと思う。まどかさんが探してくれたところに行ってみない？　俺、協力するから。苦しんでる兄さんを見るの、もう嫌なんだ」

「もしかしてこないだうちに来た要件もそんなことだったわけ？　ほっといてくれよ。そういうの求めてないんだ。求めてもないアドバイスされるのってすげえ疲れる。はっきり言っておく。俺は、そんなところに行く気はまったくない」

「でも、このままでいいとは思ってないだろ」

「別に構わないよ、俺は。逆になんでだめなんだ？」

「自分のやったことを直視しようよ」

「やったこと?」

「暴力」

「ハッ、またそれか」無気力と退廃を感じさせる声で修一さんは笑った。「まどかを匿《かくま》ってたあの団体の奴らも言ってたけど、大げさなんだよ。確かに手が出てしまうことはあった。でももちろん手加減してたし、ちゃんと謝りました。まどかだって『大丈夫』って笑ってたし。仲直りさえすれば、夫婦げんかの前より何倍も仲良くなれた。手を出すことが正解だったとは言わないけど、ちゃんと意味のあることだったんだ」

「意味のあることなら、なんでまどかさんは出て行ったんだよ」

「さあ。男でもできたんじゃないの。あー、あいつは毎日楽しくやってるんだろうな。仕事して遊んで、都会でうまいもん食って。俺あいつに金いっぱい払ったし」

そのとき私は異変に気づいた。いつの間にか、目の前に大勢の人の後頭部がある。みんな食い入るようにマーライ店のテレビを見つめている。ニュースが放送されているようだ。誰も、ひとことも言葉を発しない。

扇風機の風がそこにいる人々の髪を順に揺らし、日に焼けた王様のカレンダーをぱらぱらめくり、戻ってきてまた髪を揺らす。

「まどかさんは、家を一歩も出ない生活を続けてるんだよ」

「なに？」修一さんの声が気色ばんだ。「どういうこと？」

「仕事はしてないし、友だちとも会わない、笑うこともほとんどないって」

「信じないね」震える声で修一さんは言った。「あいつがそんな風になるわけない。だいたいなんでお前がそんなこと知ってんだよ。嘘も大概にしろよ」

「嘘じゃない。兄さん、本気でわかんないんだね、どうしてそうなったか。それを理解するためにも、さっき言ってたみたいなプログラムに参加する必要があるよ」

「それだけじゃないでしょ」

思わず口を挟むと、修一さんが息を飲んだ。

「まどか？」

「漣です。修一さん、お久しぶりです」

空咳を何度かして、修一さんは言った。

「驚いた。声が、あまりにもそっくりで。漣ちゃん、どうして朋温といっしょにいるの。それだけじゃないって何？」

「お姉ちゃんが部屋から出てこなくなったのは、私たちのせいでもあるんです」

朋温と視線がぶつかる。強く手を握って、朋温は言った。

「俺たち、つきあってるんだよ。こないだ帰ったとき、兄さんにその話もしたかったんだ」

電話の向こうが静まり返った。

そして空気が破裂した。

「なんだよ！ それ先に言っといてよ」修一さんは吹き出し、大笑いした。「俺が苦しんでたら嫌だとかいいながら、結局お前のためなんじゃん。はー、馬鹿馬鹿しい。そんなことのために俺利用されんの？ 勘弁してよ」

「正確には、いまはつきあってません。夏に別れました」

「なんで？ まどかに反対された？」

「それもありますけど、私が卑怯だったんです。たくさん嘘をついて、お姉ちゃんを傷つけてしまいました。お姉ちゃんだけじゃなく、お母さんもお父さんも」

言いながら声が波立ち、涙がこぼれそうになる。

そしてまた恐怖が突き上げてくる。私はいま、修一さんと喋っている。姉が最もしてほしくないことをしている。

電話の向こうでごくごくと喉の鳴る音がした。修一さんは笑い雑じりに言った。

「嘘でもなんでもついて好きにしたらいいんじゃないですか。もう切るぞ」

「待ってください」

「何？　まだ何かある？」

「お姉ちゃんのこと、好きでしたか？」

「好きじゃなかったら結婚しないだろ」修一さんは開き直ったように答えた。

「好きならどうしてお姉ちゃんの料理をけなしたり、男の人と会ってたって決めつけたり、暴力ふるったりしたんですか？　そういうことをする自分がお姉ちゃんの目にどう映っていたか、考えたことありますか？　私、修一さんはお姉ちゃんを大事にしてくれると思ってました。だって修一さん、私にすごく優しかった。お姉ちゃんも、修一さんのことを」

その瞬間、自分でもなぜかわからないまま全身に鳥肌が立った。

店のテレビの映像が唐突に切り替わり、続いて耳元の通話が断ち切られた。

手を繋いだまま、私たちは市場をぐるりと見渡した。

何かが起きた。何が起きた？　空気が違う。音が違う。色が違う。匂いも、市場の向こうに見える夜空の闇の濃さも、何もかもが、さっきまでと全然違う。

わからない、何もわからなくて怖い。でも何かが起きたことだけはハッキリしている。イヤフォンを外して、私たちはテレビから聴こえてくる音に耳を澄ませた。

白黒の画面。

アナウンサーが、国王の逝去を報じた。

花びらが一枚ずつ、ゆっくり閉じるように、すべての音が消えた。

そして地響きがした。市場にいる人たちの慟哭《どうこく》だった。道の向こうから先ほどのマナオ売りの男性が号泣しながら歩いてくる。タトゥーの入った太い二の腕で涙を拭いながら、絶叫する。

「王様が亡くなった。王様が。王様が」

男性は場外に向かってよろよろと歩いて行く。さっきまで視界を埋め尽くしていた色とりどりの花は、泣き崩れる人々の背中や、天に向けられる腕の陰で少しずつ色を失っていくように見えた。みんな泣き叫んでいた。ある人はお父さんお父さんと言いながら、ある人は声にならない声をあげながら。数多《あまた》の咆哮《ほうこう》と合掌が天に昇っていった。

夜道のどこからか、国王賛歌が聴こえてくる。

タイの映画館で、本編上映前に必ずかかる曲。慈悲深い王様の映像とともに流れる、荘厳で愛に溢れたあの曲が、ひと気のない路地にひっそりと響いている。

私たちは黙って歩いた。どんな言葉も、この漆黒の闇には相応しくない気がした。

ゲストハウスの扉を開けると、受付に座っていた女性が顔を上げた。

朋温の隣に立つ私を見て、「ガールフレンド？」と尋ねる。ほほ笑んでいるが、目も鼻も真っ赤だ。

「僕の眼鏡を取りに寄ったんです」朋温が英語で言った。「すぐに出るので、彼女も少しだけ部屋に入ってもいいですか？」

勿論よと答えるそばから声がふるえ、涙が零れ落ちた。私は彼女のところへ飛ぶように駆け、背中をさすった。彼女は手近にあったティッシュを何枚も引き抜いて目頭を押さえた。

「ごめんなさいね、あなたたち日本人には何のことだかわからないわよね」

いいえ、と私は胸に手を当てて言った。

「昔バンコクに住んでいたとき、学校で勉強しました。王様がどんなにすばらしいことをなさったか。私も両親も、日本人だけど王様が大好きです。だからあなたがいまとても悲しいということを、ほんの少しかもしれないけど、理解できます」

両手が伸びてきて、抱き寄せられた。私は自分の記憶にあるタイ語を総動員して彼女に思いを伝えた。寄り添いたかった。どうしても思い出せない単語は英語で言った。共通言語が当たり前のようにあって、選ぶ単語ひとつひとつにほぼ同じ認識を持っているとしても、相手の話が半分も理解できないなんてことはざらにある。

でもいま私は、伝わった、という気がした。彼女の言葉も理解できた、そう思えた。彼女の肩越しに神棚が見える。みかんが供えられ、白と赤のマーライが飾ってある。最も高いところに、王様の写真があった。どこへ行っても見かけるこの写真は、これからどうなるのだろう。

ふいに彼女が身体を離し、机の下に手を伸ばした。小型冷蔵庫を開け、ラップのかかった平らな皿を取り出す。

「よかったらこれ食べて」

パッションフルーツだった。半分にカットしてあり、銀のスプーンが添えてある。

「いいんですか?」

「私は今夜、もう何も喉を通らないと思うから」

そう言って彼女はまた、涙をぽろりと零した。

二段ベッドがふたつ。それ以外には何もないシンプルな部屋だった。あと二人宿泊者がいるということだったが、出かけているようだ。

「ちょっと待ってて、急いで用意するから」

入って右手下段のベッドに皿を置くと、朋温は部屋を出て、廊下の向かいにある洗面所に入っていった。

スマホを確認すると、つっかからメッセージが届いていた。

──たいへんなことになったね。漣は大丈夫？　こっちは、パパのお店のスタッフさんが、私を拾って家まで連れて帰ってくれることになったよ。あと三十分で着くって。申し訳ないけど漣、なるべく早めにホテルに戻ってこられる？

メッセージのやり取りをしていると朋温が戻ってきた。鼻梁《びりょう》のうつくしい彼にその四角いフレームの眼鏡はよく似合った。朋温はリュックにコンタクトを仕舞い、ちいさな木箱を出してパッションフルーツの皿の前にそっと置いた。

「あと五分以内にここを出なきゃ」

わかった、とうなずいて朋温はベッドに腰かけた。

「このゲストハウス、裏にいろんな生き物が棲《す》みついてるみたいなんだよ」

「蛙《かえる》とか？」尋ねながら、朋温の隣に座る。

「うん、ほかにも。聴いたことない鳴き声がたくさん聴こえる。でもいまは静かだな」

路地も裏の空き地もしんと静まり返っている。生き物にも人間の悲しみが伝わるのだろうか。

「この木箱が何か、訊いてもいい？」

ちらりと目を遣って、朋温は答えた。

「祖母だよ」

「もしかして、結婚式のとき車いすに座ってた」

「憶えてくれてたの？　タイって良さそうなところねって言ってたから、連れてきたんだ」

膝の上にのせた皿のラップを、朋温はていねいに外した。なつかしい香りが二段ベッドの内側に広がる。彼がスプーンで掬《すく》ったパッションフルーツの黄色い果肉は、種にねっとりと絡まり、見るからに濃厚で酸味が強そうだ。きっと朋温は甘いマンゴスチンの方が好みだろうなと思ったら、案の定目を細めている。

「種を嚙み砕く衝撃がすごいな」

「嚙まないで飲み込むと、のど越しが楽しめるらしいよ。私はやったことないけど」

「いっしょにやってみようか」

再びスプーンを果肉に挿し入れた瞬間、スマホが震動した。

とてつもなく嫌な予感がした。光っているのは私のスマホで、画面に浮かんでいるのは姉の名前だった。

震動がやむ。やんだと思ったら、また震え出す。私はスマホを枕の下に押し込んだ。

「祖母が、亡くなる少し前に言ったんだ。『順番通りに逝けるからいいんだよ。充分長生きさせてもらいました』って。実際、大往生だったって言われる。でもたとえ何歳だろうと、大事な人が死んでしまうのはつらいよ。だってもう話せないんだから」

ぽろぽろと、パッションフルーツの種が朋温の腿にこぼれた。

その日がいつか訪れることはわかっていた。でも、わかっていてもつらい。いま、その気持ちが、これまで生きてきたどの日より理解できる。

窓の向こうを、誰かが大声で泣きながら歩いて行った。

「そろそろ出ないと」

パッションフルーツを食べ終え、腰を浮かしかけたとき、再びスマホが鳴った。くぐもった震動音。枕に沈みそうになった私の視線を引き上げて「その前に」と朋温が言った。

「五秒だけハグさせて」

広げた両手に抱き寄せられる。

スマホが鳴りやんで、また震える。朋温の肩越しに見えるパッションフルーツは、果肉を掬い取られて白く、乾いている。

枕の下で姉は叫び続けた。

ゲストハウスを出ると、ホテル目指して走った。

路地を駆け抜ける私たちの足音が、涙の滲んだ夜雲に吸い込まれていく。

骨に沁《し》みるような静寂。十六年生きてきて、これほどの静寂は経験したことがなかった。人の話し声もソムタムを作るクロックの音も、鳥やセミの声すらしない。路地も大通りも、食堂も、近道で通りぬけたスーパーの駐車場も、どこもかしこも静まり返っていた。植物の呼吸の音さえ聴こえそうだった。

軒下から垂れてきたしずくが水たまりに落ちて、辺り一帯に高い音を響かせた。

エントランスでつっかが大きく手を振っている。

「じゃあ、俺はここで」

「うん」

漣、と朋温が呼んだ。力強い声だった。

「明日の予定って決まってる？」

「うん。でもこんなことになったからキャンセルかもしれない」

「できれば、漣のお母さんと話をさせてほしい」

「わかった。訊いてみる」

「ありがとう。またね」

「うん、またね」

駆けてきたつっかと抱き合って、一分も経たないうちにオレンジ色の車がロータリーに入ってきた。顔を見合わせて安堵のため息をつく。

コロンとした愛らしい形の車から、スタッフさんらしき女性と五歳くらいの男の子が出てくる。

あぶない、と言った時には遅く、男の子は転んで膝を打った。女性が男の子を抱きかかえ、あやす。勝手に出ちゃだめって言ってるでしょ、というようなことをタイ語で言い聞かせている。

「あの子のお父さん、日本人なんだって。でもあの子はお父さんに会ったことがないの」

「どういうこと？」

「こっちの学校で先生をしていた男の人らしいんだけど、あのスタッフさんと付き合うようになってだいぶ経ってから、実は日本に奥さんと子どもがいるって白状したんだって。おえーって感じでしょ」

つっかの仕草に「うん」と苦笑いを返す。

「赴任期間が終わって帰国するとき、その男の人、離婚してまたタイに戻ってくるって約束したんだけど、それっきり。妊娠がわかったのはそのあとで」

いい子ね、と女性が優しく息子を宥める。もう治ったね、かしこいね、痛くないね、温かい声で言いながら彼女は、息子の膝に手を当て、夜空へ飛ばすようなしぐさをした。

「だいの、だいの」

はっと息を飲んだ。記憶のページが猛スピードでめくられる。どこかで耳にした言葉。

私の脳内でそれは、印丸の声で再現された。

「だいの、だいの」

日本語だったんだ。タイ語だと思い込んでいたから、わからなかったんだ。

「痛いの痛いの、飛んでいけ」

つぶやいた私を、女性が振り返ってほほ笑んだ。

「やっぱり日本人が言うと違うわね。発音がとってもきれい」

「いい日本語をご存じなんですね」

「昔、私が道端で転んじゃったとき、この子のパパがそんな風に言ったの。音の響きが可愛いし、意味もすてきだったから、教えてもらって憶えたの。でもちょっと、発音が難しいのよね」

「あなたには十六歳の娘さんがいませんか？」

「百パーセント、ノー。私、二十五よ」女の人はいたずらっぽく笑った。「IDカード見る？」

それから彼らは車に乗り込み、ホテルの敷地を出て行った。

車が見えなくなってからも、私はその場にしばらく立ち尽くしていた。

印丸からメッセージが届いたのは、エレベーターが私の部屋のある階に到着したときだった。近所のタイ料理店に行ったら米陀さんがバイトしていて驚いた、という内容だった。王様の逝去を知って居ても立ってもいられなくなって、印丸はその店を訪れたのだという。印丸は米陀さんに、この休み明け、日曜参観の日から学校に来る約束を取り付けたらしい。明日また詳しく聴かせてと送ってスマホを仕舞った。

カードキーをかざして部屋に入ると、窓際の丸テーブルにいた母が顔を上げた。ただいまとサンダルを脱ぎ、テレビの前に立つ。アナウンサーが目を真っ赤にしてニュースを伝えている。

「在位七十年です。ほとんどの国民は、王様を一人しか知りません」

画面が切り替わり、シリラート病院前で王様の写真を抱いた人々が映った。彼らはハンカチを握りしめ、泣きながら国王賛歌を合唱していた。

「私には生まれたときから父がおりません」若い女性がインタビューに応え、話し始める。「ですから周りの大人たちが王様をお父さんお父さんと呼ぶのを聴いて、畏れ多くもこの立派なお方が自分の父親であると、小学校に上がる頃まで信じていました。今日、私はお父さんと王様をうしないました。命とも言うべき大切な方をうしなって、私はこれからどうやって生きていけばいいのですか。誰か教えてください」

「お母さん、私、朋温に会った」

うん、とうなずいて、母はテレビを消した。

「バンコクで会おうって約束してたわけじゃないよ」

「そんなことは思ってないよ」

母は空のペットボトルを文机《ふづくえ》の下のごみ箱に落とし、電気ポットにミネラルウォーターを注いでスイッチを下げた。

「修一さんに暴力の問題があるってわかって、お姉ちゃん、治療を勧めたんだってね。私なんにも知らなかった。私が想像するよりもっと、お姉ちゃん悩んで苦しんで、どうしたらいいか、考えてたんだね」

「まどか、見学にも行ったのよ」紅茶の包みを開封しながら母は言った。「海の近くで、バス通りにはチューリップが咲き誇ってて、すごくきれいなところだったって」

「勇気が要っただろうね」

「そうね。すごく怖かったと思う。それでも一縷《いちる》の望みをかけて話を聴きに行って、資料もらって。それを修一さんに渡して勧めたの。だけど、彼は行こうとしなかった」

「行ったよ」

電気ポットからシューと音がし始める。

「修一さん、一度は行ったんだよ。お姉ちゃんが勧めたところではなかったけど、そういう、グループに。ちゃんと足を運んだの。でも、合わなかったって」

「朋温くんから聴いたの？」

「うん。朋温もあんまり詳しいことは知らなかったんだけど、さっき修一さんに、電話をかけて」

電話、と母は言った。

「漣も喋った？　修一さんと」

「少し」

顔を背けるように、母は窓の方を向いた。

夜のチャオプラヤー川の上で、ちらちらと灯りが揺れている。

沸いたお湯をカップに注いで、母はティーバッグをゆっくり上下に動かした。透明なお湯が徐々に黒くなっていく。


色彩の消えた街。

一夜にして、世界は完全なモノクロになった。

誰もが黒を纏っている。

人だけじゃない。GUCCIもヴィヴィアン・ウエストウッドもZARAもすべて白黒。ビルの大型スクリーンも、普段はポップで躍動的なBTSの車内広告も、ATMの画面にいたるまで、あらゆるスクリーンが色を失《な》くし、国王の肖像と追悼メッセージを映していた。

BGMも消えた。街からメロディというメロディが消えた。聴こえるのは嗚咽《おえつ》ばかりだった。それは耳からではなく、皮膚や、匂いでビリビリと伝わってきた。誰かの見る世界がモノトーンになる、そのことが肩を摑んで揺さぶられるより強くわかった。

タイの人々の目に、王様のいなくなった世界はどう映るのだろう。

彼らがうしなった心の支え。ホテルを出てルンピニ公園に到着するまでのあいだ、母と私はそのあまりに大きな喪失に圧倒され、ほとんど口もきけなかった。

空はどこまでも澄み、日差しは柔らかく、椰子《やし》の木には葉が青々と生い茂っている。だらだら汗が流れるほど暑く、たくさんの車が行き交う。なのに空気には、とてつもない喪失が溶けている。

道を渡ろうとすると、車もバイクもすぐに停車してくれた。王様のために良いことをしようという士気が高まっているのだと朝のニュースが伝えていた。王宮周辺のごみ拾いをしたり、お弁当やヘアカット、マッサージを無料にしたり、記念撮影を手伝ったりしている人がたくさんいるらしい。

歩道にさっそく黒いTシャツを売る露店が出ていた。一枚ずつ買って鞄に入れ、公園の入口を目指した。

待ち合わせ場所に朋温は、ドリンクの三つ入ったビニール袋を提げて立っていた。歩いてくる私たちに気づくと背筋を伸ばし、母の方を向いて深くお辞儀をした。

池に面したベンチに三人並んで腰かけた。水面の向こうには高層ビル群が建ち並んでいる。

「これ、なんて書いてあるのかな?」

ドリンクのパッケージに書かれた文字を指差して、母が言った。

「『サロイエコサム』?」

カタカナのようで、カタカナとは到底言えない文字が縦に並んでいる。サは縦の棒が二本ほぼ同じ長さで、イは二画目が左に流れるような形、エはやけに縦に長く、コは左右が逆になっている。

「だめだ、見当もつかない。漣は?」

「ぜんぜんわからない」

解答を求めるように、私たちは真ん中に座る朋温を見た。

彼は二人きりでいるときとは違う温度の目で私を見て、自分のドリンクを裏返した。

ローマ字で『HOJICHA』と書いてある。どういうことだろう。

考え込む私の横を、欧米系の若者が二人スマホ片手に通りすぎ、池へ近づいていく。

彼らの視線の先、岸辺からせり出した大木の根っこに、ワニと見紛うほど巨大なオオトカゲが寝そべっていた。太い腕に、長く鋭い爪。食事を終えたばかりなのだろう、丸く張った腹部が、呼吸に合わせて大きく膨らんでいる。シャッター音が鳴り、閃光《せんこう》が走った。オオトカゲが鎌首をもたげた。若者たちがさらに一歩近づいた瞬間、オオトカゲは素早い動きでわき目もふらず池へ突進し、どぼんと水に落ちた。

ほうじ茶、と私はつぶやいた。

「ほんとだ。この『サ』みたいなのがHなのね。お母さん、またいい加減な日本語プリントしてって思い込んでた。恥ずかしい」

「私たちがバンコクに住んでるときも、コンビニでこういうお菓子見たね」

「これを読めないのは、カタカナを知っている人なんだそうです」硬い声で朋温は言った。「カタカナの形が頭に入っているから、パッと見て脳が『あ、日本語』って判断するそうです」

「よく知ってるのね」

「前に何かの記事で読んだんです。日本語を使う人にはすんなり読めないフォントがあるって」

なるほどねと感心して母はまた、カタカナに似たアルファベットに見入る。

バサバサと頭上で音がした。黒い鳥が数羽、木と木のあいだを飛んで行く。

「今日は急なことなのに、お時間をいただいて、ありがとうございます」

朋温が言い、母がゆっくり顔を上げた。

「兄がまどかさんにしたこと、家族としてほんとうに申し訳なく思っています」

「朋温くんが悪いわけじゃないでしょう」

「いえ、僕にも責任はあります」

「あるわけないってば。あの頃朋温くんまだ小学生だったでしょう？　小学生に責任があることなんて、歯を磨くとか宿題をやるとか、その程度よ」

「たとえ小学生でも異変に気づいて、誰かに報《しら》せることくらいできたと思うんです」

「それだって、小学生にはやっぱり難しいことよ。異変に気づくためには自分の状況を客観的に見る目や、それを説明する語彙力が要るから」

「高二のいまだって僕にその力が充分あるとは言えません。未熟で臆病な自分が、時々とても嫌になります。でも、あの頃とはぜんぜん違います。いまなら、何かできることがあると思うんです」

湿った風が吹き、葉っぱがそよいだ。

「兄がはじめてまどかさんを連れてきたとき、『親戚に新しい風が入ってきた』って思いました。まどかさんには気取ったところがなくて、わからないことはわからないって言うし、大きく口を開けて笑うのがすてきだなと思いました。何より、兄のことを心から大事に思ってくれていることが伝わってきたんです。それなのに……。あの頃僕は、まどかさんの元気がなくなったのを、母が原因だと思い込んでいました。母はまどかさんのやることなすことに口を出していましたから。それで兄に言ってしまったんです。もうあんまりまどかさんをうちに連れてこない方がいいって。あんなこと、言うべきじゃなかった。もしそれまでと変わらない頻度でまどかさんがうちに来てたら、僕が気づけたかもしれないのに」

「だからそんなこと、朋温くんが考える必要ないんだって。私こそ、もっとまどかとコミュニケーションをとっておくべきだった。まどかだけじゃなくて、修一さんともね。私、修一さんのこと、息子みたいに思ってたよ。いまだって他人だなんて思ってない。調停の最中も憎いとかそういうふうには感じなかった。修一さんに元気でいてほしい、幸せになってほしいって心の底から願ってる。でも……」

強く握りすぎたせいで、私の手の中でドリンクがぱきぱきと音を立てた。

いつ何が起きるかわからない。会いたい人に明日も会えるとは限らない。大切な気持ちを明日伝えようと決意しても、その明日が来ないかもしれない。私も話さなきゃ。しっかり、自分の言葉で。

だけど、なんて言えばいい？　どんな言葉なら口に出していい？　どんな言葉なら伝わる？

「僕は、これからちゃんと兄と向き合おうと思います。兄が自分の認知の歪みに気づけるように、そのために僕ができることを探します」

認知の歪みという言葉の意味が私にはよくわからなかったけれど、母はうなずいた。

「あの頃といまがぜんぜん違うと考える、いちばんの理由は漣さんの存在です。僕は感情をおもてに出すのが得意じゃありません。それがみっともない感情なら尚更です。でも何に対してもまっすぐ、衝突も怖れず向かっていく漣さんといると、もっと言葉にしなければと思うようになりました。恰好つけてばっかりじゃ、何も進まないんだって。失敗したらまた考えて、話して、やり直せばいい。漣さんがいてくれたから、そんな風に思えるようになりました。まどかさんや兄が少しでも前進したいと思ったとき、僕は力になりたいです。できることなら、漣さんといっしょに。それで、僕の、いえ僕は」

今度は朋温のドリンクがぱきぱきと鳴った。その音に反応するように、どこかでトッケイが啼き始める。しゃっくりしているみたいな声を、無意識のうちに数えてしまう。

「漣さんと、おつきあいさせてもらいたいです」

私は、目を閉じた。

声が六回、公園に響き渡り、しんと静まり返った。祈ったけど、もう一回は、なかった。

「朋温くん」

「はい」

「ありがとう」

瞼を開ける。朋温は母を見つめ、その先を待っている。

「朋温くんはすてきな青年だと思う。きっと、漣のことも大事にしてくれる。祈りや希望じゃなくて、信じられるよ。漣があなたを好きになったのも納得できる。娘の大事な人に会えたっていう意味でも、今日はなんていうか、胸がいっぱい」

目が潤む。うれしいからじゃない。続く言葉が良いものである予感がまったく持てないから。

「でもやっぱり、二人を応援することはできない」

池の真ん中で、オオトカゲが水面から顔を出した。周囲をじっと観察するようにしばらくそこにいて、ポチャリとまた潜った。

๗

赤い屋根や濁った川が完全に見えなくなるまで、窓に額をこすりつけていた。

雲の上まで飛んで水平飛行が始まると、機内食が出された。母はガパオ、私はマッサマンカレーを食べた。いつの間にか味覚がすっかり戻っている。

「だいのーだいのー、痛いのー痛いのー」

母が口の中で言葉を転がす。

「なるほどね、ほんと、なんで気づかなかったんだろう。言われてみればそれ以外ないのにね」

「保育園の頃、お姉ちゃんよく言ってくれてた。公園で私が転んだときとかに」

『痛いの痛いの……』

転んで擦りむいた私の傷に手をかざして姉は、必ずこう続けた。

『お姉ちゃんに飛んでいけー』

そう言って私の傷から痛みを吸い取るように、上げた手を自分の胸に当てた。

アイタタタ、とおどける姉の手を、私はいつも大慌てで摑んだ。

『痛いの、遠くにいって！　お姉ちゃんにいっちゃだめ！』

私に何か起きたとき、真っ先に慰めてくれるのは姉だった。悲しいとき、淋しいとき、まだ小さかった私を抱きしめ、よしよしと頭を撫でてくれた。

姉の笑顔をもう一度見たい。それと私の望みが相いれる道を、見つけることはできるのだろうか。

帰国してからの日々を想像して、私はため息を飲み込んだ。

映画を二本観て、眠って起きたら、母が腕時計の針を回していた。母に倣って私も二時間進める。画面上で日本はすぐそこだ。座席下に置いたリュックから歯ブラシセットを取り出す。もうポーチは持って行かない。


「お父さんも反対だ」

空港まで迎えに来てくれた車のなかで、父はきっぱり言った。

「もう少し待つっていうわけにはいかないのかな」

窓を流れていく景色は、水平と垂直ばかり。道路、建物、電線。足許がひんやりする。私たちが離れている数日の間に、日本はさらに秋が深まっていた。

「待つって、いつまで？」

「まどかの調子があとちょっと良くなるまで」

「待てばその日は確実に来るの？」

「確実なのは、漣が彼とつき合ったり、あちらの家族と接触を持ったりしたら、まどかの精神状態が悪化するってことだよ。取り返しのつかないことになってからでは遅いんだよ」

「それは、私だってわかってる」

「ほんとうにそうかな。漣はテレビのリモコンを見て何を思う？　折りたたみ椅子を見てどう思う？　恐怖は感じないよね。まどかは怖いんだよ。少なくとも一度、暴力の手段として使われてしまったものだから。そういう気持ち、漣にはわからないよね。だから、待てばその日は確実に来るのなんて質問ができるんだ」

「ごめん」

「謝らなくていい。わからなくて当然なんだから。でもね」父はハンドルを握り、前を向いたまま言った。「心が疲れてるときは、朝起きた瞬間からロシアンルーレットみたいな気分なんだよ。どこで誰にどんなふうに傷つけられるか、怖くてたまらないんだ。悪意の矢が四方八方から次々飛んでくる。誰かが大海にほんの一滴滲ませた悪意が、地球より大きくなって自分を覆いつくす。それに気づかない人もいるし、気づかなければ何の意味もない言動なのかもしれない。でも敏感になっていると、気づいてしまうんだよ」

「うん」

「漣には余裕があるよね」

父の口調は切実だった。

「そんなことないよ」

「いや、まどかから見たら、羨ましいくらい余裕に見えると思うよ。気持ちに余裕のある人が、ない人のためにおすそ分けしてもいいと思うんだよ。お父さんは漣の親だから、親のために何かしろなんて言わない。でも、お姉ちゃんのために、少しだけ、お願いできないかな。朋温くんと会ったりするのは我慢してほしい」

どう思う？　というように父がミラー越しに母を見た。

「お母さんは、我慢してとまでは言えない。二人を応援はできないけど、どうするかは漣が決めることだと思う」

「お父さんはそんなふうに思えないよ」と父はさっきより強く言った。「もう修一くんと話すなんてことはしないでほしい。頼むよ、漣」

このまま父の言う通り、「もう少し待つ」を続けていても姉が元気になれなかったら？

もっと根本的な何かを知ることが必要だという気がする。でもそれが何なのかがわからない。

音もなく驟雨《しゅうう》の降る水曜日。地学室へ向かって歩きながら、私は怖ろしいことに思い当たる。すでに、私の存在自体が姉を苦しめているのだとしたら？

帰国の翌日は日曜参観で、母が学校へ来た。あちらの両親と顔を合わせることはないはずと伝えていたが、表情は硬かった。参観のときに泣きも笑いもしない母を見るのははじめてだった。母は米陀さんに会いたがっていたが、彼女は学校に出てこなかった。

姉はずっと部屋に閉じこもっている。お土産を渡そうと部屋のドアをノックしても反応はなかった。

朋温と最後に連絡を取り合ったのは、彼がドンムアン空港からトッケイの動画を送ってくれたときだ。ありがとうと返信して、それきり。タイミングが悪いのか、通学路や校内で見かけることもなかった。もしどこかですれ違ったら、笑みを交わすくらいは許されるだろうか。

廊下の窓に青白い光が走り、遠くの空で雷鳴が轟いた。

地学室の手前、2Cのクラス札が目に入る。朋温のクラスだ。息を詰めて通り過ぎた直後、入口に立っていた先生が教室内に向けて声を張った。

「政野」

はい。朋温の声がして、肩が硬直した。

「お兄さんが見えてるぞ」

びっくりして振り返った。出てきた朋温と視線が交錯する。

「緊急の用があるそうだ。教職員の出入口にいらっしゃるから、行ってこい」

はい。廊下を歩いて行く朋温の背中に雷が貼りついた。

地学室の窓に雨粒がびしゃびしゃぶつかっている。

いつもに増して授業が頭に入ってこない。

どうして修一さんは学校に来たのだろう。家族に何かあったのだろうか。それとも、朋温と私に関する何か。まさか、姉のこと？

ひと際強い風が窓ガラスを激しく揺さぶった。

「すみません、お手洗い行ってきていいですか」

遠くの席の曜子と目が合った。口の動きで「いっしょに行く？」と尋ねてくる。首を振り、大原先生の許可を得て地学室を出るなり全力で走った。稲妻と雷鳴の間隔が狭まっている。雷に突入していくみたいな気持ちで、私は階段を飛ぶように駆け下りた。

教職員の出入口には誰もいなかった。表に出ると雨風が顔面に容赦なく吹きつけた。体育館脇の軒下に男性が二人向かい合って立っている。彼らは横殴りの雨の中、言い争っているように見えた。

「朋温！」

滝のような雨音にかき消されて声は届かない。もう一度呼んだら、朋温がこちらを向いた。奥にいる、朋温より大柄なその人も。ぬめっとしたものに顔を斜めに撫で上げられたような気がした。私は奥歯をぐっと噛み締めた。

「漣、授業は」

黒光りするアスファルトを駆けてきた朋温は、髪も服もびしょ濡れだった。

「抜けてきた。修一さんどうしたの」

「漣は気にしなくていいよ」

「教えて。大事な話なんじゃないの？　私に関係のあること？」

一瞬ためらって、朋温はうなずいた。

「修一さんと話できてたの？」

「いや、あの市場で電話したとき以来一度も」

「三人で話そう」

「いや、だめだ。いま漣が兄さんと話すのはまずいよ」

土砂降りに煙る花壇の前で、修一さんがこちらをじっと見ている。身体の両側に長い腕をだらりと垂らし、遠目にも目がひどく落ち窪んでいるのがわかる。

「私、修一さんに話を聴いてみたい」

ずっと摑めずにいた何かが、ここにあるという気がした。姉が変わった原因がわかれば、姉の笑顔を取り戻すための手がかりが摑めるかもしれない。

痛いほど大粒の雨に打たれながら、私たちは走った。距離が縮まるにつれ、修一さんの全身が強張っていくような気がした。

「どうしても確かめたいことがあって来たんだ」

前髪の隙間から、修一さんはじろりとこちらを見上げた。私の方がずいぶん身長は低いのに、そうやって見たのだ。修一さんは毛髪も肌も、まるで生気がなかった。大きな爪は割れて乾き、不健康そうだった。その手で修一さんは、鋭く尖った傘を握っていた。

「あのアイディアは誰の？」

「アイディアって」朋温が怪訝な顔で訊き返した。

「目を凝らさないと見えないうすーいひっかき傷を撮影して、証拠のために残しておくとか、こそこそ家出する方法とか、どこに身を隠すとか、そういうの全部だよ。まどかをそそのかしたのは誰？　親？　友だち？　それともやっぱり男？」

確かめたいことがあると言いながら、修一さんは私に口を挟む隙を与えなかった。

「すんごい用意周到。よく考えたよね。DVなんてやられたって言ったもん勝ちだもんなあ。役所も警察も女の言うことだけ信じるし。まどかがどこ行ったのか知りたくても行政にブロックされて。夫婦なのにあんな仕打ち受けるなんて。あっ、あとそうだ、漣ちゃん。俺、経済的なDVなんてした？」

「そんなこと漣が知るわけないだろ」すかさず朋温が割って入る。

「食費とか、俺そこまでうるさく言ってなかったと思うんだよ」

そこまで、という単語が耳にこびりついた。お金がどうだったかなんて、私は知らない。でもきっと修一さんは充分と思い込み、姉はこれではやっていけないと切羽詰まっていた。そしておそらく、姉の言い分が認められたのだ。

「漣ちゃんの親は、俺のことなんて？」

「私のお母さんは、修一さんのことを息子みたいに思ってたし、いまも元気でいるように願ってるって言ってました」

「そんな綺麗事《きれいごと》じゃなくてさあ！」

朋温の手がさっと私のお腹の前辺りに差し出された。そうだ、こんな声だった。私が遊びに行ったときも、こんなふうに、怖ろしくて身が縮こまるような思いをした。

「どうやってあの場所を見つけたかって訊いてんだよ。俺のこと、どんな極悪人だって言いふらしたわけ？　入れ知恵されたんだろ？　こういう証拠があれば有利に別れられますよって。わかってんだよ。まどかは洗脳されたんだ！」

花壇の脇を歩いてきた清掃員が、様子を窺うようにこちらに視線を向けた。

中三の三月。合格発表を見るためにひとりでこの高校へやってきた日のことが蘇る。

合格発表が張り出されたのは、あの花壇の前だった。おめでとう。漣、よくがんばったね。おめでとう。おめでとう。姉は電話口で泣いて喜び、お祝いパーティを開いてくれた。

あれから七か月。たった七か月で、なにもかもが変わってしまった。

「大声出すなよ。洗脳したのは兄さんの方だろ。自分の思うようにならなかったら殴って、悪いのはまどかさんの方だって信じ込ませて。家を出て行ったのは、まどかさんの意志だよ」

「ほんとうに男はいなかったのか」

「そんな話、聴いたこともないです」

「今は？」

「いません」

「なら尚更《なおさら》ありえない。俺たちはうまくいってた。まどかがまどかだけの考えで出て行くなんて考えられない。それとも、あいつお得意の突発的な行動か？　百歩譲って、あれがまどか本人の意志だったとするよ。でもそれなら、事前に俺とちゃんと話をするべきじゃないか。夫婦なんだから。あんなだまし討ちみたいに消えるなんて卑怯だ」

「お姉ちゃんはサインを発していたはずです。口でも修一さんに伝えたと思います。きっと、話そうとしても、大声で塞がれたんだと思います。今みたいに」

睨まれて目を伏せると、私の手は小刻みに震えていた。拳を握りしめ、顔を上げた。

「家に泊まらせてもらったとき、私は修一さんの振る舞いを怖いと思いました。声とか、歩き方とか、言葉遣いも。お姉ちゃんは、もっともっと怖かったはずです」

「問題はその『怖い』って部分なんだよなあ」修一さんは気の抜けた声で言った。

「大きい声を出されたら怖いって、意味がわからない。抽象的すぎるんだよ。それはね漣ちゃん、感情論っていうの。論理的に筋の通った事実じゃなくて、一方的な言い分。飢えた虎の檻《おり》に入れられて怖いって言うんなら理解できるよ。そりゃ誰だってそうだろうよ。でも大きい声って、誰にとって？」

「屁理屈《へりくつ》言ってないで現実を見ろよ。兄さんは勝手だよ。なんでもかんでも数字や論理で解決できるわけないだろ。そばにいてほしいなら、相手が何を不快と思うか、想像しなきゃ」

「うるせえよ！」

修一さんがまた声を荒らげた。かすかにアルコールの臭いがした。

「現実ってなんの？　誰の？　まどかから見た俺がどうとか考える意味がないだろ。だってそんなの一生わかりっこないんだから」

「わからなくたって、ほんとうに好きなら、わかろうとするんじゃないですか？」

修一さんの眉が、ぴくりと動いた。

「お姉ちゃんからDV関係のワークに通ってほしいって言われたとき、なんでわざわざ別の場所に行ったんですか」

「だからー、どうして俺があいつの命令に従わなきゃいけないんだよ。俺の人生なのに、なんで指図されなきゃなんないんだ。そもそもさあ、暴力って何？　薬缶《やかん》のお湯をかけるとか、煙草の火を押しつけるとか、そういうこと俺一度でもした？」

「まさかそういうのだけが暴力だと思ってんの？」

「あーなるほど、そうだった。言葉だって暴力なんだよな。それなら俺がまどかにしたことより、まどかが俺に投げつけた言葉の方が強かった可能性もあるだろ。っていうか強かったんだよ。基本的にあいつは俺を見下してた。情けない男って小馬鹿にしてるのが見え見えだった。俺もまどかにめちゃくちゃ苦しめられたんだよ。でもそれは誰も認めてくれない。言葉の強さは量りようがないから。どうして俺ばっかり責めるんだ。これは暴力、でもこっちは違うって、なんでなんの関係もない他人が判断して、攻撃してくるんだ。俺が男だから？　男の方が強いに決まってるから？　女はそんなに弱いのかよ」

「男とか女とか、そういう問題なんですか？　修一さんとお姉ちゃんの問題じゃないんですか?」

「俺がしたことの後にまどかの行動があるなら、俺がしたことの前にもまどかの行動があるだろ」

「たとえどんなやりとりがあったって、暴力は全部だめだ」

修一さんは難しい顔をした。そして嘲りが混ざった声で言った。

「お前たちは何も知らないからそんなことが言えるんだよ。まどかは不安定で、精神的にすごく波のある子だった。よく泣くし、嫉妬深いし、とつぜん怒りだす。臍《へそ》を曲げるとどんなに宥めすかしても口を開かない。かと思ったら、虫や大きな音や高いところが苦手で、雷の音が怖いって仕事中に電話をかけてくることもあった。それに対して俺、やめろなんて言ったことなかったよ」

そんな姉を私は知らない。修一さんにしか見せなかった、姉の一面。

「それは、兄さんもそうやってまどかさんに必ず電話に出てほしかったからだろ? 兄さんが求めたのは愛とか信頼関係じゃなくて、忠誠心だよ。そんなの対等な関係って言えない」

朋温は断言した。けれど、怖いとき、不安なとき、いつ電話しても出てもらえる安心感は、私にも想像がついた。

私は朋温の言う「いいよ」が好きだ。朋温に私を受け入れてほしい。できればどこまでも受け入れてほしい。でもその感情は、時と場合によっては相手を縛り付けるものだとわかっている。だから内に秘めている。

境界線はどこにある？　私と修一さんの違いは？

修一さんは姉を縛り付けた。束縛し、常に把握しようとした。でも、好きな人のことを深く知りたい、理解したい。そう思うことと、把握したいと望むことは、どう違うのか。好きな人から「きみを知りたい。理解したい」と言われればうれしい。では「把握したい」と言われたら？　言われなくても、そう思われていることがわかったら？　うれしいと感じてしまう気持ちが、私のなかに皆無と言えるだろうか。

いつかのO公園で朋温は、自分の頭のなかには汚いことがたくさん詰まっていると言った。その中身はひとつしか話してもらえなかったけど、もっと、望ましい恋愛とされている範疇《はんちゅう》を越えた思いや願望を聴いたとしたら、私は気持ち悪いと感じただろうか。こんなにも愛されていると悦んでしまう可能性も、あったのではないか。

「俺はそんなにひどいことをしたんだろうか」

修一さんの唇からかすれ声がこぼれ出た。私は髪を耳にかけ、修一さんの言葉を一つも聴き漏らすまいとした。修一さんの孤独や終わりの見えない不安が、雨といっしょに浸みてくるような気がした。その浸みてきたものを、私は理解したいと思った。

「まだそんなこと言ってるのか。正気？」

詰め寄る朋温に、修一さんが視線を向けた。そうすると白目が濁っているのがよく見えた。しっかりひらききっていない、陰鬱な瞼で修一さんは言った。

「確かに、まどかを傷つけるようなことをまったくしてないとは言い切れない。でも俺、あのとき色々きつかった。きついときくらい、たすけてほしかった」

「きついときにたすけてもらえるくらい優しい夫だったのかよ」

朋温の感情がすっと一段階冷えたのがわかった。

「まどかさんがどれだけ怖かったか、痛かったか、少しでも想像した？　頼むから、真剣に考えてくれよ。兄さんが暴力を振るってるとき、まどかさんはどんな顔してた？　どんなこと考えてたと思う？　まどかさんは今もすごく苦しんでるのに、自分の感情ばっかり押しつけて。兄さんは甘えてるよ」

甘えと聴いて、目の前に広がる光景があった。

顔合わせの前に修一さんと姉と私の三人で訪れた、あの広い公園。ベンチに座り、電話をかけていた姉の後ろ姿。私は修一さんと飲み物を買いに行って、戻ってきたところだった。

ねえサチ聴いてよ、と姉が電話口で言った。

『こないだ私が、いつも甘えちゃってごめんねって謝ったら、彼、ずっと甘えてもらえるようにがんばりますって言ってくれたんだよ』

修一さんを見ると、彼は耳まで赤くなって、それから私の目の高さまで腰をかがめ、聴かなかったことにしようね、と囁いた。

姉も修一さんに甘えたことがあった。きっとあの頃はそれでうまくいっていたのだ。バランスが崩れたのは、いつだったのだろう。

芋づる式に記憶が引き出される。あのあとボートに乗って、私は、誰にも言えない失敗をしてしまった。たすけてくれたのは、修一さんだった。

「私、修一さんにずっとお礼が言いたかったんです」

兄弟が同時に私の顔を見た。いきなり何の話、といわんばかりの表情がそっくりだ。

「顔合わせの日のこと、誰にも言わないでくれて、ありがとうございます」

「俺、何かしたっけ」

「ボートの上で、私」

揺れていた修一さんの瞳が、しずかに定まった。

「ああ、あれか」

「内緒にしてくれて、すごく感謝しています」

いや、とか、それは、とか口ごもったあとで、修一さんは言った。

「約束したから」

「いくら約束しても、いつかは大人同士話しちゃうんだろうなって、ちょっと諦めてたんです。でも修一さんは、ずっと秘密を守ってくれた」

「そんなの大したことじゃない。言わないって約束したら、たとえその人が死んだあとでも守り続けるのが約束ってものだろ」

修一さんの視線が、空高く飛んだ。そこには黒い雨雲しかないのに、彼はまるで世界一きれいな景色が広がっているような眼差しをした。

「俺、まどかのことが好きだった。信じてくれないかもしれないけど、ほんとうに大事で、一生守っていくつもりだった。でも、もう空っぽなんだ。誰も信用できないし、幸せだった記憶は薄れていく一方。希望もやる気もなんにもない。俺にはもう、なんにもないんだ」

「なんにもなくたって、やるしかないじゃないか」

「なんのために？　なにを糧にして？」

皮肉っぽく笑うと修一さんはすん、と鼻を鳴らした。涙が目尻から垂れた。

「結婚してるとき、俺は週末が待ち遠しかった。でもいつの頃からか、まどかは休日に笑わなくなってた。もしもまどかが早く月曜になれって祈ってたらって、いったん考えだすとそうとしか思えなくて、嫌なことばっかりの仕事に耐えて働いてる俺にそんなことを思うまどかは完全に間違ってて、なんとかしてその考えを正さなくちゃいけないと思うようになった」

頭が疼《うず》き始め、私はこめかみを押さえた。

「まどかは、ずっとそばにいてくれると思った。まどかだけは、俺を受け入れてくれると思った。信じていた、たった一人の人間に去られて、自分の存在意義がすっかりかんになった奴の気持ち、お前たちにはわからないだろう。せっかく人としてまともになれたと思ったのに。無条件で愛してくれる人を、やっと見つけたと思ったのに」

「兄さんは自分の気持ちばっかり喋ってる。自分の行為を悔やむことはないの？　俺なら、この手がもしも愛する人を殴ってしまったら、手を見る度、生きているのが嫌になると思うよ」

「どうして俺が悔やんでないと思うんだ」

そう問いかけてくる修一さんの目が、あまりにも空虚でひやりとした。

職員室から、数人の先生がこちらを見ている。

「俺の気持ちは誰もわかってくれない。これからの人生が長すぎて、ぞっとするよ」

修一さんはそう言うと、壁に立てかけていた傘を持ち直した。朋温が身体を硬くして、また腕を私の前に伸ばした。朋温の手を見つめながら、修一さんは呟いた。

「俺が死ねば全部解決するんだよな」

傘を畳み、玄関を開けると、リビングから姉が物凄い勢いで飛び出してきた。

「漣、大丈夫？　ケガはない？」

必死の形相で私の腕やすねを点検すると、姉はドアの向こうを威嚇するように睨んだ。

「あいつが学校に来たんだってね。あとを付けられたりしてない？」

「さっき先生から電話があったんだよ」

廊下を歩いてきた父が言った。感情を極限まで抑えた声だった。

「どうして、修一くんの件で、うちが連絡をもらうことになるのかな」

「とりあえずお風呂に入ってから話そう。こんなに濡れて冷え切っちゃって。はい、漣あがって」

母が手を差し伸べてくる。その手を摑む権利が、私にはない。

私の様子をじっと観察していた姉が、口をひらいた。

「あいつと、どんな話をしたの」

姉と視線がぶつかった。

「どうしてあいつはとつぜん漣の学校に来たりしたの?」

震える声で姉は、怖ろしいほどゆっくりしゃべった。

「どうしても確認したいことがあって来たんだって」

「確認って」

「前に話したことに関係する内容で」

「話した? 誰が、誰と?」

「私が、修一さんと」

姉の顔が、みるみるうちに赤くなった。

「何言ってるの、冗談でしょ。いつ? なんで漣があいつと話すの? 何のために?」

「まどか、ちょっとお水のもうか」

「お母さんは黙ってて。漣、ほんとうに、あいつとしゃべったの?」

「うん。私が朋温に頼んで、電話かけてもらった」

姉の目に獰猛《どうもう》な怒りが宿った。

「どうして。私がどれだけあいつを怖いと思ってるか、気持ち悪いと思ってるか知ってて、なんで？　私、もうあの一家に関わりたくないってあれほど言ったよね」

「まどか、座ろう。まずは漣の話を聴こう。ね、落ち着いて」

肩に載せられた手を思い切り振り払って、姉は母を睨みつけた。

「ほんとうはお母さんも、私にだって原因はあると思ってるんでしょ」

「そんなわけないじゃない」

「いや、思ってる。あっちばかり責めるのはおかしいって、心のなかでは思ってる！」

手の甲を噛み、姉は唸り声を上げた。

「あいつに家がバレたら殺される」

姉が階段を駆け上っていく。追いかけようとした父が階段の手すりを掴み、振り返った。

「確認したいことって、何だったんだ」

「傷の証拠写真を撮っておく入れ知恵は誰のものかとか、どうして黙って出て行ったのかとか」

「あとは」

正確に伝えなければ。私は思い出しつつ、慎重に話した。

「言葉の暴力と肉体的な暴力の違い。経済的なDVをしたかどうかってことも」

「そんなこと漣が知るわけないじゃないか。どこまで身勝手なんだ」

「お父さん。あのとき修一さんいろいろきつくて、お姉ちゃんにたすけてほしかったんだって」

父が大きなため息を吐《つ》いた。

「漣は、まどかがされたことを、本気で想像しようとしてる？」

「してるよ」

「ほんとうにそうかな。信じられないようなことを信じる気はある？」

「あるよ。わかりたいってずっと思ってる」

「本気で思ってるなら、目指す道が百八十度ずれてるね。お父さんにも、どうして修一くんがまどかにあんなことをしたのか、ほんとうのところはわからない。仕事のストレスとか、人間関係とか、生まれ持ったものとか、いろんな要因があるんだと思う。仕事のきつさはお父さんだってわかるつもりだ。止まる目処《めど》のない苦しみは、人間からあらゆる力を奪うよ。眠れなくなるし、思考能力もお風呂に入る気力も、時には息をすることすら面倒くさくなる」

二階でバタン、どすん、と激しい音がしはじめる。

「でも、それと暴力を振るうのとはまったく別問題だよね。それだけはどんなことがあったって、人として許されないことだよ。手をあげたのはストレスが溜まっていたからですって言われて『そうか、それなら仕方ないね』ってなるわけがない」

「それは、お父さんはそうしないでいられる環境にいたってだけかもしれないよ」

「どういう意味」

「お父さんと修一さんは会社も、立場も、経験も性格も、育ってきた環境だって違うでしょ。お父さんの方が恵まれていただけかもしれない。お父さんは、何があったって自分が修一さんみたいに家族に手をあげるようなことはなかったって、百パーセント言い切れる？」

「言い切れるよ」

「ほんとうに？　病気だって事故だって本人の意思に関わりなく降りかかってくるものでしょ。どんなに注意してたって、避け切れないことってあるよね。DVに向き合うためのグループがあるってことは、暴力にもそういう、飲み込まれてしまうような面があるってことなんじゃないの？　それがどれほどつらいものか、どう反応してしまうかは、なってみないとわからないと思うよ。絶対ないなんてどうして言い切れるのか、私には理解できない」

漣、と母に手首を摑まれた。父の瞼が痙攣している。

こんなことを話したいわけではなかった。私は皮膚で感じた修一さんの苦しみを、そのまま口から出してしまった。

どどど、と姉が階段を駆け下りてきた。その手にはボストンバッグがある。

「まどか、どこ行くの」

「お祖母《ばあ》ちゃんのところ」

言い終わる前に姉はブーツを履き終えている。

「二度と帰ってくるつもりないから。こんな家」

どうしよう。このままでは取り返しのつかないことになると言った父の予言通りになってしまう。やっぱりバチが当たったんだ。朋温と付き合っているとき、姉がどかに泊まりにいってくれたらいいのにと考えたことがあった。姉を邪魔者のように思った。なんであんなことを考えてしまったんだろう。

「お姉ちゃん。出て行くなんて言わないで」気づいたら私は声を上げて泣いていた。

「話をしようよ。いっしょに考えよう。お願い、お姉ちゃん」

「どの口がそんなこと言えるの？　漣と話すことなんて何もないよ。そもそも漣は、あいつが私にそこまでひどいことしたとは思ってないんでしょ？　前にそう言ったもんね？」

「ごめん。あのときはろくに考えもせず、ひどいことを言ってしまって、ほんとうにごめん。いまは違うよ。そんなこと思ってない」

「そんな簡単に変わるもの？　漣は勝手すぎるよ。結局全部自分のエゴのためにやってるんだよ。あいつの弟といっしょにいたければいればいいじゃん。もう好きにしなよ。その代わり、私は漣と縁を切る」

姉がドアノブを摑んだ。

「お姉ちゃん」

涙をぬぐい、大きく息を吸って私は言った。

「もう、朋温と会うつもりはないよ」

「ばれたからってその場しのぎで言わなくていいよ。今日だって会ってたんでしょ。昨日だって会ってたんだろうし、明日も会うんだよ。私が何を言おうが、どんなに苦しみを訴えようが、隠れて会うんだよ。今までそうしてたようにね。そういう一切を私は目にも耳にも入れたくない。だから出て行く。どうぞお幸せに」

「ほんとに会ってないよ。会わないよ。どうしたら信じてくれるの」

「信じる？　漣は私のこと馬鹿だと思ってる？　これまで何度信じて裏切られた？」

「いまここで電話して、もう会わないって言えばいい？」

「そんなんじゃ足りない。ほかに好きな人ができたって言って」

「わかった」

「話し終わったら連絡先消して」

「うん」

スマホを取り出し、発信ボタンを押した。姉がすかさずスピーカーボタンを押す。

「漣」

玄関に、朋温の声が響いた。

「大丈夫？　風邪ひいてない？」

「私、好きな人ができた」

これは正しい嘘だ。

「漣」

「この電話切ったら、連絡先消すから。朋温も消してくれる？」

わかった、と言った朋温の声は毅然《きぜん》としていた。

「そうする」

「じゃあ、切るね」

「うん」

「バイバイ」

「……バイバイ」

朋温が言い終えると同時に電話を切り、彼のデータを削除して靴箱の上に置いた。

「いままでごめんね。お姉ちゃんを苦しめるようなことばかりして」

姉が再びドアノブを摑んだ。

「出て行っちゃうの？　どうして？」

「漣のせいであいつが来るかもしれないでしょ。それに漣の言葉を、そんな簡単に信じられるわけない」

「まどか。お母さんは、まどかがよく考えた上でほんとうに出て行きたいのなら、そうすればいいと思ってる。自分で決めたらいい。でもその前に、少しでいいから話をさせてくれない？　今日はとりあえずお風呂に入って寝て、明日の朝、四人で落ち着いて話そうよ。戸締りが心配なら、お母さん朝まで起きてるから」

「自分で決めていいときなんてなかった！」

姉はそう言い放つと、家を出ていった。父が車のキーを摑み、姉の後を追った。

「……どうしてこうなっちゃうんだろう」

はあ、と母が息を吐く。

「さっきまどかが、『自分で決めていいときなんてなかった』って言ったじゃない？」

「うん」

「あれがあの子の正直な気持ちなんだなあと思って、力が抜けちゃった。だいたいの物事は、お母さんに押しつけられて仕方なくやったことで、自分で選ぶ権利なんかなかったって、実はずっと恨んでたのかな」

「『自分で決めていいときなんてなかった』ってそういう意味なの？」

え、と母が私を見た。

「ほかにどういう意味があるの」

「『自分で選んだ結果がよかったときなんてなかった』っていう意味で言ったんだと私は思った」

「言葉って難しいね」

母はそう言うと、その場にへたり込んだ。

赤白青白赤の国旗がはためくその路地に、米陀さんのバイトするタイ料理店はあった。

「おひとり様ですか?」

店に入ると黒シャツを着た店員さんに声をかけられ、私はサワッディーカーと合掌した。

「私、米陀さんの友だちなんです。王様が亡くなられた日、ここに来た印丸って男子も、私たちのクラスメイトで」

「あー、あのわんわん泣いてた子ね!」

わんわん泣いたのか。

「お客さんとして来てくれたのかな?」

「それもあります。あとは米陀さんに用事があって。あ、テイクアウトってできますか?」

「もちろん」とにっこり笑って彼女はメニューを取りに行った。

こぢんまりとした店内には、お客さんが二人いた。漏れ聴こえてくる会話やスプーンとフォークの使い方、黒い装いから想像するに、おそらくタイの方だろう。壁には王様の肖像画やアユタヤ遺跡の写真などが飾ってあった。米陀さんの姿は見当たらない。

「よねちゃんにはいま買い物に行ってもらってるのよ」

「少し待たせてもらっていいですか？　私こないだタイに行って来たんです。これお土産、よかったらどうぞ」

歓声を上げる彼女の右腕には、喪章が付いている。

「あなた陸上部でしょ」

「はい、そうです」

「やっぱり！　速く走りそうなふくらはぎしてるもの。レンちゃんね」

「どうして知ってるんですか」

「よねちゃんが前に話してたの。同じクラスに、ぜんぶ持ってる子がいるんだって」

「ぜんぶ持ってる？」

「そう。とっても明るくて素直で、優しい家族に恵まれて。足が速くて、友だちもたくさんいて。経済的にも何の不自由もなく、太陽みたいにまぶしいんだって」

鈴の音がして、扉がひらいた。

振り返ると、両手に買い物袋を提げた米陀さんが怪訝そうな顔つきで立っている。

「アムさんに何渡したの」

アムさんの計らいで、私たちは店に入って左手にある窓際のカウンター席に並んで座った。少し曇ったその窓からは、温かな外灯と路地を行き来する人が見えた。タイの食材店やマッサージ店など、タイ文字の看板が至る所にあるからか、まるでバンコクの路地裏にいるような気分になってくる。

「タイのお土産だよ。はい、これは米陀さんに」

アムさんに渡したのとは別の紙袋を差し出す。米陀さんはお菓子やシートマスクを取り出し、唇の端を歪めて笑った。

「ばらまき土産？」

「私、その言い方好きじゃない。ばらまくっていう言葉が嫌だ。どれが誰でもいいって適当に選んだお土産じゃないよ」

「相変わらずあんたの口から出てくるのはきれいなことばっかり。さすが、お育ちのいい人は違うよね」

「それはもっと嫌。育ちがいいとか悪いって、下品な言葉だと思う」

米陀さんが口をつぐんだ。

「それに私の家のこと、何も知らないのに勝手なこと言わないで。私にも、私なりにしんどいことがあるんだよ。米陀さんから見たら大したことないって思うかもしれないけど、わかってくれなくてもいいけど、決めつけないでよ」

アムさんがタイティーを運んできてくれた。お礼を言って、一口飲む。期待を裏切らないガツンとくる甘さだ。

「あんた、なんかあった?」

「どうして」

「いや、雰囲気がずいぶん変わったなと思って」

「聴いてくれる?」

「何を」

「私の話。米陀さん、うんざりするかもしれないけど」

タイティーを飲みながら私は、姉や朋温や修一さんの話をした。何をすべきなのか、何ができるのか、私なりに考えているつもりだけど、空回りしてしまうこと。姉はもちろん、できることなら、修一さんにも元気になってほしいと願っていること。思いつく限りすべて話した。ふんふん、と米陀さんは遮ることもなくただ聴いてくれた。

「いや、ふつーに考えて無理じゃない?」

最後まで聴き終えた米陀さんはあっけらかんと言った。

「お姉さんを、いまのあんたが元気にするなんて」

「どうして」

「他人がどうこうできることじゃないし。あんたってほんとおせっかいっていうか、妙にポジティブっていうか、余計なことするよね」

「もし米陀さんが私の立場ならどうする？」

「ほっとく」米陀さんはきっぱり言った。「お姉さんにたすけてって言われたらたすける。話聴いてって言われたら聴く。その……彼氏？　弟？　に会う会わないはそこまで大した問題じゃない気もするけどね。障壁があると余計燃え上がっちゃうかもしんないし。とりあえずお姉さんや元夫のことは、あっちから言ってくるまでなんもしない」

そうか。うつむいて私はストローをくるくる回した。私は勝手に動いて勝手に自滅に向かっているだけなのだろうか。

「お姉さん、苦しいだろうね。自分はこんなにつらいのに、妹は幸福絶好調で」

「だから、絶好調どころか絶不調なんだって」

「あんたとお姉さんの基準は違うんだよ」

「どういうこと」

「あのさあ、お姉さんの元夫にも元気になってほしいなんてよく言えるよね」

「変?」

「変」と米陀さんは断言した。

「そうかなあ。自分が幸福だろうと不幸だろうと、相手は幸せな方がいいと思わない?」

「ほーら、そうやってあんたはまた、きれいごとを。それが幸福絶好調な人の言うことなんだって。ほんとうのほんとうにどん底のときは、そんなふうに思えっこないんだよ」

「そうなのかな」

「あんた、前に痴漢の話してたよね。痴漢の幸せ願える?」

「それとこれとは違うでしょ」肚の底から声が出た。

「違うって、あんたは思うだろうね」

「だって修一さんは苦しそうだった。悔やんで、悩んで」

「あんたに最悪なことした痴漢だって同じかもよ。心のどこかではこんなことやめなきゃって思いながら、どうにもできなくて悩んでるかもよ」

想像でしかないけど、と前置きして米陀さんは言った。

「私にはお姉さんの心境がなんとなくわかるよ。お姉さんはいま、高層ビルの火災に巻き込まれて窓枠を摑んでるみたいな気持ちなんだと思う」

「どういうこと？」

「怖くて、なにもかもが苦痛で、とにかくいまいる業火から逃れたい、その一点しか考えられない状態ってこと。そんなひきつった顔しないでよ、たとえ話だから。実際にお姉さんがどんな気持ちなのか、あんたや私にはわかんないよ。だけどとりあえず、あんたの思う絶不調と、お姉さんの絶不調は全然違うって話」

想像力も思いやりも圧倒的に足りない。そう改めて指摘されたようで、項垂れてしまう。姉のつらさをわかりたい。なのにどうしたらいいのか、私にはその道しるべとなるものすらない。姉の痛みを取り除く方法が知りたい。

だいの、だいの。優しい声が頭のなかで蘇る。ホテルのロータリーで転んだ男の子
「そうだ！」私は顔を上げた。「米陀さん。だいのーだいのー、の秘密がわかったんだよ」

「ああ、あのしゃべくり男がばらしたやつか」米陀さんはうんざり顔で言った。

「あれね、痛いの痛いの飛んでいけーだったんだよ」

「えっ」

私はバンコクで目にした親子の一部始終を彼女に話した。米陀さんは無言で聴いていた。そして私の話が終わると、茫然と自分の膝を見おろした。

米陀さんの思考を邪魔しないよう、私は窓の外に顔を向けた。向かいのタイ食材店のウインドウに、缶入りのココナッツミルクやコブミカンの葉っぱが並んでいる。甘酢っぱく辛い香りが鼻孔をくすぐったかと思うと、アムさんがテイクアウトの袋を持ってきてくれた。ソムタムタイと空心菜炒め。それから、朋温とバンコクの屋台で食べたヤムママー、オムレツ。この四品を食べるのは母と私だけだ。最近父は、祖母の家で夕食をとってくることが多い。二人でする食事も、二人分の食器を洗う音も、しずかすぎてなかなか慣れない。

でもきっと、タイ料理を食べたら、母も私も少しは気持ちが明るくなるだろう。

「信頼できる大人に相談してみるっていうのはどう」

米陀さんがこちらを向いて言った。

「あんたならいるでしょうよ」

パッと浮かんだのは、安良田先生だった。でも私は先生の連絡先を知らない。つっかに訊けばわかるだろうか。

『困ったときはプロに頼れ』

安良田先生の力強い声が聴こえてきた。そうだ。専門家の意見を聴けるような場所はないだろうか。ネットで検索してみよう。保健室の先生にも訊いてみよう。勢いよくタイティーを飲んだ。底に残った甘みが脳に心地好かった。やるべきことが決まると、少し落ち着いた。そして今日この店を訪れたいちばんの目的を、いまさら思い出した。

「今度の日曜日、よかったらうちに遊びに来てくれない?」

「なんで」

「お母さんが米陀さんにヘルプをお願いしたいことがあるんだって」

その夜、さっそく検索してみた。なんという単語が的確なのかわからず、戸惑いながら、離婚、暴力、傷、といった言葉を入力すると、無数の情報が表示された。私はそれを、ひとつひとつ読んでいった。

新しいページをひらく度、呻き声が出た。姉にぶつけてしまった的外れな言葉が蘇り、頭を抱えた。

でもきっと、こんなの序の口なんだ。目を背けちゃいけない。

翌日、米陀さんが学校に来た。印丸が盛大な拍手をし、無視されていた。

昼休み、はじめてひとりで学校の図書室に行ってみた。書棚へ向かうより先に、司書さんに声をかけた。無知で慣れない私が闇雲に探すより、プロの力を借りた方が千倍効率が良いと思ったのだ。

「それなら、ちょうどここに展示コーナーがあるよ」

案内してもらった場所には、デートDV、モラハラ、暴力を受けた体験談などの書籍が並んでいた。「あなたの身近にもいるかもしれません」「ひとりで悩まないで相談しよう」と手書きのポップが添えてある。

一冊手に取り、めくってみた。字が小さく文章は難解で、なかなか頭に入ってこない。読破できるかどうか自信もないまま、限度いっぱいの本を借りた。抱えるとずっしり重かった。

「小さいコーナーだけど、今年は四月から年度末まで、このテーマで展示しておく予定なの」と司書さんが言った。

ということは、春に図書室見学に来たときも、このコーナーはあったのだ。

「ああ、やっと会えた！」

母は両手を広げて米陀さんを出迎えた。室内にはスコーンの焼ける甘く香ばしい匂いが漂っている。

「いらっしゃい。スリッパ、どれでも好きなの履いてね」

米陀さんの腕にふれ、母が室内へ促す。戸惑いながらも米陀さんはリビングの方へ歩いた。

「こういう花を飾るとか、きちんとしたご家庭って感じ」

ソファに腰かけると、米陀さんが花瓶を指差し囁いた。

「なんて花?」

「ユなんとかデージー。目の醒めるような黄色できれいだよね」

「あんたは私にきれいなものばかり教える」

「え?」

「『だいのーだいのー』もそう。あれが『痛いの痛いの』だってわかって、私は余計苦しくなった。ただ憎んでたほうが楽だった」

「なんの話?」

母が笑顔でやってくる。

「お母さん、この花、何デージーだったっけ?」

「ユリオプスデージー」

答えて母は紅茶をテーブルに置き、米陀さんの目を見た。

「もしよかったら、これから時々うちに来てもらえないかな」

母の話は、思いもよらない提案だった。

「私の部下のお子さんに、勉強を教えてあげてほしいの。菊池アイちゃんっていうんだけどね、学校になじめなくて困ってるんだって。お母さんがラオスの方で、コミュニケーションがうまく取れなかったり、語学にハンデがあって学校の勉強にもついていけてないみたいで、菊池くんすごく悩んでるの」

「なじめないって、私もそうだから、役に立てる自信まったくないんですけど。その子何歳なんですか」

「小学一年生。お願い。他に頼める人がいないのよ」

「でも」

うーん、と米陀さんがうなる。私も首を傾げる。

「ねえお母さん、菊池くんて人、急に怒ったりしない？　米陀さんにいちゃもんつけたりされたら困るよ」

「場所は彼の家じゃなくて、ここで教えてもらおうと思ってるの。今日みたいに日曜だったら私もいるし。それに菊池くん、最近はそこまで荒れてなくて、根はいい子だと思うのよ」

「なんでうち？」

「彼の家はちいさいお子さんもいるし、奥さんも大変でしょう。だから米陀さんが菊池くんに会う機会はほぼないと思う。アイちゃん、学校に行きたくないって毎日泣くんだって」

「かわいそう」

反射的につぶやいた私を、米陀さんがにらんだ。

「かわいそうなんて言葉を簡単に使うな」

「ごめん」

とにかく、と母が言葉を接いだ。

「アイちゃんのことで菊池くんも奥さんも困ってて、家庭の雰囲気も険悪になっちゃって、仕事にもちょっと支障が出てるみたいなのよね。頼まれてくれないかなあ」

少し考えてみてと言って、母はスコーンの載った皿を米陀さんの方へ近づけた。

パッションフルーツジャムとマンゴージャムの瓶が添えてある。

「これおいしい」

米陀さんはパッションフルーツジャムを気に入ったようだった。

「甘酸っぱくて、プチッとした感触が癖になる」

そう言いながら一度舐《な》めたスプーンをジャムの瓶に突っ込んだ。わあ、と思わず声が出た。

「口に入れたスプーンをなんで戻すの」

米陀さんはハッと目を見ひらき、恥ずかしそうに顔を伏せた。

「まあ、ちいさい瓶だし、今日で食べ切るから大丈夫よ」

母が明るく言って立ち上がった。

ああ、と絶望的な気持ちになる。米陀さんに恥をかかせてしまった。でもここでごめんなんて言ったらもっと最悪だ。デリカシーのある対応ってどんなだろう。私はいったい、いつになったら人の気持ちを思い遣れるようになるんだろう。

別の言い方をすべきだった。こういうところが自分には配慮が足りないのだ。

「よかったら持って帰ってね」

母が新品のジャムを持ってきて、米陀さんの鞄の上に置いた。スマホが鳴り、母は再びキッチンへ戻って行く。

「はい、もしもし。うん大丈夫。どうしたの？　そう、漣のお友だちが来てて。いいえ、女の子よ。うん、ううん、え、カメラ？」

スコーンを咀嚼しながら聴くともなしに聴いていると、漣、と呼ばれた。

「ちょっと来てくれない？」

スマホの画面に映っていたのは姉だった。久しぶりに見る姉は、さらに痩せて目が尖っていた。鼻や口はマスクに覆われて見えない。

「友だちが来てるって聴いたけど、誰」

「米陀さん」

「あー、連絡先交換したけど実は携帯すら持ってなかった米陀さんね。いま家にいる子が米陀さんだっていう証拠は？　ほんとうはどっかにあいつの弟が隠れてんでしょ。ほら早く答えなよ。やっぱりね。やっぱり漣はまた私に嘘をついた。今度こそあいつがうちに来たらどうすんの？」

久しぶりの会話は一方的な決めつけだった。いつの間にか米陀さんがとなりに立っている。感情をむき出しにする姉を見て驚いたに違いない。

画面の向こうに手を振りながら米陀さんは、誰？　と腹話術師のような話し方で尋ねてきた。お姉ちゃん、と私も似た口の動きで答える。

「その子が米陀さんっていう証拠は？　ねえ聴いてんの？」

きんきん声がこめかみに響く。米陀さんは落ち着いていた。いつもと同じ横顔で、じっと姉を見つめている。

「返事くらいしなよ。カモフラージュのために二人連れてきて、あいつの弟を隠してるんでしょ。ばれないと思ってるのがすごいよね。どこまで私を馬鹿にすれば気が済むわけ？」

米陀さんが消えた、と思ったら何かを手に戻ってきて、

「証拠です」

とひらいて見せた。生徒手帳の写真ページだった。

「漣さんのクラスメイトの米陀です。特にお世話にはなってません。だからもしここにその人がいたら、私ばらします。とりあえず今のところそういった気配は感じません」

それから、と米陀さんは生徒手帳からカードを一枚取り出した。

「私、ここのタイ料理店でバイトしてるので、よかったらいつか食べにきてください」

通話を終えたあとで米陀さんはリビングに戻り、また何事もなかったかのようにスコーンを咀嚼しはじめた。

「ごめんね」

「なにが？」

「あんなところ見せちゃって」

「謝るようなことなんもない。お姉さんほんっと、しんどいと思うよ。疑われる方もしんどいだろうけどさ、疑う方もしんどいんだよ」

そう言うと米陀さんはスコーンをもぐもぐ咀嚼した。


雨はいきなり降らない。耳を澄ませば、近づいてくる音が聴こえる。

文化祭最終日、私は曜子と体育館で演劇部の舞台を観ていた。よく大会で賞を獲得し表彰されている部だけあって、雨音など物ともしない素晴らしい舞台だった。それから吹奏楽部の演奏を聴き、チョコバナナを食べながら、廊下を歩いた。

曜子が足を止めたのは、西校舎の三階、カップル写真館と看板の出た教室の前だった。

「漣と先輩も写ってる？」

曜子が私を見た。驚いて見つめ返す。

「体育祭のとき話しかけてた人と、つきあってるんでしょう？　何度かいっしょにいるところを見かけたの。証人なんかいらないって感じの二人だなって羨ましかった」

「あのね、つきあってたけど、もう別れたの。ごめんね、ずっと話さなくて」

「何か事情があったんだよね」

うん、と俯いた私に曜子はその事情を尋ねなかった。私たちは教室に足を踏み入れた。

制服。ジャージ。金色に輝く楽器。見つめ合う瞳。どのカップルも皆、何の後ろめたさもなさそうな、カラッとした笑顔を浮かべている。このなかに、家族や親戚からつきあいを反対されている人はいるだろうか。少なくとも、自分のせいで家族がめちゃくちゃになってしまった生徒なんていないだろう。

「私、最近思うんだよね」写真を見つめながら曜子がつぶやいた。「この人は自分にとって唯一無二って思える相手に出会うのって、幸せなことじゃないのかもって。幸せどころか、もしかしたら不幸なんじゃないかって」

どきっとした。曜子の声が切実な響きを帯びていたから。

「どうしてそう思うの」

「みんな、日常生活では感情を剝き出しにすることなく生きてるでしょ。本心を隠すための淡い色した羽衣を纏って、ほんとうは傷ついてたってなんでもないよって顔して笑うよね。実際は、羽衣の下には黒曜石みたいなつめたくて硬い孤独があって、その黒さは直視しないように細心の注意を払ってるだけなのに」

黒曜石。どこかで聴いたような気がする。しばらく考えて、そうだ地学だ、と思い出した。

「黒曜石は、刃物にも宝石にもなるんだよね」

「そう、漣よく憶えてたね」

えらいえらいと私の頭を撫でて、曜子は言った。

「唯一無二の人を見つけるのは、その黒色の濃さが同じ人に出会ってしまうことなんじゃないかって、最近思うんだ。その人を見つけさえしなければ、淡い色の世界をそれなりに平和に生きていけたはずなのに、出会ってしまったら最後、黒はどんどん広がって、自分だけじゃなくて自分の大切な人たちの世界まで塗り潰されてしまうの」

朋温に出会う前。私の人生は満たされていた。友だち、部活、家族。何一つ不満はなかった。いまになって思えば、なかったのではなく、私が知らないだけだった。大切な人たちが、それぞれの胸にいろんな思いを抱えてることを。つまり私は満たされていたというより、想像力が足りなかったのだ。でも。

「世界が黒色に塗り潰されたから、諦められる?」

質問したら、曜子が可笑しそうにこちらへ流し目を送った。

「そういう言葉が漣から出てくるとは」

私は毎日教室で、グラウンドで、いったい何を見ていたのだろう。きっと、曜子にもいろいろな事情があるのだ。自分の視野の狭さをまた痛いほど思い知る。私は自分のことで精いっぱいで、曜子が人に簡単に話せない何かを抱えていることに、気づきもしなかった。尋ねたら、話してくれるだろうか。うつくしい横顔を窺いながら、私は言った。

「こないだ本で読んだんだけどね、悩みを一人で抱え込まないで相談したり、たすけてって言える人の問題は、徐々に改善していくんだって」

本、と曜子の顔がほころんだ。

「うん。最近読むようにしてるんだ。すんごく時間かかるけど」

「いいね。今度いっしょに本屋さんとか、図書館とか行こうよ」

うん、と答えながら、やっぱりそう簡単には話してもらえないか、と内心落胆する。

それからしばらく、私たちは黙って写真を見て歩いた。最後の一列が展示された窓際は、ひと気がなかった。私は思い切って言った。

「曜子に、謝らなきゃいけないことがあるの」

「何？」

曜子がこちらを向いた拍子にポニーテールが揺れて、シャンプーが香った。

「夏の合宿所で、ゲームをしたでしょ」

「うん。漣の絵、最高だった」

「あのとき話した過去最悪の恥、あれほんとは二番なの。ごめん」

「そんなの気にすることないよ。誰でもいちばんは言えないものだよ」

「私とあの先輩、むかし親戚だったの」

「どういうこと？」

眉をひそめる曜子に私は、互いの兄姉が結婚していたことを話した。

「それで、これは二人がまだ結婚する前の話なんだけど、家族同士の顔合わせの日に、私のお姉ちゃんと彼のお兄さんと、三人で大きな公園に行ったの。そのとき私、タイに住んでたから、日本のすべてが新鮮で、超楽しくて、普段飲ませてもらえないコーラとかたくさん飲んで、それで」

頰が熱くなった。その先を誰かに話すのは、はじめてだった。

うん、と用心深く先を促す曜子に、私は告白した。

「おもらししちゃったの。ボートの上で」

虚を突かれたように、曜子が静止した。

「そのとき漣は何歳だったの」

「八歳」

「なんにも問題ない」曜子はきっぱり言った。「そんなの恥ずかしいことじゃない。生理現象だからたとえ何歳でも仕方ないと思うけど、八歳ならむしろ時々したっていいくらいだよ」

「恥ずかしいのは、それを隠そうとしたことなの。ボートに乗ってたのはお兄さんと私だけだった。水が苦手なお姉ちゃんはどこかのお店でお茶しながら待ってたの。私がもらしちゃったって気づいて、お兄さん、電話しようとしたんだよね、お姉ちゃんに。それを私が止めたの」

「怒られるって思った？」

「よく憶えてないんだけど、とにかく恥ずかしかった。自分でもびっくりしたし、久々に会うお姉ちゃんにみっともないとこ見られたくなくて。お兄さんは、私の具合が悪いんだって思い込んで、すごく心配したみたい。でもそうじゃなくてただの水分摂《と》りすぎってわかったら、『じゃあ、川の水が掛かっちゃったってことにしようね』って」

「なるほど」

「誰にも言わないでって泣きながらお願いしたら、言わないよって頭をぽんぽんしてくれた。約束するって。けどどうせいつかは知られちゃうんだろうなあって思ってた」

「でも、お兄さんはずっと秘密を守ってくれた」

「うん」

「それは二重にうれしいね。まあ、ほんとうのことを言ったとしても、漣の家族なら受け止めてくれたと思うけど」

「どうして？」

「だって、『いい夢見てね』なんて言い合う家族でしょ」

そう言うと曜子は唇をきゅっと結んだ。

教室を出て廊下を歩きながら私は、さっき告白したボートでの出来事を思い返していた。あれがいちばんの恥だと思う理由は、隠そうとするその思考回路が、八歳のときと今とまったく変わっていないからだ。進歩がない。

「あんまり、円満とは言い難い別れ方をしたってことなんだよね」

階段を一段ずつ降りながら、曜子は確かめるように言った。

「うん。暴力の問題もあって。私はお姉ちゃんの苦しみを理解したいし、元気になるために何ができるか考えたい。何より話がしたい。けどお姉ちゃんは先月、けんか別れみたいな形でうちを出て行っちゃったし、そもそもその話題になるとお姉ちゃん、顔や声色がガラッと変わっちゃうんだよね」

「それは仕方ないよ。そういう思い出したくないつらいことって、誰かに話そうとすると、スイッチが自然と切り替わって省エネモードになっちゃうものだから。エネルギーが勝手に落ちるっていうかね。突っ込んだ質問されても、わかりやすい答えは返せなくて、遠回しな言葉を選んじゃうの。これじゃ伝わらないって頭のどこかでは思うんだけど、そういうふうにしかできないんだよ」

そういうふうにしかできないことは、分野や程度の差こそあれ、誰にでもあるものかもしれない。考えながら私は曜子の話に耳を傾けた。

「問題は、そういう最小限のパワーで済む話し方だと、似たような経験をしたことのある人や、驚異的に察する力のある人にしか伝わらないってことなんだよね」

察する力のある人と聴いて、浮かぶ場面があった。バンコクに暮らしていた頃、時々私の拙いタイ語を細部まで正確に聴きとってくれる人がいた。それは聴くセンスが抜群にある人か、日本人の訛《なま》りに慣れている人だ。でも世界にはそういう人ばかりではないし、まず私がそういう能力を持っていない。

誰かと理解しあうために、私ができることは、なんだろう。

「よっぽど漣なら話せるって思ったんだろうね、お兄さん」

春、夏、秋。朋温とのあいだに起きたことほとんどすべて、修一さんが学校へ来たときのことまで話し終えた私に、曜子はしみじみそう言った。

「そうなのかな」

「だと思うよ。話聴く限り、あんまり人に心ひらくの得意じゃなさそうだもん。弟が実家に帰ったときだって話そうとしなかったんでしょ？　なのに漣には結構思い切ってさらけ出したよね。お兄さんの気持ち、私わかるな。漣は正直で、恰好つけたこと言わないから、話しやすいんだよ」

恰好つけるだけの語彙がないだけだよ、と思ったが黙っていた。語彙はないのに余計なことを言ってしまう自分が恨めしかった。

「漣は自分を良く見せようとしないし、わからないことはわからないって言うでしょう」

「だってわかったふりしたってばれるもん。それにこの、語彙も知識も足りなくて、恰好悪い私が私だから」

曜子が目をみひらいた。それからすとんと肩を落とし、破顔した。

「そういうところが、素晴らしいと思うんだよ」

「そんなことないよ、私、弱音ばっかり吐いてるし」

「弱さが人を救うことだってあるよ。漣といると、私もそんなふうに素直にまっすぐ生きられたらって、すごく思う」

「本気？　私はなれるもんなら曜子になりたいよ」

「それはまだほんとうの私を知らないからだよ。ともかくその、お兄さんが学校に来たことがきっかけで、漣は先輩と会えなくなっちゃったのかもしれないけど、お兄さんが高校に来てまで漣と話したことは、長期的には意味があったと思うよ」

「どうして？」

「お兄さんが漣に本音をぶつけられたからだよ。漣に言えたら、次はまた別の誰かに言えるかもしれない。ほら、納豆食べた直後にブルーベリーは食べられないけど、納豆の後にきゅうりを挟めば食べられるってこと、あるでしょ。クッションみたいな」

「……私はきゅうりってこと？」

「よくわかったね」

それから話題は、次の試験が終わったらどこかへ遊びに行こうという内容に移り、曜子はスマホを、私は手帳をひらいた。

十二月十二日のシールが目に飛び込んでくる。

つっかの言葉通り、六十日どころか、たったひと月で私の感情はずいぶん変化していた。朋温が横にいないこと、姉との関係が改善していないこと、その状況には変わりはないけど、少なくとも、やれることはやってみようと思うようになった。あのナマズのいた公園では気力がなく、こんな自分を微塵《みじん》も想像できなかった。

ここからまた六十日後。私はどうなっているだろう。

「見て。きれい」

曜子が廊下の窓を開けた。雨に洗われた空。顔に吹き付けた風に、曜子が目を細めた。

「この頃思うんだよ。思い通りにいかないこともたくさんあるけど、向かい風も気持ちいいって感じながら過ごしていけたらなあって」

「その表現、高跳びの選手って感じ」

「私はもう高跳びをやらない目では、世界を見られないから」

笑い返しながら、自分の専門分野や職業、立場を離れて物事を見ることのできる人が、いったいどれくらいいるだろう、と思った。

「高跳びって、どの高さも三本チャレンジできるでしょう？　もし一本目、二本目で失敗しても、三本目で成功すれば、次の高さに進むことができる。だから、気持ちの切り替えが要になってくるんだよね。恐怖や失敗を、どう振り捨てるかが肝心なの」

「曜子はその訓練を日々してるから、パッと切り替えて進んでいけるんだね」

そうでもないって言いたかったんだけど、と曜子は笑って歩き出す。

彼女の跳躍をずっとそばで見てきた私は、その恐怖を少しは理解できているつもりだった。でも、ほんとうの意味ではわかっていなかった。跳び越えられなかった失敗の感触が、肩や脚にありありと残っている。そんな状態でまたすぐに跳ぶ。なんてとてつもない挑戦なんだろう。

「ひとつひとつやっていけばいいと思うんだ」と曜子は言った。「不安だって迷ったって、ちゃんと自分の頭で考えて」

「自分のやってることが全部、自己満足に思えても？」

「結局生きるのは自分だから。自己満足でもなんでも」

「でも、時々とてつもなくおっきな恐怖が立ちはだかって、脚がすくみそうになるんだよ」

「恐怖は悪い面ばかりじゃないよ。備えることができるからね。たとえば天気だって地殻変動だって、人間が思うように動かそうとしたって動かせないでしょう? でも諦めて投げだしたら何も変わらない。やれるだけのことをやって、進んでいくしかないんだよ」

大原先生の受け売りだけど、と曜子は肩をすくめた。

その瞬間、今までまったく気に留めていなかったことが、私のなかで急激に膨らみ始めた。

曜子は、大原先生の話が多いのでは?

いったん考え出すと、その一点が気にかかって仕方なくなった。いまいる西校舎の、地学準備室で偶然見かけた光景が立ち昇る。記憶の隅に埋もれ、いま掘り起こさなければ一生思い出すこともなかったであろう、笑っていた曜子と大原先生。地学準備室のドアは大きくひらいて、ドアストッパーが挟んであった。

そういえばあのときの曜子は、友だちといるときとはまったく違う笑顔を浮かべていた。訊いてみようか。大原先生と何があったのか。先生のことをどう思っているのか。

いや、と心のなかで首を振る。いまじゃなくていい。曜子が話したいと思うタイミングを待とう。

曜子はちいさく、話してくれてありがとうね、と言った。

「もし曜子が私の立場だったらどうする？」

曜子が私の目をじっと見つめた。

「それを私に訊くの？」

にっと笑って、曜子は答えた。

「跳び越えるに決まってる」

6

二年生になってから、新しいことをいくつか始めた。

まず、走る量を増やした。部活のない日はひとりで近所の川べりを走った。みんなどこかに向かって歩いたり走ったりしていた。永遠に止まっている人は一人もいなかった。

誰かとすれ違うときは、この人は今何に悩み、何を求め、その解決のために何をしているのだろうと考えたりした。そもそも解決ってなんだろう。答えの出ない問いをぐるぐる考察した。

それから平日、家を出る時間を四十分早めた。痴漢は朋温と父のおかげでいったんは収まったが、父の仕事が忙しくなり一人通学が復活すると同時に再び姿を現した。痴漢は消滅する気配がなかった。

なぜ他人の身体に触れていいと思うんだろう。きっと痴漢には私という人間が見えていないのだ。私がどんな気持ちでいるかなど、これっぽっちも知ろうとしていないのだ。痴漢はDVと似ている。その人が大切に守っている境界線を許可なく越えてくる、身勝手で恥ずかしい暴力だ。修一さんは、自分と姉とのあいだにある境界線を見失った。夫婦だろうが、電車に居合わせた人だろうが、人と人との関係には境界線が必要なのに。

私はいつまで経っても声を上げることができなかった。触られると、頭のなかが混乱と恐怖と怒りでいっぱいになった。だから、おぞましい動きを察知したら、次の駅で降りて走るようにした。

はじめは怒りで走った。

恐怖や混乱より、怒りの方がつらくなかった。私は動いていたいから。恐怖や混乱に支配されると、動けなくなってしまう。

この人は痴漢だとその場で声を上げるのは難しい。事後誰かに伝えることも簡単じゃない。それはなぜか。怖いし、恥ずかしいし、信じてもらえなかったらどうしようと思うからだ。

姉も、きっと同じだった。それが愛した人なら、なおさら。

痴漢の相談をしたとき大人からぶつけられた、とんちんかんで無知で無神経な言葉。それを私も姉にぶつけたのだ。走る私の首や胴に、過去の自分の言葉が絡みついた。怒りの上に後悔を重ね、踏みしめ、私は走り続けた。

時々立ち止まって水分を摂り、ストレッチをした。読書の習慣がなかったのと同じように、長距離を自主的に走った経験もなかった。走る際の注意点や走ったあと何をすべきかをコーチに尋ね、その助言を実行した。

この方法が正しいかはわからない。でもいまの私には、こうすることしかできなかった。大事なのは、選択肢があるということだった。選択肢はありすぎても悩むけど、一択じゃ逃げ道がない。それに少なくとも、何キロも走ってついてくる痴漢はいなかった。

気色悪さを振り捨てるように走りながら、読んだ本の内容を思い出すこともあった。

触ってみて、相手がじっとしていたらOKのサインと思い込む痴漢もいるらしい。いったい、どういうファンタジーなんだろう？　その謎のポジティブ回路は私にはまったく理解不能だ。なんとかそれを、逆手に取る方法はないか。

思い込みというものは厄介だ。姉は家を出て行くとき、「自分で決めていいときなんてなかった」と言った。私はそれを、姉が自身を責めているのだと思った。母は自分が責められていると感じた。母は自分が最も傷つく解釈をした。その正反対が痴漢。ファンタジーを抱く彼らは、自分が最も満たされる解を選び取る。思い込みを解くのは難しい。

知りたい。私にもまだ気づいていない思い込みがたくさんあるだろう。すべてを知ることは無理だとしても、私にとってほんとうに大切なことが何か気づかないまま、たった一度の人生を終えたくない。

そうやっていろんなことを考えながら走っていると、はじめは怒りで翳っていた視界がぱっとひらけて、明るくなる瞬間が訪れた。五感が解放され、この世界のうつくしさを隅々まで享受できる気がした。雨上がりの緑のまぶしさ。真新しいランドセルの中身が上下する音。すれ違った人が持っていたコーヒーの香り。

許されなくても、みっともなくても、私は私の道を探すんだ。

身体が軽くなって、着実に力がついてきているのを実感した。肺も筋肉ものびやかに、私の望む通りに動いてくれている気がした。まるで私のなかで眠っていた獅子《しし》が目を覚まし、その雄叫《おたけ》びに驚いた細胞ひとつひとつが、めまぐるしく活動を始めたようだった。慢性的な筋肉痛があった。新しい自分が生まれるための痛みだと思った。

夏の終わり、DVに関する専門書を書店で購入した。自分のお小遣いでこんなに高価な本を買うのは、はじめてだった。「どうしよう」にヒントや答えをくれる本が、この世界にはたくさんあった。

休み時間は図書室へ、部活のない日は図書館へ通う日が続いた。資料を読み、コピーを取りメモをした。

集めた情報を基に、相談窓口へ電話をかける決意をした。

とてつもなく勇気が要った。不機嫌な男性が出たらどうしよう。敬語が変じゃないか。訊かれたことにうまく答えられなかったら。心配は尽きず、いつも最後の一つのボタンがなかなか押せなかった。

いざかけてみると、繋がりにくい番号もあったけれど、たいていどの人も親身になって私の話に耳を傾けてくれた。

自分は無知で未熟だ。知れば知るほどそのことが身に沁みた。もっと知りたくなった。私に欠けているものが何なのか。色んな立場の人の苦しみや、それらを乗り越える手段を、私は無限に吸収したかった。

ジョギングのスピードが上がっていくのと同時に、本を読むスピードも徐々に上がっていった。

かつて読んだことのない種類や量の本を読み、いろんな人の話を直接聴くうちに、手探りながら、もしかすると勘違いかもしれないけど、姉が味わった恐怖の先端に、ほんの少し触れたような気がした。

知識を蓄えること。伝える力を磨いて、相手がどんなふうに世界を見ているか、ひたすら想像すること。その道のりは、なんて果てしないんだろう。

「今度、話を聴きに行ってみたいところがあるんだ」

夕食時、その事務所のサイトを見せると母は、

「いっしょに行こうか」と言ってくれた。

「ありがとう。でも、ひとりで行く」

この道が目指す場所に繋がっているかはわからない。でも、不安なんか風に吹き飛ばす勢いで走って、私はその場所にたどり着きたかった。

闇雲に情報を集めるだけじゃなく、時々立ち止まって、自分の目で見るよう心掛けた。著者でも体験者でもない、私自身の考えを、慎重に確かめた。

学べば学ぶほど、自分のしたことの重みに胸が苦しくなった。苦しみにさらに深く潜るように私は、ひどい言葉をぶつけてしまったときの姉の様子を鮮明に思い浮かべた。目の動き。息遣い。震え。それはいまの私が最も考えたくないことだった。そこを直視したらもっとつらくなる。そうわかっていても見た。そこを越えた先に光があ

ると信じた。

しかし世の中には、どれだけ理解したくても理解できないトピックというものが存在する。

私がそれを思い知ったのは、化学の授業中だ。

身じろぎ一つせず、一言一句聴き漏らさないようにし、先生の書きつける文字を睨むように見ても、まったく意味不明。わかりたいと心底願い、先生も生徒になんとかわからせたいと思い、互いにその必要性を切実に感じているというのに。

ここまで理解できない物事が、この世に存在するのか。授業終了のチャイムが鳴り、私は放心状態で黒板を眺める。どうして化学なんて難解な教科を選択してしまったのだろう。

化学の授業が始まる前は毎回、柔道選手が試合会場に入っていくような気迫で臨む。根っこからてっぺんまで、核から円周まで、余すところなく摑み取りたいと思う。なのにその理解に、指先がかすりそうな気配すらない。今日もさっぱりわからなかった。

一年生のときに地学を履修したので、二年生では物理、化学、生物のなかから二科目選ぶ必要があった。生物は興味があったし、根拠はないけどなんとなくやれる気がした。問題は物理と化学どちらにするかだ。部活の先輩に相談した結果、化学に決めた。同じクラスになった米陀さんが化学を選んだということも大きかった。

まさか、あまりのわからなさに涙が出そうになるほどだとは。

いまのところ私にできるのは、授業態度をよくすることと、ノートまとめくらいだ。ノートだけは、クラスが離れてしまった曜子から褒められるくらい、うまくまとめられている自信がある。頭のなかで整理できていなくても、きれいなノートが作れることはわかった。でもそれってなんだか、いんちきみたい。

「molって何?」

化学室を出て教室に戻りながら尋ねると、米陀さんは呆れ果てた顔で私を見た。

「いまさら?」

「定義は覚えたよ。何回も読んで書いて。例題も暗記した。だから数字だけ変えてあるみたいな問題なら解けると思う。でもなんていうか、根本的なことがわからないんだよね。これって結局なんの話? って」

西校舎へは昇降口脇を通って戻ろうと思ったのに、米陀さんは渡り廊下を目指してすたすた歩いていく。

たとえばさ、と米陀さんが言った。

「髪の毛一本の重さを量るのは難しいでしょ。あんただったらどうやって髪一本の重さを調べる?」

「うーん、百本とか、千本とか、まとめて量るかなあ」

「それと似たようなこと。原子みたいな目に見えないものをどうやって量るかって話」

目に見えないものを量ろうと考えた人の思考回路は私の脳みそでは理解不能だけど、知りたいと思う気持ちは理解できた。

それから米陀さんは、私がつまずいている箇所をなぜか言い当て、わかりやすく解説してくれた。彼女の言葉はどれもすっと頭に入ってきた。

「米陀さん、教え方うまいね」

「私頭いいって言ったじゃん」

「ほんとすごい。私、授業中ずっと先生とクラスの子のやり取り見てて、私だけにわからない暗号で話されてるみたいな気分だったのに」

「そこまでわかんないのに諦めないあんたもすごいけど」

渡り廊下にさしかかったところで、米陀さんがおもむろに私の方を向いた。

「ずっと気になってたことがあるんだけど」

「なに？」

「なんだっけ、あの弟。彼氏」

「もう彼氏じゃないよ」

「それはどうか私は知らないけど、どんなふうにはじまったの。部活とか、委員会とか、接点ないよね」

「痴漢からたすけてくれたんだよ。実はあの頃学校に行くのが、というか通学が憂鬱だったんだけど、彼のおかげでそれもなくなって」

「ふーん……。それあんたの家族も知ってんの？」

「たすけてくれた子がいることは知ってるけど、それが彼ってことは話してない。あ、はじまりは痴漢じゃない。ここだった」

と私は自分の足許を指差した。

十二月の初旬に一度、O公園裏手の図書館で朋温の自転車を見つけた。

朋温が私の鞄を摑んで入れてくれたかご。あのときはあんな話をした。あのときはあんな風に目を細めた。記憶が溢れ、唇を嚙み締めその場に留《とど》まっても、思考は止まらなかった。朋温に会いたい。声が聴きたい。手を繋いで笑い合いたい。

ハンドルに手を伸ばしかけた。

さっと引いた、その手で顔を覆う。

巨大なものに塗り潰されそうになった。不安と恐怖はすぐそこまで忍び寄り、いつ私に襲い掛かろうか、草叢《くさむら》で息をひそめ待ち構えているようだった。

続いて新たな感情が発生した。それが何か、私は落ち着いて捉えようとした。

それは甘えだった。猛烈な勢いで甘えは私の脳を駆け巡った。朋温ならこの不安を一瞬で安心に替えてくれる。朋温に会いさえすれば、恐怖なんか吹っ飛んでしまう。

爪先が入口に向いた。この道を突っ走れば朋温に会える。

スニーカーのなかで、指がもぞもぞ動いた。

瞼の裏に姉や両親、修一さんの顔がくるくる映った。また自分にうんざりして声が漏れる。

どうして私は、すぐ楽な方に流されそうになってしまうんだろう。

肚をくくったんじゃなかったのか？　朋温だって、修一さんと向き合って生きていく覚悟を決めたのだ。ここで逃げていいの？　また嘘にまみれた日常に戻る？

私がいま朋温に会うことは、すべてを粉々に壊すことになる。

強い気持ちが沸き起こった。

負けない。私は顔から手を離し、一歩踏み出した。

ストレス特集と題された科学雑誌を棚から取ってめくる。

不安や恐怖で脳は変化する、と書かれたページで手が止まった。脳の変化は身近な人に伝染する。マウスを使った実験で、ストレスにさらされた側とそうでない側、両方の脳ネットワークが同じように変化していたのだという。

家の近くの図書館でメモを取りながら、私は考えを巡らせる。まだ朋温と付き合っていた頃、ショーウインドウを見て二人で笑ったことがあった。同じ表情を浮かべていた私たち。やっぱりそうだったんだ。感情は伝染する。じゃあ、いったいどうすればよかったのだろう。あのとき、姉は。修一さんは。私たちは。

次のページに、希望の持てることが書いてあった。ストレスで生じた脳への影響は、ストレスを受けていないパートナーと過ごすことで、半分にまで減ることが確認された、というのだ。これはきっと人間にも当てはまる。当てはまると信じたい。

帰宅すると玄関をじっと見る癖がついた。今日も姉の靴はない。

「結婚を反対されたら、転勤の話があると言えばいいなんて平気で嘯《うそぶ》くような男だよ」

ダイニングから父の声が聴こえてきて、私は立ちすくんだ。

「最初に僕たちがまどかに、逃げよう、あのマンションを出た方がいい、って忠告したとき、まどかがなんて言ったか憶えてる？」

「……もちろん。『ひとりになるのが怖い』って」

「それだけじゃない。『逃げるより好かれたい』って言ったんだよ。ひょっとすると、漣もそういう風に思ってるんじゃないのか。朋温くんに、がんじがらめにされて」

「違う！」

廊下を強く踏み、私はダイニングに入っていった。

「朋温はそんな人じゃない」

テーブルで向かい合っていた二人がこちらを向いた。

母は驚いたような顔で、父はほとんど無表情だ。

「それにもう会ってないし、連絡も取り合ってないよ」

「それならどうして、DVについて調べたりするんだ？」

「それは」

「ねえ漣。お父さんはもう、大事な娘を傷つけた人間のことなんか考えたくないんだよ」

「傷は修一さんにもあるよ」

しばらく考えて、父は首を振った。

「よくわからない。漣は世間を知らな過ぎる。人間のきれいな面ばかりみて生きてはいけないんだよ。離れなきゃどうしようもない人間だってこの世には存在する。前に漣、どうしてまどかはすぐ逃げなかったんだろうって言ったよね。そんなのまどかがいちばん思ってることだよ。なんで一刻も早く誰かに相談しなかったのか、あんなことになるまでなぜあの家に留まったのかって。漣は、暴力がいかに罪深いものであるか、わかってない。暴力は、それを受けた人はもちろん、周囲の人も苦しめる。みんなの人生を歪ませる。修一くんはそういう、どうしようもないことをした男なんだ」

「全部どうしようもなかったら、お姉ちゃんだって好きにならなかったでしょ？」

「どうしようもないことをはじめは見抜けなかっただけかもしれない。彼が上手に隠していたのかもしれない」

「見抜けなかったのだとしても、そのときのお姉ちゃんにとって必要な人だったことには変わりない」

呆れているのか、怒りを堪えているのか、父は口をつぐんだ。

「修一さんは、自分の感情の扱い方が不得意なんだと思う」

「性善説にもほどがあるよ。言っちゃ悪いけど、漣もお母さんも、人の良い面を見ようとする傾向があるよね。それはうつくしいことかもしれないけど、大事な人を本気で守ろうとするとき、良い面にだけ目を向けて生きていくのは無理なんだ。修一くんにはできるだけ遠くで、ひっそりつつましく生きていてほしい」

「つつましく？」

「ああ、そうだ」

「砂粒ひとつの希望もなく、ひっそりつつましく生きろなんて酷だよ」

　私は早口に言った。つつましくという表現が引っかかった。誰かの人生にそんな単語を使うのは軽率だとすら感じた。

「失敗してしまったらそれで終わりなの？　みんながたったひとつの正しい道を、一度も横道にそれることなく歩き続けるなんて無理だよ。親子でも夫婦でも、人間関係に唯一の正解なんかないでしょ？」

「正解はないにしても、取り返しのつかないミスは確実に存在する」

「そうかもしれない。けど、そこで諦めちゃったら何も変わらないよ。去年学校で会ったとき、修一さん泣いてたんだよ。自分にはもう何もないって。幸せな思い出だって、どんどん記憶から薄れていってしまうって」

「仕方ないじゃないか」

遮るように父が言った。大きな声だった。

「希望なんて自分で探すものだろう。なんでやられたこっちが差し出してやらなきゃならないんだ?」

「お父さん言ってたじゃない。余裕がある方がその余裕をちょっとだけ分けてあげたらいいって」

「それは漣とまどかの場合だろう。まったく別の話だよ。それに一度ああいうことをした人間は、必ずまたやる」

「そんな言い方しないで。修一さん、更生プログラムにも一度は行ったんだよ」

「たった一度じゃ意味ないだろう」思わず、という感じで父は笑った。「それにほんとうに行ったかどうか怪しいものだよ」

母が席を立ち、コップに水を注いで戻ってきた。テーブルに載せられたそれを父は掴み、一瞬、ひどく傷ついたような表情を浮かべた。私は混乱し、胸が圧迫される感じがした。

父は、どんな思いで修一さんを責める言葉を口にしているのだろう。父には、私の知らないどんな苦しみがあったのか。姉のこと。自分のこと。いま、どんな苦痛を抱えているのか。

勢いをつけるように、父は水を一気に半分飲んだ。

「もし行ったんだとしたら、それはまどかを取り戻すためのパフォーマンスだ。反省している姿を第三者に証明してほしかっただけ。ねえ漣、修一くんに決定的に欠けてるものが何か教えようか。まどかがどれだけつらかったか、真剣に理解しようとするひたむきさだよ。それがいちばん大事なことなのに、彼は、忙しいなかこの俺が、仕事の合間を縫ってプログラムなんてものに足を運んだ。それをまどかにわからせてやりたい、その一心で行ったんだよ。だからたった一度で投げ捨てたんだ。お父さんにはそうとしか思えない。だって彼はたくさんの嘘をついた人だから」

「もしかしたら、ものすごく悩んで苦しんだかもしれないよ」

「漣はなにもわかってないね。ごたごたしてるとき幼かったから仕方ない部分はあるけど、いまはもう高校生なんだから、もっと発言に責任を持つべきだ」

「無責任に言ってるつもりなんてない。修一さんもいい方向に進むって信じたい、それだけだよ」

「ほら、その発言がすでに無責任なんだよ。漣の言う『信じる』って、深く考えることを放棄するのと、どう違うのかな。そうやってどこまでもきれいなことを言えるのは、漣と修一くんに物理的にも心理的にも相当距離があるからだってわかってる？」

残りの水を飲み干し、父は立ち上がった。

「彼が全部なくしたのは、自業自得だよ」


はじめて降りるその駅はのどかで、白く柔らかな光に包まれていた。

大きく息を吸い込むと、かすかに潮の香りがした。緊張で痛む胃を撫でながら改札を抜け、ちいさなコンビニに入った。買った水を飲み、拳を握りしめ、私は黄色いバスに乗り込んだ。

清潔で、どこも壊れていない、暖房の効いたバス。もちろん窓もドアもある。

窓際の席に座ると、後から乗り込んできた中年男性が私の隣に腰を下ろした。反射的に身構える。男性は膝をかすかに通路側に向け、そっと文庫本を開いた。疑ってすみません、と心のなかで謝る。私に不快な思いをさせた当人ではなく、別の人も信じられなくなってしまうことが悲しかった。

バスは海岸線を目指し、なだらかな坂道を下っていく。左側の畑に、千株は超えていそうなチューリップが咲き誇っている。

チューリップって春に咲く花じゃないの？　真冬なのにどうして？　そう話しかけたい人は、隣にいない。朋温がここにいてくれたらどんなに心強いだろう。

フェリーターミナル前でバスが停車し、風が吹き込んだ。膝の上の手帳がぱらりとめくれ、これまでに取ったメモや、今日質問したい項目を記したページが目に入る。

これから向かう事務所にいる男性は、電話の感じでは、温厚そうだった。でも、実際会ってみないとわからない。痴漢の被害を訴えたときだって。思い出して不安が募る。

信じてもらえるだろうか。頭ごなしに自分の意見を押しつけられたりしないだろうか。

自動車教習所を通り過ぎると、正面に海が見えてきた。波が光を反射し、輝いている。

坂道を下りきったところでバスは右折した。左手に続く海岸線を眺める。破裂しそうな心臓をなだめるために、私は深呼吸を繰り返した。

「来てくださってありがとう」

事務所の扉を開けてくれたのは、電話で話した堺《さかい》さんという五十代の男性だった。

ホームページで見た熊のような印象そのまま、声も身体も大きい。所長だという彼に、私は頭を下げた。

「お時間を作っていただき、ありがとうございます」

「こちらこそ。きみみたいな若い方がここに興味を持ってくれるのはとってもうれしいよ。さ、入って」

ノートパソコンや山積みの書類、どこかのお土産らしき菓子箱が重なった長テーブルでお茶を飲んでいると、衝立《ついたて》の奥から小柄な男性が現れた。四十がらみの優しそうな人だ。

「斎藤《さいとう》といいます」

斎藤さんがテーブルの上に手を置くと、石鹸が濃く香った。

「堺さんからだいたいの話は聴いています。僕の経験でよかったらお話しさせてもらおうと思うんですけど……その前に堺さん、壁時計新しいのに替えました？」

「替えた。なんで？」

「秒針の音が大きいから、今度僕が買ってきたものと替えていいですか？」

いいよと苦笑して堺さんは、斎藤さんのとなりの椅子に身体を預けた。

「りんちゃん、でしたっけ」

「漣です」

さっと斎藤さんの顔が曇った。

「すまない。こういう無神経さが人を傷つけるんだよね」

「そんな大げさな」堺さんが明るく笑った。「そういうのは無神経とは言わない。ただの勘違い。誰にだってある」

「そうですよ」私も同意した。「私なんか一日一回はやってる気がします」

「それは大げさでしょう。いいですよ、僕を慰めようとしてくれなくて」

斎藤さんは誠実で、不器用そうで、とても緊張している様子が伝わってきた。この男性が、妻に暴力を振るっていたなんて信じられない。

「まず、お姉さんと、前の旦那さんのお話を漣ちゃんの口から伺ってもいいですか」

斎藤さんがテーブルの上で両手を組み直した。深爪気味の指先が、かすかに白くなった。私はなるべく自分の感情を交えないように、姉の見た事実と、修一さんから見た事実を伝えた。

「お兄さんとお姉さん、離婚してよかったね」堺さんがしみじみ言った。

「どうしてですか」

「だっていっしょにいたら共倒れだもん」

共倒れという言葉を私はメモした。悲しい言葉だと思った。栄華を極めた巨大ホテルが廃墟《はいきょ》になり、ゆっくりと崩壊していく様子が頭に浮かんだ。辺り一帯白く煙り、砂塵が巻き起こり、そして静まり返る。

「お姉さんははじめ、旦那さんを支えようとしたみたいだけど、そこまでいってしまったら、二人だけの力でなんとかするのはたぶん無理だったね。下手したら三面記事に載ることになってたかも。話聴いてたら、離れてるいまでさえ二人とも綱渡り状態だもんね」

「僕には、お兄さんの思考回路がなんとなく理解できます」

斎藤さんは、目を見て話すのが得意ではないようだった。あまりじっと見つめては悪いと思い、話を聴いていないと思われない程度に、視線を逸らして耳を傾けた。

「以前勤めていた会社にいる頃、僕は毎日毎日もう限界だと思いながら働いていました。四十二・一九五キロ完走した直後、さらに十キロ全力で走れと命令されているような日々でした。プライドをズタズタにされて、不安で心が磨《す》り減って。もしかするとふつうの社会人ならできることが自分にはできないんじゃないか。自分は仕事ができない男なんじゃないか、そう考えだすともうドツボで、夢も希望もありませんでした」

斎藤さんは時折つっかえながらも、慎重に言葉を吟味し、ぽつぽつ喋った。

「まだ幼かった息子と娘を見ても、自分に圧し掛かる責任に押し潰されそうになるだけで、ぜんぜん可愛がれなかった。子どもにさえ、これっぽっちも希望を見いだせなかったんです。あのときあったのは、オートマティックに動く肉体だけ。とりわけ混乱するのは、顔を合わせれば罵声を浴びせてくる上司が、ごく稀《まれ》に褒めてくることです。『おまえには期待してるんだ。上の人間もそう言っている』とか。それがまた絶妙なタイミングなんです。混乱のあとに歓喜がやってくる。喜びの基準が地に落ちてる人間を喜ばせるのって簡単なんです。百の罵倒と一の褒賞。いや、千の罵倒と一の褒賞だったかもしれない。それで人は操れる。あ、すみません、僕の話してることの意味が分からなかったら遠慮なく止めてくださいね」

「いえ、よくわかります。うまくいかなくて落ち込むようなことが続いてるとき、とつぜん予想外の幸運に接すると、うれしさが跳ねあがりますよね」

「そう。そのうれしさがなかなか得られないとき、手っ取り早い手段が、僕の場合は酎ハイでした。家に帰って度数の高い酎ハイを呑むとほんの少し気が楽になり、家族に笑いかけることができました。今思えば、ここだったんです。ここが、そんなに難しくなく、這い上がれるポイントだった。まだ決定的なことは、妻子に対してしていなかった……と思う。僕の一方的な考えですが」

斎藤さんはお茶を飲んで喉を潤し、話を続けた。

「弱音を吐くなって毎日会社で怒鳴られるうちに、妻にも弱い部分を見せてはいけないと思うようになりました。『弱音』じゃなくて『怒り』という形で表現するのなら男として恥ずかしくない気がしたんです」

そして、暴力が始まった。

「ずれてると思わない？　物の見方が、歪んでるっていうか、偏ってるんだよね。自分を大きく強く見せる必要なんかないのに」

堺さんが言い、斎藤さんは首を垂れるようにうなずいた。

「地獄のような日々のなかで、妻だけが僕を受け入れてくれました。僕は力で、妻を思い通りに動かしました。経済的にも交友関係の面でも、妻の行動を厳しく制限しました。当時は抑えつけているなんていう意識はまったくありませんでしたけど。僕は、僕以外頼る人間のいなくなった妻が、とても愛おしかった」

そんな愛しさはファンタジーだ。独りよがりの、身勝手な……。満員電車のなかで蠢くおぞましい指が蘇り、吐き気がこみあげてきた。

「ここでいろんなことを学んだ今では、不健全な力関係にある両親を見て育ったことも大きかったんだとわかります。僕の父も、母をそうやって抑えつけてたんです」

「あの、斎藤さん、兄弟姉妹はいらっしゃいますか？」

「はい。妹がひとり」

「もしも斎藤さんの妹さんや娘さんが、パートナーに暴力を振るわれたらどうしますか」

「怒ります。許せません」斎藤さんは私から視線をずらしたまま即答した。

「なのに、どうして？」

「……自分のやってることが暴力だっていう意識がなかったんだと思います」

「実際に殴っているのに？」

「ニュースに出てくる暴力夫をひどいなあと思いながら見てましたし、たとえ妻に対して『やってしまった』と思うときがあっても、都合よくその記憶を書き替えました。養われている身分の妻には、きつい仕事を頑張って帰ってきた僕の気分をよくする義務があるとすら思っていました。殴ってしまったのだって妻のせい。妻があんなことさえ言わなければ、あんな僕を小馬鹿にしたような表情をしなければ、って」

「仕事を頑張ったことと暴力とはなんの関係もないのにね」と堺さんが言った。

はっとした。

「あの、私、電車で痴漢に何度も遭ってて、それで……、もしかしたら痴漢も、そんな風に考えるんでしょうか。自分はこれからしんどい仕事に行く。だから痴漢しても許されるって」

「その可能性はあると思うよ。認知が歪んでるんだよね」

認知の歪み。朋温はルンピニ公園ですでにこの言葉を知っていた。

「その目が間違っているって、どうやったら気づくんでしょうか」

「自ら気づくことは、ほぼ不可能だろうね。何年も、何十年も、その歪んだ世界こそがその人にとっての真実なんだから。自分の立っている場所が崩壊するくらい、つらいことでも起きない限り」

斎藤さんがうなずいた。その表情はさっきまでより暗く、翳っている。

「ある朝、土砂降りの音で目が覚めたら、家のなかがやけにがらんとしていました。妻や子どもの名前を呼んでも返事がない。出て行ったんですね。僕は震え、頭に爪を突き立て、終《しま》いには嘔吐しました。負けてしまった、と思いました。自分という人間の芯が粉々に崩壊していくのを感じました。あのときの雨音はいまでも忘れられません。うるさくてたまらなくて、音を消したかった。そこから離婚届が送られてくるまでのことはほとんど記憶にないです」

「で、体調崩して、お医者さんからここを紹介されたんだよね」

私は、いちばん知りたかったことを尋ねた。

「どうしてここに通い続けることができたんですか」

「仲間がいたからです」と斎藤さんは答えた。「はじめはびっくりしました。よくそんなこと他人に話せるなってくらい、最悪でみじめな恥をさらけ出しているから。そんじょそこらの恥じゃないですよ。これ話したら間違いなく百人中百人が軽蔑するって話です。僕も破れかぶれの気分で、墓場まで持っていくしかないと思っていた話をしました。誰も、僕を馬鹿にしたり説教したりしなかった」

お茶のお代わりを入れてくれた堺さんが、そうだ、と斎藤さんの方を見た。

「こないだの面接の話もしたらどうかな?」

「二か月前、会社の面接に行ったんです。前の仕事をやめてずいぶん経っていたから、ものすごく緊張しました。そこで、仕事は一生懸命やるけど、自助グループに通えなくなると困るから、そのための配慮はしてもらえるか訊いたんです。これでだめなら仕方ないなって半分諦めながら」

「それで、なんて言われたんですか」

「はい、問題ありませんって」

斎藤さんの目が赤く潤んだ。つられそうになった私は膝の上で両手を握りしめた。

「働き始めたのは今月頭なんですけど、実際、ミーティングに参加するためにシフトも調整してもらえてます」

「そんな会社、あるんですね。それで、酎ハイはどうなったんですか」

「やめました」斎藤さんはきっぱり答えた。「酔うと、判断をまちがうから。やめて気づいたんです。僕は淋しさを消すために呑んでるつもりだったけど、酒で淋しさを作ってたなって。それでさらに失敗を重ねてしまってた」

そのときふいに、つっかの泣き顔が蘇った。

誰だって失敗するよ。悔しくても悲しくても、これかなって答えをひとつひとつ探しながら、少しでもよくなるようにやっていくしかないじゃん。

「失敗から這い上がれるか、それともさらに落ちていくか。それを運の良し悪《あ》しでくくるのは酷だと思うんだよね」堺さんが言った。「生きてたら、正しさから逸れてしまうことだって、時にはある。ひとつの失敗が次の失敗を呼んで、やることなすこと裏目に出て、沼にはまり込んでしまって足が抜けないようなこと、ある。私にもあった。そういうとき、身近に冷静で愛情深く、知識も豊富な人がいて、良い方向に導いてくれればいいよ。でも、そうじゃなかったら？　寄り添ってくれる人も、応援してくれる人も、一人もいなかったら？　たったひとりで強い気持ちを持ち続けるのって、とてつもなくきついんだよ。だから、お姉さんにあなたみたいな妹がいてよかった」

私は首を激しく振った。

「むしろ逆なんです。私は、応援どころか姉の足を引っ張ってるだけかもしれません。いくら調べても何が正しい選択なのかわからないし、少しずつでも自分の頭で考えて進もうって思うけど、何かやってみるたびに不安で、胸が潰れそうに痛くなります。私は自分のエゴで周りを巻き込んで引っ掻《か》き回しているだけなんじゃないか、私のやってることは間違いなんじゃないかって、怖くて仕方ないです」

うん、うん、と二人はうなずいた。

「お姉さんにも自分をさらけ出せる場所があればいいんだけどね」

堺さんがつぶやくように言った。

私がその場所になりたい。でも私にはなれない。

ひっ、と息を吸い込んだら変な音が出てしまった。

「間違いではないです」

どきっとした。斎藤さんが、私の目を見つめている。

つっかえつっかえ、斎藤さんは私の心に、言葉をそっと置いていった。

「悩んで迷って、自分で考えて、選んだ道は、不正解じゃありません。もしかしたら、こうなりますようにっていま願っている結果の通りには、ならないかもしれない。でも、間違いではないんです」


「ねえせんせい」

暖房とココアの匂いに乗って、リビングから直《なお》ちゃんの声が聴こえてくる。階段を降りかけていた私は足を止めた。

ミャンマー人の母親を持つ直ちゃんは、アイちゃんと同じ小学校の一年生だ。まだ幼く、愛らしい声で直ちゃんは続けた。

「あたしね、『日』って書こうとしたら、どうしても『目』って書いちゃうの」

だから？　と米陀さんが促す。

「だから、もしかしたら、『目』って書こうとしたら『日』って書いちゃうかもしれない」

なにそれ、とアイちゃんが先輩風を吹かせてげらげら笑う。

リビングに入ると、アイちゃんと直ちゃんが「あ、漣ちゃん」と手を振ってきた。

私は彼女たちの勉強の邪魔をしないよう、なるべく気配を薄めて手を振り返した。ひな人形の前を通り、キッチンに入って薬缶を火にかける。

「人のこと笑ってる場合じゃないよ。アイだって前言ってたじゃん」

「え、なんて?」

「超能力検査の結果がよくてうれしかった、って」

「超能力?」直ちゃんが目を丸くする。

「そう。聴力検査を、アイは超能力検査だと思ったんだよね?」

笑いが起こり、アイちゃんが米陀さんをぶつ真似をする。

食器棚から紅茶用のカップを出すとき、ダイニングの椅子に置かれた米陀さんのトートバッグが視界に入った。なかにカラフルな付箋の貼られた雑誌が入っている。目が離せなくなったのは、それがガイドブックだったから。

あ、やばい、はいつ起こるかわからない。

それをガイドブックと認識した瞬間、脳内に朋温の笑顔が溢れ出した。くたくたのガイドブックを膝に載せ、窓のないバスに乗っていた朋温。流れていくバンコクの街並み。生ぬるい風に吹かれる髪と、彼の汗の匂い。覆いかぶさるように抱きしめられた温もり。匂いはどうやったらとっておけるんだろうと思ったことがあった。匂いどころか温もりも、こんなに鮮明に残るものなのだ。

「早く月曜日にならないかなあ」

夢見るように言うアイちゃんの声が、私を現実に引き戻してくれる。

「なんで」

「学校が楽しみだからに決まってるでしょ」

へえ、と言いつつうれしそうな米陀さんの横顔に、私は見入ってしまう。

「学校で、アイは何がしたいの」

「とりあえず学級文庫の本を読破したい。あータイムマシンで月曜日に行きたい」

「そうだ漣ちゃん、ひな祭りってケーキ食べるの？　アイスはだめ？」

「アイス！　いいアイディアだねえ」

米陀さんに目で威圧されたので大人しくリビングを出た。

二階へ上がりかけたとき、洗面所にいた母に呼び止められた。

「再来週のひな祭り、ちらし寿司《ずし》と手巻き寿司どっちがいいと思う？」

「うーん、私は手巻き寿司が好きだけど、ちらし寿司の方がひな祭りっぽいような気もする」

「そうよねえ。あと飾りつけはどうしようか。米陀さんがいくつか案を出してくれたんだけど」

母が口にしたのは、私には到底思いつかないものばかりだった。感心する私に母は言った。

「米陀さん、学校の先生になりたいんだって」

一年前の私なら、「意外」と感じたと思う。でもいまの私は、「ぴったりだ」と感じた。

授業の終了を待たず、アイちゃんが家に帰ってしまったことがあった。五か月前、九月のことだ。その日、アイちゃんは教室で最悪の目に遭い（それが何か知っているのは米陀さんだけだ）、もう学校には行かないと大泣きしたらしい。

米陀さんは家庭教師の日じゃないのに我が家を訪れ、アイちゃんの話を冷静に聴き、ひとつひとつ事実を確認した。

『アイのお母さんは何て？』

『泣きながら帰ってきたあたしを見て、どうしたのって訊く前から泣いてた』

『いっしょに泣いてくれたの？　優しいお母さんだね』

そして米陀さんは、きっぱり言った。

『アイは悪くない』

どきっとするほど真摯で、自分への信頼に報いようとする、強い声だったのだという。

『悪いのは、いじめた奴だよ。よく帰ってきたね。えらいよ。アイは、ほんっとうにえらい』

アイちゃんは米陀さんの腕のなかで泣き、怒り、そして笑顔を取り戻した。

母からその話を聴いた私の頭に浮かんだのは、アイちゃんではなく幼い頃の米陀さんを抱きしめる、いまの米陀さんの姿だった。

二月半ばを過ぎても姉が帰ってくる気配はなかった。

もう一年以上姉と会っていない。直接顔を見て話したかった。姉の考えを聴きたかった。きっといまなら、以前とは違う言葉を選ぶことができる。少なくともあの頃よりは、姉の気持ちに近づける、と思う。

けれど、いくら自分ではそう思っていたとしても、私の言葉は姉を深く落ち込ませる可能性があった。そしてその傷つけた分を、私は補うことができない。たとえ傷つけることになっても伝えなければならない場面というのは、あると思う。でもそれは今じゃない。最優先は、姉が元気になること。だから、会って話したいなんて私から言うことはできない。

痛いの痛いの、とつぶやく。私に飛んでこい。お姉ちゃんの痛いの、全部私に飛んできて。

不安に襲われそうになって、イヤフォンを耳に挿した。

「なに観てんの」

声をかけてきたのは米陀さんだった。

東校舎一階の廊下には、まだ一日がはじまったばかりというような、清浄で高揚した空気が流れている。

「よかったら米陀さんも聴く？」

「音楽？　あ、動画？　ホラーなら勘弁してよ」

鼻の頭に皺を寄せながら米陀さんはイヤフォンの片割れを耳に挿した。

「よく聴いててね」

画面に、朋温が泊まったゲストハウスの二段ベッドが映る。

「これどこ」

「しずかに」

「え、なんの啼き声？」

トッケイ……トッケイ……トッケイ。

再生が終わり、米陀さんが怪訝な顔で私を見た。

「これがどうしたの」

「もう一回かけるからね、何回啼くか数えてて」

なんのことだかさっぱりわからないという顔つきで、米陀さんは渋々画面に視線を落とした。

「七回」米陀さんが言った。「七回啼いたけど。これなに？」

「トッケイ。姿は映ってないけど、タイの生き物なんだよ。トッケイが七回啼いたら幸運が訪れるっていう言い伝えがあるの」

「へえ、そういうの信じるんだ？」

「信じるっていうか、信じたい」

朋温もこの動画を観ることがあるだろうか。もしかすると、電話で別れ話をしたのを最後に、すべて消してしまったかもしれない。

「ねえ米陀さん、弁護士って裁判のときお願いする人だよね」

「それだけじゃないと思うけど。なんで？」

「実はこないだ、お父さんの机の上に弁護士さんの名刺があるの見ちゃったの。検索したらDV問題に詳しい人みたいなんだよね。お姉ちゃん、また裁判とかやるのかなって」

「女の人でしょ？」

米陀さんが口にしたのはまさにその人の名前だった。驚きながら私はうなずいた。

「なら違うよ。前にお世話になった人。いろいろ相談してるみたい」

「なんでそんなこと知ってるの」

「なんでって、まどちゃん時々店に来るから」

しれっと答えて米陀さんはまた再生ボタンを押した。

滑稽で愛らしい声を聴いていると、みんなの幸せな未来を信じられるような気がした。なんて言ったら、また米陀さんに呆れられるだろうか。

米陀さんの横顔が、かすかに笑っている。

「そういえばさ、ノートありがとね」

「ノート？」

「一年のとき、家に届けてくれてたじゃん」

「えっ、いまさら？」

「間違ってるとこも結構あったけど」

右前方に、光の帯がゆらめくような気配を感じたのはそのときだった。

窓の向こう、駐輪場に自転車を停めて、朋温がゆっくり向かってくる。

一秒が一時間になり、ざわめきが遠のく。すべての不安と恐怖が押し流され、世界がくっきりと鮮やかになる。

彼の手には、和英辞典があった。最後から数ページ目の単語に、私がアンダーラインを引いた辞典。朋温は、あの単語を発見しただろうか。

周囲の生徒たちとは異質な空気を纏い、朋温が歩いてくる。彼の表情、歩み、すべてが私の心を激しく揺さぶる。彼は私を見ていない。でも、私の存在に気づいていることはわかる。

彼がこちらに顔を向けそうになった瞬間、私は踵《きびす》を返した。

瞼も心臓も、やすりをかけられたように痛んだ。もっと見ていたかった。この校舎で朋温を見られるのは、これが最後だったかもしれない。

米陀さんが足早についてくる。

泣かない。私は強くなりたい。

「ほんとうに会ってなかったんだ」

米陀さんがつぶやいた。

ちらし寿司、はまぐりのお吸いもの、桜の花びらの載った茶碗《ちゃわん》蒸し、アムさんのタイ料理。テーブルに並ぶ色とりどりの料理を眺めながら、私はスポンジケーキに生クリームを絞り出した。

「私、今朝アムさんの本名知って衝撃受けたんだけど」と米陀さんが言った。

「長くて？」

「そう。冗談かってくらいめちゃくちゃ長かった。何度聴いても覚えらんなくて、友だち全員の名前知ってるのってアムさんに訊いたら、『だいたいは知ってる。でも苗字は知らない』って言うから笑った」

「逆にタイの人は、日本人の名前は冗談かってくらい短いって思ってるかもよ。バンコクに住んでたとき『レンって本名？　すっごく短いね』って何度も驚かれたから」

アイちゃんと直ちゃんがテーブルの周りをかけっこしている。気をつけな、転ぶよ。米陀さんの注意を無視して、ふたりは笑い転げながらリビングを駆け回る。その脇で三角帽子をかぶった母が、顔を真っ赤にして風船を膨らませている。まだ少しつめたい春風にレースのカーテンが揺れ、室内の隅々にまで光が満ちていく。身体が自然と動き出しそうな軽快な音楽。子どもたちの笑い声。会いたい以外のことが考えられないなんて言っていられないのに、それでもやっぱり会いたい以外のことが考えられない。

室内の至る所に春の花が飾ってあり、壁にはピンクと黄色の折り紙で作った輪っかが連なっている。その上にある壁時計に、私は目を遣った。

朝早くから椎茸《しいたけ》やかんぴょうを煮、錦糸卵を焼いていた父は、アイスクリームを買いにいくと言って出て行ったきり、なかなか帰ってこない。

ガタンと大きな音がした。いたっ、と直ちゃんの声。ついに転んだらしい。もうと言いながら米陀さんが近づいていく。彼女の目を見て私は、ああ、と思う。

米陀さんは、子どもと向き合うとき、目つきが変わってぎゅんと集中する。米陀さんのその一瞬の表情が、私はとても好きなのだ。

「いたいのいたいの、飛んでいけー」

直ちゃんの膝に当てた手を、米陀さんが飛ばす。思い切り遠くへ、泣き止んで笑うまで、何度も繰り返す。

お皿を並べ終わると私は、親指の付け根がぴきぴきするほど大きなマグカップにコーラを入れて飲んだ。あら珍しいと笑いながら、母がひな祭りの曲をかけた。久しぶりのコーラは喉に沁みてちょっと痛い。

「こないだあんたが、不思議な生き物の啼き声聴かせてくれたじゃん」

「トッケイ」

「それ。あのあと好いことがあったんだよ」

「えっどんな？」

「それは秘密だけど」

ありがと。ぼそりと言って米陀さんはまた直ちゃんとアイちゃんに向き合った。

ひなまつりの曲に合わせてアイちゃんが歌い出す。直ちゃんが真似して口を縦に大きく開けた。ずいぶん高いキーだ。耐えきれず途中で一オクターブ下げたのがおかしくて、米陀さんと顔を見合わせて笑った。

玄関のチャイムが鳴ったのは、カノムチャンを食べているときだった。アムさんが特別に作ってくれた、タイの伝統菓子。九層の感触を味わいながら私は、これからみんなに好いことがたくさんありますように、祈りながらゆっくり咀嚼していた。

アイちゃんが私を見上げた。

「漣ちゃんのお父さん？」

「うん。とっておきのアイスを買ってきてくれたはず」

直ちゃんとアイちゃんが視線を交わす。何か企《たくら》むような笑みだ。

「あれ、やってみてもいい？」

アイちゃんが尋ね、いいよと米陀さんが同じ笑みで許可を出した。

みんなそれぞれの手にクラッカーを持ち、玄関へ、そろりそろりと歩いていく。

ドアの向こうの人影が、鍵を差し込んだ。ドアノブが回される。扉が開いたその瞬間、一斉に紐を引いた。パーンと短距離走のスタートに似た音がして、金や銀の紙吹雪が舞う。

そこに立っていたのは、姉だった。


英語の授業を終えて廊下に出ると、私服姿の若い男性が先生と世間話をしていた。首から入校許可証を提げたその人は、卒業生らしい。何か書類でも取りに来たのだろうか。

もう、この校舎のどこにも朋温はいない。

「こないだアムさんが言ってたんだけど、九月最初の土日にタイフェスがあるらしいよ」

米陀さんが口にしたのは、電車で少なくとも一時間以上はかかりそうな場所だった。

「知らなかった。教えてくれてありがとう。うちのお母さん、なにがなんでも行くって言うと思う。米陀さんと曜子も、よかったらいっしょにうちの車で行かない？　日曜、どう？」

曜子はその日先約があると言い、米陀さんは自力で土曜に行くと言った。なんでわざわざ別の日にと突っ込みかけたときには二人の話題はもう、さっき受けた授業の話に移っている。

三年生に進級して、曜子とも米陀さんともクラスは離れてしまった。唯一いっしょに受けられる授業が、今日の英語なのだ。このあと私はまた別の英語、米陀さんは古典。そして理系の曜子は、数Ⅲの教室へ向かう。数Ⅲ。怖いもの見たさで、一時間だけ受けてみたいような気もする。

「あの長文のテーマ、興味深かったよね。痛みの対処法。最後の英作文なんて書いた？」

スマホでタイフェスについて調べる私を挟んで、曜子が米陀さんに尋ねた。

「筆者の言い分も理解できるけど、私なら別のやり方を取るって」

「どんな?」

「心の瞼を閉じて消す。もしくはいっそ、隅々まで観察する」

「あ、少し被った」曜子の声が弾んだ。「私は後者のみだけど、結構詳しく書いた」

「どんなふうに?」

「もやもやすることを言われたら、ちょっとお手洗いって言ってその場を離れるの。それでいま言われたことをメモに書き出す」

「なるほど。今度私もやってみよう」

さっきの授業中、とつぜん先生が長文読解のタイムを計ると言い出した。二十行を一分で読めたのは米陀さんだけだった。完成形は米陀さんです。先生が言い、自然と拍手が沸き起こった。

「米陀さんの目で世界を見たらどんなかな」

口に出してから、二人の会話を妨害してしまったことに気づく。私の発言はいつも脈絡がない。訝し気な米陀さんに、私は慌てて補足した。

「米陀さんの目で見れば、黒板に書かれた文章はすっきり理解できるだろうし、お姉ちゃんにも、もっと寄り添えると思うんだよ」

「まどちゃん、調子良さそうじゃん」

今朝玄関で見送ってくれた姉の姿を思い出す。斜めに流した前髪。かすかに上がった口角。

いろんな人の協力があって、姉は自助グループに通うようになった。マスクは長いことしていない。電車にも乗れるようになった。

「そうなんだけど、やっぱりまだどきどきするんだよね。私の無神経な発言でお姉ちゃんをまた深く傷つけちゃうんじゃないかって」

「あんたはあんたなりに努力してると思うけど。いろいろ勉強してるじゃん」

「うーん、私の知識なんか付け焼刃でうすっぺらくて」

「そんなことないよ」

曜子が優しく言い、米陀さんもうなずいた。ちょっとむっとした。

「『うっすーい』って、米陀さんが私に言ったんだよ」

「いつ?」

「米陀さんの家にノート届けたとき」

そうだっけ? と米陀さんは思い出すように遠くを見た。

「ああ。あのときは確かにそう思った。でもいまは思ってない」

そういうことってあるよねと曜子が同意し、具体例を出した。

この二人の会話は、私には時々理解できないことがある。話がぽんぽん展開し、私抜きで話すときは、もっと言葉が少なくて済むんだろうなと思ったりもする。なんとか食らいつくような気持ちで、私は自分の意見や感情を口にする。

言葉は助けになるし、邪魔にもなる。それでも私たちは言葉を探す。

「もしあんたが私になったら、思考だけじゃなく運動神経も違うから、『一歩が重いな』とか『なんかすぐ頭が痛くなるな』って思うだろうね。それに『なんで他人の何気ない一言が、こんなにぐさぐさ突き刺さるんだろう』ってうんざりするかも」

「じゃあ逆に、米陀さんが私の目で世界を見たら？」

「いちいち些細なこと気にせずに済んで、身軽で、うきうき、ふわ〜っと歩けそう」

「馬鹿にしてない？」

してないよ、と米陀さんは口許を緩めた。

「あんたは素直すぎて時々どうかと思うけどさ、あんたといると、すぐ疑う癖をやめたいって思うよ」

米陀さんは、よく笑うようになった。

「あれ、漣のお姉ちゃんじゃない？」

曜子が、私のジャージを軽く引っ張った。

出発を待つマイクロバスの窓の外、乗用車の後部座席から姉が手を振っている。笑顔だ。口の動きで、がんばって、と言っている。大きくうなずいた直後、助手席の扉がひらいて母が出てきた。ドアを閉め、マイクロバスに向かって歩いてくる。手には、私のタオル。

「ちょっと行ってくるね」

腰を浮かすと、曜子が通路に立った。私は空席を指差して言った。

「もしひとりで集中したかったら、戻ってきたときあっちの席に移るよ」

「ううん、ここにいて。漣こそいいの?」

「うん、私は曜子と話せた方が、緊張がほぐれてたすかる」

歩き出そうとした私を、曜子が呼び止めた。

「訊きたいことがあるんだけど」

「うん、何?」

「答えられなかったら、遠慮なく黙秘って言って」

「わかった」

曜子はためらいがちに、あの額の傷、と言った。

「前に話してくれた、彼のお兄さん？」

「うん」

そう、と曜子は何か考えるように睫毛を伏せた。

最後列から入口まで歩き、マイクロバスを降りた。

「間に合ってよかった！」

母は私の手にタオルを載せると、自分の両手で包み込むようにした。

「頑張ってね。お母さんのパワー全部あげる」

母は試合のときいつもこう言う。柔らかい手を握り返し、マイクロバスに乗り込む直前、何気なくタオルをひらいた。

ピンク色のハチマキがあった。胸に温かなものが広がっていく。朋温とはじめてデートした日。百円ショップに行って、ラーメンを食べて。なにもかもがはじまったあの夕方。振り返って母を見た。母は黙って私にうなずきかけた。

「わざわざタオルを届けてくれたの？」

それだけじゃなくてね、と私はタオルをひらいて曜子に見せた。

きれいにアイロンのかかったハチマキ。先輩からもらったものだと話すと、曜子はしずかにほほ笑んだ。マイクロバスが発車する。

父と姉が私の走りを見るのは、高校に入ってからはじめてだ。これまでで最高の走りをしよう。緊張が刻々と高まっていく。

不思議なことに、不安はなかった。私は一人じゃないから。隣に、ずっといっしょに練習してきた曜子がいる。仲間も、家族も。ここにはいない、大切な人も。

「漣、お絵描きゲームしない？」

唐突に曜子が言った。吹き出してしまう。

「これ以上なんの恥を告白させる気？　でも気が紛れていいかもね。お題は何にする？」

「何がいいかなあ。ねえ、印丸！」

曜子が声を張ると、数席前方から印丸と、印丸の弟が同時に振り返った。

「お絵描きゲームのお題出して」

「トゥクトゥク！」と叫んだのは弟の方だった。「れんれん先輩の初勝利を願って！」

いくらなんでも漣に有利すぎる。ぶつぶつ言いながらも曜子は、ボールペンをカチリと押した。

考え考え、私たちは手を動かした。思い浮かぶのはアップテンポな音楽と、熱風になびく長い旗。排気ガス、チカチカ点灯するライト。そんなものばかりで、肝心の車体の細部はペンに乗らない。

完成した絵は、悲しいことに、曜子の方が何倍も上手だった。そもそも私の描いたトゥクトゥクは車というより、三つの信玄餅の上に炊飯ジャーが乗っかっているみたいだ。

結果は明らかなのに、曜子は印丸兄弟に判定を頼んだ。スマホで画像を検索した彼らは同じタイミングで首を捻った。

「曜子さんの方が形は整ってるけど、何か違う気がする」

「どこが違うんだろう……」

タイヤの数だ！ と言ったのは兄の方だった。曜子は、トゥクトゥクのタイヤを四つも描いていた。

「私の負け。じゃあ話すね。私の、過去最悪の恥」

曜子はポニーテールの根元を摑んで、さらりと整えるように流した。

「でも、やっぱりちょっと、怖いな」

「いいよ、最悪じゃなくて。三番、いや十五番でもオッケー。無理して話す必要ないんだから」

ううん、と曜子が言った。膝の上でグーの形になっていた両手に、ぎゅっと力が込められ、出っ張った骨がさらに尖った。

「漣が話してくれたから。私も、漣に話したい」

スタジアムを目指して走るマイクロバスの中で、曜子は語りはじめた。

「小学生のとき、よく家族で山に登ったの。電車で日帰りできる距離の山を選ぶことが多かったけど、時々は泊まりがけで遠くにも行った。あの頃はまだ兄も明るくて、両親の仲もよかった。すごく楽しかった記憶がある」

曜子から山登りの話を聴くのは、はじめてだった。お兄さんがいることも。

「でも、私が中学に上がる頃には誰も山の話をしなくなって、家族で動くこと自体がなくなってた。とにかく家の雰囲気が最悪で、いつも耳を塞ぎたいって思ってた。それであの朝。中二の夏休みだったんだけど、家のなかがめちゃくちゃで、私もう耐えられなくて、突発的に家出したの」

「えっ、家出？　どこに？」

「最初は決めてなかった。とりあえず電車に飛び乗って、景色を眺めてるうちに、そうだ、山に登ろうって思ったの。ちょっと涼しくて、最高の山登り日和だったんだ」

中二の夏休みといえば、私が生まれてはじめて一人で道路を渡ったのと同じ時期だ。

そんなときに曜子は。

「山に、一人で？」

「うん、小学生が遠足で行くような低い山だったの。何度も登ったことがあって、ルートも知り尽くしてた。歩いてるうちにどんどん楽しくなってね、ああここに来ることにしてよかったって思った。登山者のなかにひとりものすごく親切な人がいて、三十代半ばのほっそりした女の人。『雨具は持ってるよね』って尋ねられて『持ってきませんでした』って答えたら仰天して、予備をくれたの。いま漣が言ったみたいに、その人にも訊かれた。『まさか単独登山？』って。『万が一トラブルが起きたとき、一人だと対処するのに限界があるよ』って。大げさだなあって思った。私はちゃんと道を知ってるし、運動神経にも自信あるし、危険そうな場所には近づかないから大丈夫ですって胸張って答えた。けどその人、妙に私のこと心配してくれてね、『水は？ライトは？』って、足りないものはないか荷物をひとつひとつ確認してくれたの」

「面倒見のいい人だね」

「保育園の先生だって。職業病かもって笑ってた。最後に『家族に行き先は伝えてきた？』って訊かれて、はいって堂々と嘘ついた。あとになってこの嘘を悔やむことになるなんて思いもせずにね。それでその人と別れて、また一人で歩いて、歩いて歩いて、かなり上まで登った。前にその道を歩いたときとすっかり変わってしまった家族の状況を憂えたり、かと思えばいきなり謎の無敵感に包まれたりしながらね」

そこで曜子は細い水筒を手に取り、中身を一口飲んだ。

「午後になって霧が出てきた。風がひんやりして、そろそろ来た道を戻ろうかな、と思った。向きを変えてすぐ戻ればよかったんだけど、そこでしばらく空を眺めたの。麓も。すばらしい展望だった。たった一人でこんな高いところまで登れたっていう成果に酔ってたのかもしれない。なんでもできるみたいな万能感があった。どれくらいそうしてたかはわからないけど、結構長い間ぼんやりしてたんだと思う。ふと気づいたら、それまでの賑わいが嘘みたいに、しんと静まり返ってた。まわりに登山者がいなくなってたの。人っ子一人。帰らなきゃ、って焦りが出た。それで歩き出そうとした瞬間、頭が激しく混乱したの。あれ、どっちに進むんだったっけ？　って」

米陀さんの家のそばで道に迷ったときのことを思い出した。ちょっと向きを変えたり、いったんどこかに入って出たら、私はもう、自分がどこに行こうとしていたかわからなくなってしまう。信頼できる人が近くにいるとわかっている住宅街ですら、そうだった。

霧の出た山道でたったひとり迷うのは、どんなに怖ろしく、心細かっただろう。

「落ち着け落ち着けって、深呼吸を繰り返した。歩きはじめてすぐ、そうだこっちだった、って見覚えのある道を見つけたの。それまでの恐怖との落差で物凄くほっとして、気持ちが浮ついた。辺りは霧が満ちて幻想的で、妙に気分が高揚してた」

「地図とか何か、そういうものは持ってなかったの？　そうだ、スマホは？」

「持ってたよ。でも知ってる山だったし、こっちでいいはずって思い込んだの。そしてまた、『あれ？』が来た。もしかして、この道違うんじゃない？　って。でも、そこでも私は確かめなかったし、引き返さなかった」

私は口元を両手で覆った。どうして、と声が零《こぼ》れた。

「ほんっと、どうしてだろうね。あのときの自分の思考を真剣に思い出そうとするんだけど、どうしてもわからないの。おかしいな、変だな、って確かに感じてるのに、引き返せないんだよ。さっき『この道だ』って確信した自分を信じたかったのかもしれないし、恐怖で頭がどうかしてたのかもしれない。酸素が足りないとか何かそういう科学的な理由があったのかも。とにかく私はルートを外れて、誤った道をどんどん進んだ。あの段差が現れたのは、まさにそんなときだった」

曜子の声色が硬くなった。

「ここまでですでに私は数え切れないくらいのミスをしてるんだけど、もしこの日に戻れるとしたら、私が選ぶのは、間違いなくこの地点。ここが、ポイントだった。私は、この二十センチくらいの段差で、まず片足を出してみるべきだった。爪先がちゃんと地面に接するかどうか、確かめてからもう片方の足を出すべきだった。でも私はそうしなかった。ひょいっと一気に飛び降りた。そしたら、そこに地面がなかったの」

マイクロバスの前方でどっと笑いが起きた。おもてはアスファルトがゆらめくほど暑いのに、足首から冷気が這い上がってきて、背中をつめたい汗が流れ落ちていった。

「落ちるって気づいた瞬間、重心を変えようとした。でもそんな器用なことできるわけなかった。運動神経とか関係ない、ぐらついたときにはもう手遅れ、空中だった。とっさに木の枝か何かに摑まろうとしたけど、摑めなかった。あ、もうだめだ、私死ぬんだって思った。あんな防げたような些細な不注意で、私の人生、たった十四年で終わっちゃうんだって。大きな岩が顔にどんどん迫ってきた。言ってて自分でも変だと思うけど、ほんとにそう感じたの。落ちていくときって、自分がそこに近づいていくんじゃなくて、向こうが近づいてくるように感じるんだよ。そして、それはどうやったって避けられないの。岩に激突して目の前に火花が散った。視界が白くチカチカして、ああやっぱり死んだって思った。けどすぐに全身が猛烈に熱く、痛みはじめて『あ、まだ生きてる』ってわかった。頭も鎖骨も手足も、経験したことない凄《すさ》まじい痛みに襲われてた。異常です異常ですって脳や身体のあちこちでアラームが鳴ってるみたいだった。上半身を強く打った衝撃なのか声は出ないし、手も動かせなかった。枝と葉っぱと岩。目に映るのはそれだけ。これが人生最後に見る景色なんだって思ったら震えがきた。痛かったけど、痛がってる場合じゃないと思って、かろうじて動かせそうな気配のある左手を持ち上げようとした。鞄のなかのスマホを取りたかったの。でも腕を少し動かした瞬間、それまでの人生で出したことのない大きな悲鳴が出た。ライオンに肉を嚙み千切られるときってこんな感じかもって思ったよ。腕が重くて熱くて、激痛に絶望しながらも頭のどこかで、『いまの絶叫が誰かに届くといいな』って考えてた。必死に深呼吸を繰り返して、しばらく経って次は、脚を動かしてみようと思ったの。でもあの痛みがまた来たらって想像したら怖くなって、どうしても挑戦できなかった。自分ではまったくわからなかったの。動いていいのか、それともここでじっとしている方がいいのか。どんな状況に置かれているのかわからないことが、怖ろしくて仕方なかった」

水筒の中身を飲んで曜子は、さっきまでよりかすかに軽くなった声で続けた。

「上から声がしたのは、そんなときだった。私を呼ぶ声。はじめは幻聴だと思った。でも、確かに聴こえた。雨具をくれたあの保育士さんだった。彼女は冷静に状況を把握すると、ロープか何かを使って降りてきて、それから人を呼んで、山の診療所まで付き添ってくれた」

「すごい人だね」

「ねえ。私の様子がどうしても気になって、戻ってきてくれたんだって。信じられないよね。赤の他人なのに。信じられないあまり、ほんとうはもう死んでて神様に会ってるのかと思った。神様はいろんなところにいたよ。運んでくれた人も、診療所のお医者さんも。みんな親身になってくれた」

「叱られなかった？」

「少しはね。でもいくら私が軽率で自業自得だろうと、頭ごなしに責めたり、拒絶する人はひとりもいなかった。あとになって考えたんだ。山のお医者さんや救助の人っていうのは、許すことを前提にしてるのかもしれないなって。私みたいに明らかに防げる失敗をした人ですら、受け入れてくれるんだもん。受け入れて全力を尽くして、元気になることを祈ってくれた」

「曜子が元気になって、ほんとうによかった」

「これがそのときの傷」

曜子が、ヘアゴムを外した。指を差し入れ、髪をかき分け、私に見せた。それは、いつもポニーテールを結んでいる場所にあった。こんなときにかける言葉を、私はまだ手に入れられていない。

ハチマキを強く握りしめる。

「それから、ここにも」

ジャージのジッパーを首から鎖骨辺りまで下げ、曜子はその下に着ているユニフォームを、少しずらして見せた。

右の鎖骨の下に伸びるその傷痕は、後頭部にあるものより濃く長かった。

「ずっと、誰にも言えなかった」

震える声で曜子は言った。

「私、プライドが高いんだよね。自分でもよく分かってるの。道に迷ったとき、さっさと諦めて誰かに電話してたすけてって言えばよかったんだよ。でもそんな無様なこと、あのときの私は思いつきもしなかった。漣、私を完璧って言ってくれたことあったよね。これでそうじゃないってわかったでしょう? 私は突発的に一人で山に登って嘘ついて落ちて、大勢の人に迷惑かけるような、幼稚な人間なの。そして、みっともないことは隠し通す。これが私の恥。自分本位で救いようのない、大失敗」

私は黙って曜子の背中を撫でた。深く息を吸い、曜子は再び口をひらいた。

「落ち着いてから、あの保育士の人にお礼の手紙を書いたの。返事がきて、待ち合わせてお茶をのんだ。そんなに大したことはしてないって彼女言ってた。『これまでしなかったことで悔やんでいることがいくつもあるから、やれることはやろうと思ってやっただけ』って。仕事でも私生活でも、あれは明らかに失敗だったって思うことがあるんだって。『軽い気持ちで口にしたことが大切な人を傷つけてしまったり、職場で上司が怖くて子どもの自尊心を守れなかったり。あのやり直しはもうできないけど、いまがそのときだって思ったらなるべくすぐ行動するようにしてる。そうやって生きていきたい』って」

マイクロバスがスピードを落とし、スタジアムの敷地に入っていく。

「リハビリのときに痛感したの。うまくいけば耐えられるかも、でもたぶん無理、っていうくらいぎりぎりの負荷がかかったら、そこから、自分を守るために作り直しが始まるんだよ。肉体だけじゃなくて、精神もそう。順応していくっていうか、自分を根っこから変えるような」

「進化」

「うん、その表現がぴったり」

曜子は爽やかに笑い、シートベルトを外した。

生きていくなかで私たちは、悔やんだりケガをしたり、誰かを傷つけたり、うしなったりする。ああ、あのときだった、なんで気づけなかったんだろうと、あとになって愕然《がくぜん》とすることもある。だけど、それでも、そこからずっと抜け出せないと決まったわけじゃない。

「人は変われる」曜子が言った。「というか、変わらざるを得ないときがあるんだと思う」

ぐっとハチマキを握りしめる。

作り直し。私は進化する。

スタジアムへ向かって一歩ずつ進みながら、私は、曜子の言葉を胸の裡で繰り返した。

トラックに出ると声援に包まれた。怖気づきそうになるほど大勢の観客がいる。観客だけじゃない。審判、選手、スタッフ。スタジアムにはたくさんの人がいた。みんな、それぞれの思いを胸にこの場所に立っているのだ。

一人一人が、大切なものを抱えている。消してしまいたい過去を抱えた人もいるかもしれない。人生もう終わりだと彼らが絶望するようなとき、引き上げてくれる人がいたらいいと思う。そしていつか、できることなら、私も誰かを引き上げる人になれたら。保育士さんが曜子を引き上げたみたいに。家族や友だちが私を引き上げてくれたみたいに。

スタートラインの後方まで行くと、軽くジャンプした。手足をぶらぶらさせながら、フィールド競技に目を遣る。

曜子の名前が呼ばれた。

どきっとして、眼球と肩に力が入った。すでに、残っている選手は曜子を含め、たった二人だ。

ハイ、と曜子が手を挙げる。うつくしく、長い腕。強い意志を秘めた横顔。

ふうっと息を吐いて、曜子が一歩踏み出した。

最初は狭く、徐々に広く、とん、とん、とん、とその場所に、近づいて、身体が舞う。

カランと音を立ててバーが落ちた。

曜子はすぐ上体を起こす。マットから降り、落ち着いた歩みで体勢を整える。それからまた、真摯な瞳でバーを見た。

「曜子ー!」

思わず声が出た。

印丸をはじめとする部員たちも、曜子に声援を送る。

「がんばれ！　曜子！」

絶対に跳んでやる。バーを見つめるその目は力強かった。

二本目、曜子はまた失敗した。それでも肩を落とすことなく立ち上がった。

やれるよ。私はやるよ。跳び越える。だから漣も負けないで。

跳躍で、曜子はそう語ってくれているような気がした。

私は曜子を信じた。曜子が跳べると信じた。曜子を信じれば信じるほど、自分のことも信じられるような気がした。

三本目。最後の跳躍。私は両手を強く組み、祈った。

いい風が吹きますように。

細い体軀《たいく》がバーを越えた瞬間、歓声が沸いた。曜子は頭から爪先まで、かすりもせず、完璧なフォームでバーを跳び越え、背中からマットにふわりと降りた。

熱い涙が頰を伝った。曜子はこの恐怖を何度乗り越えてきたのだろう。

怖いのは、私だけじゃない。

スタートラインに立って、前を見た。これから走る、眼前にまっすぐ伸びるコース。

息を大きく吸って、さらに大きく吐く。タイを思い出す湿気と熱風に身体が包まれる。

一コースから順に、学校名と氏名のアナウンスが始まった。腿を上げ、ふくらはぎを叩く。名前を呼ばれ、手を挙げて応える。応援の声が聴こえる。

飛び出しそうな心臓を鎮めながら、手をつき、膝をついた。

緊張で世界が脈打った。あとはもう走るだけ。前へ向かって走るしかない。

目の前に、チャオプラヤー川が広がった。船から臨むその川が意気揚々として見えるのは、朋温に会えた記憶と繋がっているからだろうか。高い空。大きな橋。原色の鮮やかな花たち。船のエンジン音。波間を漂うプルメリア。

パーンと音がして、私は地面を思い切り蹴った。

る。

母が尋ねた。

「どっちの道がいいと思う？」

握りしめたハンドルに首を垂れるようにして、母が尋ねた。
タイフェスからの帰り道。高速道路の補修工事でこの先渋滞、と表示が出ている。この十分で進んだのはせいぜい十センチ。道全体が駐車場みたいだった、給料日直後の金曜夜、雨のバンコクを思い出す。

「このまま高速で行った方が速いみたいよ」

スマホの地図を母に見せた。

「うーん、でもなかなか進まないだろうし、景色も代わり映えしなくてつまらないよね」

それで私たちはいま、海沿いを走っている。

大きな迂回になったが、確かにこの道の方が心躍る。海岸線は右手にあり、波が光を反射してきらきらと輝いていた。

車内には母の好きなタイ人歌手のCDが流れている。行かないで、僕をひとりにしないでと切なく歌い上げる、その声に合わせて母は鼻歌雑じりにハンドルを握っていた。大抵のタイ歌謡は会話に比べるとスピードが遅いので、歌詞を聴きとりやすい。

きみなしじゃ息もできない。愛してるよ。会いたくて淋しいよ。

この曲を書いた人も、好きな人に連絡したい気持ちを、歯を食いしばって堪えた経験があるのだろうか。

窓を開けてみる。初秋の風が顔に当たって、私は目を細めた。

タイフェスは想像以上に楽しかった。強い日差しの下、ソムタムを作るクロックの音がぽくぽくと鳴り響いていた。ナンプラーとマナオが香り、タイ語が飛び交い、まるでバンコクのフードコートにいるみたいだった。タイ人歌手によるコンサートもあった。タイが恋しかった。大切なものは日本にある。でも私はやっぱりタイが大好きなんだと思った。

母はコームーヤーンをつまみに炭酸水を飲み、私はカオマンガイと四角豆のヤムを食べた。ヤムの種類が豊富で、全部少しずつ食べられたらいいのにと思った。

後部座席から、父と姉へのお土産に買ったガイヤーンとヤムウンセンの香りが漂ってくる。

また来年も来ようねと言いかけた、そのとき。

背すじが伸びた。

あれ。この場所、どこかで見たことがある。でも、どこで?

心地好い風に吹かれながら記憶を巡らせる。この道をまっすぐ進んで左折すれば、教習所があるはず。その先にフェリーターミナル。そして冬に満開になるチューリップ畑。

波の音がひと際高く鳴った。

反対車線を、黄色いバスが減速しながら向かってくる。

徐々に近づいてきたそのバスとすれ違う瞬間、前方の席に座っていた男性の横顔が、私の網膜に焼き付いた。緊張で強張った頬。黒目がちのちいさな瞳。似ている。まさか。でも。

私はミラー越しにバスを目で追う。

停留所で乗客を降ろし、バスはまたのんびりと発車した。

バスの退いた場所に、痩せた猫背の男性が立っている。彼の着ているTシャツを見て、私は振り返った。

その背中にプリントされているのは、赤と青のトゥクトゥクだった。

修一さん。修一さんだ。

母の鼻歌が止まった。

修一さんが、歩き出す。一歩ずつ、地面の硬さを確かめるように。堺さんや斎藤さんのいる事務所の方へ。

私は祈った。強く祈った。修一さんにも、いい風が吹きますように。

トゥクトゥクは徐々に小さくなって、まばゆいほどの光に紛れ、見えなくなった。


それから一週間、雨が降り続いた。排気ガスやビルや地面の汚れも、すべて洗い流すような雨だった。

長く空を覆っていた分厚い雲がようやく晴れたのは、九月九日の明け方だった。

細く薄い月が出ている。触れたら壊れてしまいそうな、けれど温かな月だ。私はその光景をひとり、ダイニングから見た。窓を開け、白んでいく空をいつまでも眺めていた。

学校へ向かう電車は休日ということもあり、空いていた。

座席に腰を下ろして数分も経たないうちに、違和感を覚えた。腿の下に手を差し入れようとしてくる人がいる。右隣に座ったポロシャツの男だ。

手の甲が、ひっくり返って、掌の感触になった。

縋るように私は、正面の席に座る人たちを見た。誰も彼も項垂れ、スマホに視線を落とし、すぐそこで起きていることに気づかない。

大丈夫。やれる。

膝の上の鞄に手を載せた。そして、ポーチを取り出す。

隣の男は警戒するようにいったん手を引っ込めたが、私がポーチからハチマキを出し、左手首に巻きはじめると、その様子を訝しげに観察しながらも、再び腿の下に手を押し込んできた。

巻き終えて、端を内側にたくし込んだ。そして、手首のハチマキを押さえた。瞼を閉じ、深呼吸する。

掌にタイの空気が温かく滲《し》みてくる。はじめは朋温の額に巻いてあったハチマキ。いっしょに探してくれたタイの人々。いつまでも、どこまでも頑張れると思ったこと。

目を開けて私は、大丈夫、とまた自分に言い聞かせた。ちゃんとやれる。

ハチマキを押さえていたその手で、男の左手にそっと触れた。男がびくりと身体を震わせ、かすかに手を引いた。上目遣いの視線を捉える。私は表情を変えず、そのまま次の駅まで彼の手を握っていた。金属の感触に気づいてさりげなく視線を遣ると、薬指に細い銀の指輪が嵌《は》まっていた。

駅に着くとゆっくり立ち上がり、手を繋いだままホームに出た。

男はもはや私を微塵も警戒していなかった。それどころか、期待に満ちた視線を向けてくる。この男は、私に受け入れられたと勘違いしているのだ。そんなことあるわけないのに。その証拠に私の手には、目で見てわかるほどの鳥肌が立っている。気持ち悪さと恐怖と憤怒《ふんぬ》をボウリングの球みたいに固めて痴漢の脳天に振り下ろせたらいいのにと願っている。それが、この男の目には映らない。

男が私の手を握り直した。階段を上っていく足取り、その一歩ごとに自信が漲《みなぎ》っていく。改札へ向かおうとする男の手を引き、私は駅員室をノックした。

なんで、という顔で男が私を見た。逃げようとした瞬間、扉がひらく。

男は滑稽なほどうろたえていた。目の端に浮かんだ涙が、彼の未来を変える一滴になればいいと思った。

学校に着いたのはちょうど九時だった。あと九分。

左手首のハチマキをもう一度ぎゅっと摑んで、渡り廊下の方に顔を向けた。

そのときふっと、懐かしい香りがした。

心地好い風が吹き、背中が光の帯で温かくなった。

「漣」

愛しい人の声がした。

๙ ๙ ๙ ๙

解説

高知東生

これは優しさという呪縛に囚《とら》われた家族の話だなというのが第一印象だった。人は誰だって他人を傷つけたくはないと思う。群れで生きることを宿命づけられた人間の本能だ。人は一人では生きていかれない。だからこそ嫌われたり、仲間はずれになることを極度に恐れる。傷ついたり、傷つけたりすることで、群れから脱落することを想像すると怖くなる。

主人公の漣《れん》は、夫のDVという不幸な結婚で傷ついた姉のまどかを気遣い、機嫌を損ねぬよう細心の注意を払って生きている。話題を選び、言葉遣いに気をつけ、言い返したり、逆らったりしない。一方、姉のまどかも自分と同じように大切な妹が傷つくことを極度に恐れ、あれこれとルールを示し、やりすぎる。父も母も娘たちを気遣い、過敏な配慮をしている。家族全員が良かれと思っての優しさと気配りの応酬を繰り返す。

高校生になった漣は、姉の離婚の事情を母に尋ねる。「一度は思い合っていた人と別れることになったとき、感謝の気持ちで終われてそれが続けば良いなってお母さんは思うのよ。でも、そんなふうに到底考えられないことだってあるよね。終わらせなければならない関係なら特に」漣は、終わらせなければならない関係って、どういうのだろうと思うが、聞くことをためらう。お互いの胸の内をさぐり合い、遠慮し合い、オブラートに包んで率直に話すことを避け、そのために重ねていく優しくあるための嘘《うそ》。漣は姉の別れた夫の弟と恋に落ちていた。

作家、一木けいさんとお会いしたのは二〇二〇年二月のことだった。僕が依存症から回復していったプロセスを取材したいとの希望が伝えられた。僕の経験など役に立つのだろうか？　何よりもこの頃の僕は、その後自分が小説を書くなどとは夢にも思っておらず、「作家」という肩書きの方にお目にかかることに少々困惑していた。

一木さんは、DVの問題を抱えたまどかの元夫、修一《しゆういち》の再生について知りたいとのことだった。依存症とDVは違う分野だが、認知の歪《ゆが》んだ男が回復していく姿を重ね合わせ、参考にしようと考えられたらしい。無事、刊行された際には、一木さんから丁寧なメッセージと共に、本書を送って頂いた。僕は、すぐに読み始め、物語の終盤で外部に助けを求めた漣に、DVから回復した斎藤が自身の経験を話す場面で、「なるほどこうなったのか」と心の中で手を打った。

「どうしてここに通い続けることができたんですか」

「仲間がいたからです」

斎藤と漣のやりとりには僕の話が役に立ったのかなと思うと嬉《うれ》しかった。そして読後、しばし僕の原家族について想《おも》いをめぐらせることになった。

僕の両親も親戚も、僕に本当のことを伝えない家族だった。それはそうだろう、なんせお袋はヤクザの大親分の組長の愛人だったのだから。そしてネグレクトの末、僕が十七歳の時に自死した。その上、お袋の死後、父親と思っていた人は実の父ではなかったことを知る。

若かった僕は漣とは違い、外に向け発散するタイプで「大人は信じられない」と、やるせない想いを単車や喧嘩《けんか》にぶつけた。けれど今なら分かる、あれは祖母や周囲の大人たちの「傷つけたくない病」だったのだと。傷ついた経験のある人は、傷つくことを異様に恐れる。誰も傷つけない、誰にも傷つけられない生き方を模索する。だが、それは不可能だ。必要なのは傷ついた心をリカバリーしていく方法なのだが、不思議なことにそれは誰も教えてくれない。「お友達を傷つけないようにしましょう」幼い頃からこんなことばかり言われ、今や言葉尻警察があちこちに現われ、一億総傷つけ恐怖症に陥っている気がする。

この作品は、誰でも陥ってしまいそうな、息苦しい恐怖症が蔓延《まんえん》した家族の日常が描かれている。もどかしく歯がゆいまでの気遣いの家族、だがそれに対して脇を固める友人たちが良い。こんな言い方をすると生意気だが、漣を助け、時には傷つけ合いながら成長させてくれるのは、漣を取り巻く友人たち、そして赦《ゆる》されぬ仲の恋人である朋温《ともはる》である。この対比が実に良かった。特に、母がタイ人で父からネグレクトされている米陀《よねだ》さんが、僕の境遇とも相まって光ってみえた。米陀さんは、姉と恋人の狭《はざ》間《ま》にゆれ、なんとか姉もDVの元夫も回復させたいとグジグジと思い悩む漣に対し、ずばっと言ってのける。

「他人がどうこうできることじゃないし。あんたってほんとおせっかいっていうか、妙にポジティブっていうか、余計なことするよね」

僕は、この台詞《せりふ》が大好きだ。他人は変えられない。本人が変わろうと思った時に初めて周囲の人間は手助けができる。これは僕が依存症支援で学んだことと同じだ。

人の心というのは、本当に複雑だ。

ＤＶ夫の修一のように、他人から「やめろ」「変われ」「改めろ」と言われれば、ますます意固地になり自分の正当性を主張する。ＤＶ夫の日常的なモラハラを受け入れてしまうまどかは、怒らせないようにと機嫌を取り、暴力をふるわれても「ごめん。もうしない」と優しくされれば離れられなくなってしまう。

姉の過去を聞き、なぜそんな男と別れられなかったのかと母親に問いただす漣も、姉の機嫌を取り自分が犠牲になっていることに気づかない。

姉妹の幸福を願い、個を尊重し一見リベラルに見える両親も、症状の重い姉を気遣い、妹の恋が犠牲になることを当然と考える。そして全員が相手を思いやっている。

僕は思う。言葉は人を傷つける。それは間違いない。だからこそあからさまな悪口や誹謗《ひぼう》中傷は避けるべきだが、何気なく使った言葉でも、状況や過去の経験から傷つく人がいる。感じ方は人それぞれだ。だがそれを恐れていたら、人は何も話せなくなってしまう。

だから傷ついた時に、その傷つきを安心して話せる場所や人が必要だ。多分、それは家族ではない。家族というのは、横並びの平等な関係ではない。経済的に自立できない子どもは完全に親の支配下にある縦社会だ。どんなにリベラルな家庭だったとしても、その縦社会から対等な心の繋《つな》がりは生まれない。そして家族という人間関係は狭すぎて、濃すぎる。傷ついた時にむしろ家族にだけは心配をかけたくないとますます話せなくなってしまう。

安全な人間関係は、傷ついた体験を癒やす場を外に求めた者に与えられる。そしてこの安全な人間関係の場〈サンクチュアリ〉が人生を豊かにしてくれるのだと思う。だから人間には感情が与えられ、言葉が与えられたのではないかとすら思っている。人はサンクチュアリを求めて旅をする。寂しくて、心細くて、悲しくて、切なくて、それをやせ我慢で隠しながら成長する。旅の途中で、傷ついた者が「もうダメだ」と弱音を吐いた時に、サンクチュアリは現われる。それは砂漠に突然現われた水たまりで、休息をとる人たちのようなものだ。水たまりを発見し「助かった」と思い、素直に水を飲む、すると周囲には同じように水を飲む者が集まっていることが見えてくる。この水たまりを「騙《だま》されるもんか、これは蜃気楼《しんきろう》だ」と歯を食いしばって旅を続ける者もいる。水を飲んだ人間がいくら「安心しろ、これは本当の水だ」と言っても、「いや蜃気楼にすがりつくような恥をかきたくない」と意地を張る。それもまた一つの生き方で、その頑張りは悪でも愚かでもない。

僕の場合は、へたれなので（素直とも言える、と自己弁護もしておきたい）、すぐに水たまりに飛びついた。そこには依存症から回復した多くの仲間たちが笑顔で待ってくれていた。こうして僕には今、サンクチュアリがある。どんな僕でも、決して否定されずありのままを受け入れて貰《もら》えた。すると自分自身もありのままの自分で満足できるようになった。かつての「万人に愛されたい」という願いこそが蜃気楼なのだと知り、数は少なくとも傷を癒やしてくれる仲間と居場所ができた。

他者の感情を自分の言動指標にしている人は、優しい人に見えて実は自己中心的だ。常に自分の評価ばかりを気にしている。「優しい良い子」の評価で自分を満たそうとすれば、生涯その評価で苦しむことになる。だが褒め言葉には甘い毒がある。依存症と同じで最初は陶酔感で満たされるが、そのうちもっともっとと求め、自分を殺してしまう。この毒牙に搦《から》めとられることを人間は生まれ落ちたときから宿命づけられている。旅のスタートが否応《いやおう》なく始まるのだ。

漣や朋温、曜子《ようこ》、印丸《いんまる》、米陀さん、高校生の彼女たちの旅は始まったばかりだ。悩み苦しみながらも答えを見つけようというエネルギーに溢《あふ》れている。

そして、まどかや修一、両親も傷つきながら、旅を続けている。いつからでも、いくつからでもサンクチュアリを見つけることはできる。そしてこの物語では、エネルギッシュな高校生たちによって、大人たちにもそのサンクチュアリがもう少しで見つかりそうな予感もする。

最後に、この物語はタイ育ちの漣にちなんで、タイの風習がそこかしこに出てくる。「9月9日9時9分」という謎めいたタイトルも、9がタイでは縁起の良い数字とされているところからきている。そしてタイでは、曜日ごとに色が決まっていて、タイの人たちは自分が生まれた曜日の色を誰でも知っているのだそうだ。

僕も早速、自分の生まれた曜日を調べてみたら火曜日で、火曜日の色はピンク。これは健康を祈る色だという。有難い。人生という旅を続ける人びとの心の健康を祈りたい。

（たかち・のぼる／俳優、小説家）

本書のプロフィール

本書は、二〇二一年三月に単行本として小学館より刊行された同名の作品を、文庫化したものです。

小学館文庫

9月《くがつ》9日《ここのか》9時《くじ》9分《きゅうふん》

著者　一木《いちき》けい

二〇二三年九月十一日　初版第一刷発行

発行人　石川和男
発行所　株式会社 小学館
〒一〇一-八〇〇一
東京都千代田区一ツ橋二-三-一
電話　編集〇三-三二三〇-五六一七
販売〇三-五二八一-三五五五
印刷所――凸版印刷株式会社

この文庫の詳しい内容はインターネットで24時間ご覧になれます。
小学館公式ホームページ　https://www.shogakukan.co.jp

ISBN978-4-09-407289-1

きみはだれかのどうでもいい人

伊藤朱里

ラインマーカーズ
The Best of Homura Hiroshi

穂村 弘

日本の短歌シーンを一変させただけではなく、後続する世代の小説・演劇・詩・俳句・川柳・歌詞などに決定的な影響を与えた穂村ワールド全開の「ラインマーカーまみれの聖書」を、今すぐポケットに入れて、旅に出よう。